· 语文阅读推荐丛书 ·

窦娥冤
关汉卿选集

关汉卿 / 著   康保成 李树玲 / 选注

人民文学出版社

图书在版编目（CIP）数据

窦娥冤：关汉卿选集/（元）关汉卿著；康保成，李树玲选注. —北京：人民文学出版社，2018（2024.12重印）
（语文阅读推荐丛书）
ISBN 978-7-02-014257-6

Ⅰ.①窦… Ⅱ.①关… ②康… ③李… Ⅲ.①杂剧—剧本—中国—元代 Ⅳ.①I237.1

中国版本图书馆 CIP 数据核字(2020)第 137437 号

责任编辑　徐文凯
装帧设计　李思安　崔欣晔
责任印制　王重艺

出版发行　人民文学出版社
社　　址　北京市朝内大街 166 号
邮政编码　100705

印　　刷　三河市龙林印务有限公司
经　　销　全国新华书店等

字　　数　166 千字
开　　本　650 毫米×920 毫米　1/16
印　　张　16　插页 1
印　　数　102001—105000
版　　次　2018 年 5 月北京第 1 版
印　　次　2024 年 12 月第 22 次印刷

书　　号　978-7-02-014257-6
定　　价　22.00 元

如有印装质量问题，请与本社图书销售中心调换。电话：010-65233595

出 版 说 明

从2017年9月开始，在国家统一部署下，全国中小学陆续启用了教育部统编语文教科书。统编语文教科书加强了中国优秀传统文化教育、革命传统教育以及社会主义先进文化教育的内容，更加注重立德树人，鼓励学生通过大量阅读提升语文素养、涵养人文精神。人民文学出版社是新中国成立最早的大型文学专业出版机构，长期坚持以传播优秀文化为己任，立足经典，注重创新，在中外文学出版方面积累了丰厚的资源。为配合国家部署，充分发挥自身优势，为广大学生课外阅读提供服务，我社在总结以往经验的基础上，邀请专家名师，经过认真讨论、深入调研，推出了这套"语文阅读推荐丛书"。丛书收入图书百余种，绝大部分都是中小学语文课程标准和统编语文教科书推荐阅读书目，并根据阅读需要有所拓展，基本涵盖了古今中外主要的文学经典，完全能满足学生成长过程中的阅读需要，对增强孩子的语文能力，提升写作水平，都有帮助。本丛书依据的都是我社多年积累的优秀版本，品种齐全，编校精良。每书的卷首配导读文字，介绍作者生平、写作背景、作品成就与特点；卷末附知识链接，提示知识要点。

在丛书编辑出版过程中，统编语文教科书总主编温儒敏教授,给予了"去课程化"和帮助学生建立"阅读契约"的指导性意见,即尊重孩子的个性化阅读感受,引导他们把阅读变成一种兴趣。所以本丛书严格保证作品内容的完整性和结构的连续性,既不随意删改作品内容,也不破坏作品结构,随文安插干扰阅读的多余元素。相信这套丛书会成为广大中小学生的良师益友和家庭必备藏书。

人民文学出版社编辑部

2018 年 3 月

目　次

导读 ·· *1*

前言 ·· *1*

杂　剧

感天动地窦娥冤 ································ *3*
赵盼儿风月救风尘 ······························· *36*
望江亭中秋切鲙 ································ *58*
闺怨佳人拜月亭 ································ *82*
关大王独赴单刀会 ······························ *101*
包待制智斩鲁斋郎 ······························ *127*
包待制三勘蝴蝶梦 ······························ *156*
钱大尹智勘绯衣梦 ······························ *181*

散　曲

小令
仙吕·一半儿　题情（四首）················· *209*
双调·沉醉东风（五首）······················ *211*
南吕·四块玉（五首）························ *213*
双调·大德歌（四首）························ *215*

套数

黄钟·侍香金童 …………………………………… 217

仙吕·翠裙腰 闺怨 ………………………………… 219

南吕·一枝花 赠珠帘秀 …………………………… 221

南吕·一枝花 杭州景 ……………………………… 223

南吕·一枝花 不伏老 ……………………………… 225

双调·新水令(二十换头) …………………………… 228

知识链接 …………………………………………… 232

导　读

关汉卿是我国最伟大的戏剧家、文学家之一。他一生创作出60多个剧本和一批散曲,其中完整流传下来的剧本大约18个,散曲约70首。他满怀对旧世界的无比愤懑,对下层群众的无限同情,对包括自身在内的文人命运的自悲自悯,挥动如椽巨笔,谱写出一幕幕动人心魄的杂剧和不少优秀的散曲。

然而,由于旧时代对戏剧和戏剧家的歧视,对于这样一位伟大的作家的生平情况,我们却知之甚少。我们只知道"汉卿"是他的字,他的名叫什么没有文献记载。他大约出生于13世纪初,卒于元成宗大德元年(公元1297)以后。他的籍贯,一说是山西,一说是河北,一说是大都(即现在的北京),多数学者认同"大都"说。

在关汉卿之前,中国戏剧走过了漫长的萌芽、发展道路。与古希腊悲剧差不多同时,中国也有了最早的演员(优)和戏剧(优戏)。但这时的优只是帝王身边的弄臣,这时的优戏只是逢场作戏、逗人一笑的带有扮演因素的简短的戏剧场景,远远谈不上是成熟的戏剧。直到唐代的参军戏、宋代的杂剧,这种情况没有发生根本的变化。没有成熟戏剧的标志之一,便是没有成熟的剧本。以关汉卿为代表的下层文人,在金元之际登上了戏剧创作的历史舞台,写出了中国历史上第一批成熟的戏曲剧本。

关汉卿是最早的元杂剧作家之一。明朱权《太和正音谱》说关汉卿"初为杂剧之始",元周德清、明何良俊、近人王国维都列关汉卿为"元曲四大家"之首。可以说关汉卿是元杂剧这种戏剧体制最重要的奠基人和创始人。

关汉卿没有功名,也丝毫没有一般文人士大夫的妄自尊大和迂腐气。他与挣扎在社会最底层的戏剧演员厮混在一起,"躬践排场,面傅粉墨,以为我家生活,偶倡优而不辞"。(明臧懋循《〈元曲选〉序二》)正因为如此,关汉卿的笔触才能够深入到下层百姓的生活中去,多方面地描写他们的喜怒哀乐,爱恨情仇。

关汉卿最重要的代表作是《窦娥冤》。作品描写了一起普通妇女所遭受的冤狱:年轻的寡妇窦娥无辜地被官府判斩。围绕这起冤狱,作品描写出地痞流氓张驴儿及其父亲,欠债不还的泼皮无赖赛卢医,以放高利贷为生但没有靠山的蔡婆,滥官污吏桃杌,以及穷秀才窦天章等各色人等所扮演的社会角色。我们发现,桃杌和张驴儿固然是迫害窦娥的元凶,但其余的剧中人在这起冤狱中多少都具有不可推卸的责任。窦天章为求取功名变相地卖女抵债,无助的蔡婆引狼入室,借了高利贷的赛卢医赖账不还企图勒死蔡婆并卖毒药给张驴儿,这才导致了张驴儿想要毒死蔡婆霸占窦娥却误将自家老子毒死,桃杌不问青红皂白认定窦娥"毒死公公"的冤狱。我们还可以假设:如果窦娥不被冤死会怎样?可以肯定地说,她一定会像蔡婆一样终生守寡,这还不同样是悲剧吗?在那样一个社会里,人人都在生命线上挣扎,害人者最终也是苦命的被害者。恶人当道固然可怕,但礼教对妇女的戕害更深入人心也更难挣脱。因而可以说,窦娥的悲剧是必然的,是无论如何也躲不开的。这就是《窦娥冤》一剧的深刻性所在。国学大师王国维称赞《窦娥冤》"列之于世界大悲剧中亦无愧色",这个评价不可谓不高。但要是我们只关注窦娥被冤斩一事,那就辜负了关汉卿的一番苦心。

如果有人说"设想窦娥终生守寡的悲剧是牵强的,关汉卿并没有批判礼教的意图",那就再看看《望江亭》吧。这个戏写一个年轻的寡妇谭记儿,在道观住持白姑姑的撮合下,冲破礼教的束缚,毅然与潭州太守白士中结为夫妻,又用巧计战胜了垂涎谭记儿美貌、欲加害白士中的花花公子杨衙内。《窦娥冤》和《望江亭》,一悲一喜,看似风格迥异,但思想内涵却完全一致,都表现出关汉卿超前的妇女观和婚姻观。他的另一部爱情剧《拜月亭》,歌颂了战乱环境中一对青年男女的自由结合,这种观念与正统的"父母之命、媒妁之言"的婚姻观完全背道而驰。

此外,关汉卿不仅主张寡妇再嫁、婚姻自由,而且对生活在水深火热之中的妓女们,也给予了无限的同情。《救风尘》中的赵盼儿,在关汉卿笔下,是个聪明绝顶的侠女,她为救宋引章运筹帷幄,深入虎穴,"风月救风尘",把花花公子周舍玩于股掌之中,使宋引章经过一波三折最终与心上人结为连理。

《鲁斋郎》《蝴蝶梦》《绯衣梦》是三部精彩的公案戏。其中前两部戏的主角是包公,其主旨却并不在案件审理本身,而是在做出一种公正的道德判断的基础上彰显包公的智慧;后一部戏的主角是清官钱大尹,此剧以曲折动人的案情取胜,较少道德内容。总的来看,公案戏一定程度上可看作是清官戏。在恶人当道的时代,清官和清官戏寄托了下层百姓的希望。关汉卿正是基于这样的认识创作了这几个作品。《鲁斋郎》的核心情节是,包公呈报的死刑判决书把气焰熏天的鲁斋郎写成"鱼齐即",待皇帝批示后再加笔改成"鲁斋郎"。这只是一种艺术虚构而已,甚至有些荒诞,却表明关汉卿永远都和受欺压的良善百姓站在一起,表达他们的忧闷和愤怒,梦幻和希冀。

关汉卿的《单刀会》是元代最负盛名的历史剧。剧中的历史人物关羽被写成威风凛凛、不可一世的超人,几乎被神化了。在金元时代,少数民族居于统治地位,关羽这个艺术形象身上多少寄托了汉族知识分子的民族感情。

关汉卿剧作的语言朴实无华而富有戏剧性,是本色当行的戏剧语言,以至于七百年后的今天,还能原封不动地搬上舞台。《窦娥冤》中的【滚绣球】【端正好】,呼天抢地,震天动地;《单刀会》中的【驻马听】【新水令】,豪迈奔放,其势如潮;《鲁斋郎》中的【南吕一枝花】套曲,曲折往复,如泣如诉。这些都是历来为人们所击赏的名曲。此外,关汉卿剧作的语言还具有性格化、口语化的特点。同为妓女,赵盼儿的干练老辣,宋引章的天真淳朴,全从她们的唱词与念白中表现出来,惟妙惟肖,宛如口出。同是反面人物,杨衙内附庸风雅,张驴儿下流无耻,鲁斋郎粗鲁强横,周舍奸诈狡猾,大都从他们的念白中表现出来。关汉卿是语言大师,但他的真功夫却在语言之外。只有在艺人堆里混出来的人,只有能粉墨登场的戏剧家,才真正懂得"真戏曲"(王国维语)与案头文学的区别。民间常用的歇后语、俗语、成语、口头禅,被关汉卿信手拈入剧中,立刻显得妙趣横生,多姿多彩。

关汉卿重视戏剧冲突和戏剧结构,注意运用衬托、铺垫、误会、巧合等戏剧手法。因而,平凡的人物,普通的故事,朴实的语言,却可以写得引人入胜,耐人咀嚼。《窦娥冤》以描写戏剧冲突和戏剧高潮取胜,《救风尘》则以精妙的戏剧结构见长,《鲁斋郎》一波未平一波又起,《望江亭》却从细节描写中出戏……

关汉卿的主要成就是戏剧,但同时也是一位散曲大家。他的散曲作品涉及爱情、闲情、游乐、自然风物的吟咏和发泄心中的苦闷等题材。从表面上看,他的散曲与杂剧似有某种不和谐,其实却反映出这位大文学家多方面的艺术贡献。杂剧和散曲,是两种不同的艺术形式。杂剧属于代言体的叙事文学,散曲则多继承了词的传统,是一种以抒情为主的韵文形式。关汉卿牢牢把握了这两种艺术形式的特点,用散曲宣泄出自己的内心世界。从艺术上看,关汉卿的散曲感情真挚,语言生动。例如那篇流传甚广的【南吕一枝花·不伏老】,用俏皮诙谐、佯狂玩世的语言,活脱脱地塑造出一个旧时代的浪子、多才多艺的戏剧家的自我形象。再如【南吕一枝花·赠朱帘秀】,通篇把作为人的元代著名女演员朱帘秀当作物的珠帘来描绘、吟咏、赞美,其构思之巧妙,语言之生动诙谐,令人叹佩。他的小令,也有一些比较成功,这里就不一一介绍了。

康 保 成

前　言

关汉卿不仅是中国文学史上毫无争议的第一流作家,也是世界文学史上最有成就的优秀作家之一。他一生创作出大约六十个剧本和一批散曲,其中流传下来的剧本约十八个,散曲约七十首。他满怀对旧世界的无比愤懑,对下层群众的无限深情,对包括自身在内的文人命运的自悲自悯,挥动那如椽巨笔,谱写出一幕幕动人心魄的杂剧和不少优美的散曲。

关汉卿,大都(今北京)人。约生于十三世纪初,卒于元成宗大德元年(1297)以后。关汉卿的时代,科举制度一度被取消,文人失去了进身之阶。加之元蒙统治者对汉人的鄙视,汉族儒生的社会地位下降到最低点,甚至人分十等,"七匠、八娼、九儒、十丐",文人竟居于娼妓之下!在困境中,许多儒生屈尊走向书会(编写戏剧、话本的团体组织)、走向勾栏瓦舍(演出戏剧、杂艺的场所)。文人和艺人结合,创造出崭新的戏剧文化和戏剧形式。关汉卿,便是这许多文人中最杰出的一个。

在关汉卿之前,中国戏剧走过了漫长的萌芽、发展道路。与古希腊悲剧差不多同时,中国也有了最早的演员(优)和戏剧(优戏)。秦汉时期,角抵戏颇为风行。隋唐时盛行参军戏,宋代流行宋杂剧。然而,比起长江大河般的诗文来说,民间戏剧文化只不过是一支浅浅的溪流。统治者一面关起门来看戏,一面又斥其有伤风化、坏人心术,竭尽扼杀、禁毁之能事。士大夫们更以涉足戏剧为耻。所以,我国虽然早就有了戏剧,但第一个用汉字写成的剧本,直到南宋后期方告出现。本来,没有剧本也可以有戏剧。但世界各国的戏剧史表明,剧本文学对戏剧演出的制约、推动作用是不可或缺的。莎士比亚、莫里哀、萧伯纳,这些大戏剧家都以创作剧本而闻名于世。尤其在中国,戏剧艰难地蹒跚前行了那么长时间,仍然停留在比较幼稚的阶段。无论是先秦优戏,还是后来的角抵戏、参军戏、宋杂剧,都还仅以滑稽调笑为基本特征。"戏"实际上是开玩笑的同义语。显然,中国戏剧要成熟,没有文人的参与和认同是不行的。以关汉卿为代表的下层文人,就是在这时候登上了戏剧创作的历史舞台。

关汉卿是最早的元杂剧作家之一。明朱权《太和正音谱》说关汉卿"初为杂剧之始",元周德清《中原音韵》、明何良俊《四友斋丛说》、近人王国维《宋元戏曲史》,都列关汉卿为元曲四大家之首。可以说关汉卿是元杂剧最重要的奠基人。他和以他为代表的一批作家,创造出四折一楔子的杂剧体制,并很快得到社会的认同,"元曲"得以和唐诗、宋词并举。正如王国维所说:"元杂剧于科白中叙事,而曲文全为代言。……不可谓非戏曲上之一大进步也。此二者之进步,一属形式,一属材质,二者兼备,而后我国之真戏曲出焉。"(《宋元戏曲史》)毫无疑问,元杂剧的出现,标志着中国戏剧的成熟,也使世界艺术宝库中增添了一个富有生命力的新品种。当今有学者称,元杂剧一出现即完备,一出现即繁荣,这真是一个奇迹。奇迹的创造者,就是以关汉卿为代表的一批作家。元末明初的贾仲明在为《录鬼簿》补写的作家挽词中说关汉卿"驱梨园领袖,总编修师首,捻杂剧班头,姓名香四大神州"。元代另一著名杂剧作家高文秀被誉为"小汉卿",杭州作家沈和甫被称为

"蛮子汉卿",足见关汉卿在元代杂剧创作中的地位。

名不见经传的关汉卿,显然来自社会下层。正史没有记下他的名字。从《录鬼簿》《析津志》《元曲选序》等点滴史料及关汉卿自己的散曲中,我们仅知道"汉卿"是他的字。一代文化巨人,竟没有留下名,这是中国文学史和中国戏剧史的悲哀!

他没有功名,也丝毫没有一般文人士大夫的妄自尊大和迂腐气。他与挣扎在社会最底层的戏剧演员厮混在一起,"躬践排场,面傅粉墨,以为我家生活,偶倡优而不辞"(《元曲选序》)。他与那个被誉为"杂剧为当今独步"的女演员珠帘秀有深厚的交情,在《赠珠帘秀》散套中,对其色艺推崇备至。他毫不讳言自己"半生来倚翠偎红,一世里眠花宿柳",并表示:"你便是落了我牙、歪了我嘴、瘸了我腿、折了我手,天赐与我这几般儿歹症候,尚兀自不肯休。则除是阎王亲自唤,神鬼自来勾,三魂归地府,七魄丧冥幽,天那!那其间才不肯向烟花路儿上走!"(《南吕一枝花·不伏老》)

关汉卿热爱生活,他有一段漫游经历:"我是个锦阵花营都帅头,曾玩府游州。"(同上)有名的《杭州景》套曲,把宋亡以后的杭州景物描写得淋漓尽致。他或许还到过开封、洛阳、扬州等地。他是封建社会的浪子,又受过良好的文化教育。《析津志》说他:"生而倜傥,博学能文,滑稽多智,蕴藉风流,为一时之冠。"这从他的杂剧、散曲作品中可以得到最好的印证。

关汉卿的脚步稳健地踩在元代现实生活的沃土之上。戏剧家们往往寄情于古人,热衷于在历史题材中遨游。这不用担心文字之祸,写起来会省力一些。关汉卿显然比一般剧作家更注重当代。他的忧闷和愤怒,梦幻和希冀,大都寄托在平民百姓的日常生活中。窦娥遭冤狱,宋引章从良,谭记儿改嫁,张珪、李四两家的聚散离合,王瑞兰与蒋世隆之间曲折缠绵的爱情生活,乃至四春园里发生的命案,都不是什么名标千古、扭转乾坤的大事。然而,作家的笔触却深入到他所熟悉的芸芸众生之中,和他们休戚与共,声息相通。他成功地写出一个个有血有肉、活灵活现的普通人。在他笔下,不仅有正直、善良、坚强、聪慧的正面典型,也有残暴、好色、歹毒、阴险的坏人,还有不好不坏、亦好亦坏的中间人物。《窦娥冤》中的蔡婆、《鲁斋郎》中的张珪,均令人哀其不幸,怒其不争。大概由于每个人都不是完美无缺吧,读者会感到,那些中间人物就在人们中间。与历史题材、风云人物相比,当代普通人的悲欢离合更典型。平民百姓可以避开上层政治生活,可以与宦海沉浮无涉,但却避不开流氓恶棍、贪官污吏,避不开各自的艰难曲折与悲剧命运。写他们,无疑能引起更多当代观众的共鸣,也能引起后世观众、读者更多的沉思。当然,关汉卿也写历史剧,也写风云人物。三国时期的蜀将关羽,就被他写成威风凛凛、不可一世的超人。有人说,这里寄托了作者的民族感情。看来很有道理。

关汉卿剧作的语言朴实无华而富有戏剧性,是本色当行的戏剧语言,以至于七百年后的今天,还能原封不动地搬上舞台。《窦娥冤》中的〔滚绣球〕〔端正好〕,呼天抢地,震天动地;《单刀会》中的〔驻马听〕〔新水令〕,豪迈奔放,其势如潮;《鲁斋郎》中的〔南吕一枝花〕套曲,曲折往复,如泣如诉,这都是历来为人们所击赏的名曲。但作为戏剧,更为可贵的是性格化、口语化、戏剧化的对白。同为妓女,赵盼儿的利落老练,宋引章的天真淳朴,皆惟妙惟肖,宛如口出。同是反面人物,杨衙内附庸风雅,张驴儿下流无耻,鲁斋郎粗鲁强横,周舍奸诈狡猾,这大都从对白中表现出来。关汉卿是语言大师,但他的真功夫却是在语言之外。只有在艺人堆里混出来的人,只有能粉墨登场的戏剧家,才真正懂得"真戏曲"与案头文学的区别。于是,民间常用的歇后语、口头禅,被关汉卿信手拈入剧中,立刻显得妙趣横生,多彩多姿。

关汉卿重视戏剧冲突和戏剧结构,注意运用衬托、铺垫、误会、巧合等戏剧手段。因而，平凡的人物，普通的故事，朴实的语言，却可以写得引人入胜。《窦娥冤》以描写戏剧冲突和戏剧高潮取胜，《救风尘》则以巧妙的戏剧结构见长，《鲁斋郎》一波未平一波又起，《望江亭》却从细节描写中出戏……关汉卿善于将戏剧故事传奇化。戏，本来就不是真的。谭记儿巧装打扮，智赚皇帝亲自赐与杨衙内的势剑金牌，赵盼儿风月场中战胜花花公子周舍，都似乎不大可能发生；窦娥的三桩誓愿，更不可能实现。然而，戏剧就从这些传奇化的情节中生发出来。观众和读者，谁也不会去指责这不真实那不真实，而总是随着剧中人物命运的沉浮，忽而叹息、愤怒，忽而振奋、欢笑。在关剧中，正面人物往往被理想化、被拔高，反面人物总是被丑化。这是中国戏剧的特点，符合我国传统的戏剧审美心理。从根本上说，中华民族是个富于幻想、对未来充满希望的民族。现实生活够严酷了，如果从戏剧中也得不到一点安慰，听不到一声欢笑，那日子不是更没过头了吗？

关汉卿的主要成就是杂剧，但同时也是一位散曲大家。他的散曲，内容涉及爱情、闺情、游乐、自然风物的吟咏和发泄心中的苦闷等题材。从表面上看，他的杂剧与散曲有着某种不和谐，其实，却恰恰反映出这位大文学家的两个方面。从杂剧和散曲这两种不同的形式看，前者是叙事性、代言体，是在演"戏"，当然是要讲别人；后者更多地继承了词的传统，更容易表现自我。从关汉卿的人格看，他既是向黑暗势力作斗争的勇士，又是封建阶级的浪子。我们不能要求同一个作家用两种不同的题材写出同一风格的作品来，不能要求他只写社会问题而不宣泄自己的内心世界。从艺术上看，关汉卿的散曲感情真挚，语言本色生动。如前文引用过的〔南吕一枝花·不伏老〕，用俏皮诙谐、佯狂玩世的语言，活脱脱塑造出一个封建时代的浪子、多才多艺的戏剧家的自我形象。再如〔南吕一枝花·赠珠帘秀〕，通篇把作为人的珠帘秀当作物的珠帘来描绘、来吟咏、来赞美,其构思的巧妙程度,令人叹佩。他的小令,也有一些写得比较成功,这里就不一一介绍了。

  本书从关汉卿现存作品中选出八个杂剧和二十多首散曲。选取的标准主要有二:一是可确定是关作;二是艺术上有特色,影响较大。本书杂剧部分的校勘,《拜月亭》仅存《元刊杂剧三十种》本,《单刀会》《绯衣梦》以脉望馆抄校本为底本,此外均以《元曲选》本为底本。除个别情况外,一般不出校记。注释力求简要,一般不征引原文。有些重要的词语,为方便读者,不避重注。

  在注释过程中,我们参考了吴国钦、王学奇等先生的两种《关汉卿全集校注》,并得到王季思老师、黄天骥老师的具体指导,在此一并致谢!

康 保 成

1994年2月于中山大学

杂　剧

附录

感天动地窦娥冤[1]

楔　子[2]

(卜儿[3]蔡婆上，诗云)花有重开日，人无再少年；不须长富贵，安乐是神仙[4]。老身蔡婆婆是也，楚州[5]人氏，嫡亲三口儿家属。不幸夫主亡逝已过，止有一个孩儿，年长八岁。俺娘儿两个，过其日月。家中颇有些钱财。这里一个窦秀才，从去年问我借了二十两银子，如今本利该银四十两。我数次索取，那窦秀才只说贫难，没得还我。他有一个女儿，今年七岁，生得可喜，长得可爱，我有心看上他，与我家做个媳妇，就准[6]了这四十两银子，岂不两得其便。他说今日好日辰，亲送女儿到我家来。老身且不索钱去，专在家中等候。这早晚窦秀才敢待来也。(冲末[7]扮窦天章引正旦[8]扮端云上，诗云)读尽缥缃[9]万卷书，可怜贫杀马相如[10]；汉庭一日承恩召，不说当垆说子虚。小生姓窦，名天章，祖贯长安京兆[11]人也。幼习儒业，饱有文章；争奈[12]时运不通，功名未遂。不幸浑家[13]亡化已过，撇下这个女孩儿，小字端云，从三岁上亡了他母亲，如今孩儿七岁了也。小生一贫如洗，流落在这楚州居住。此间一个蔡婆婆,他家广有钱物;小生因无盘缠,曾借了他二十两银子,到今本利该对还他四十两。他数次问小生索取,教我把甚么还他?谁想蔡婆婆常常着人来说,要小生女孩儿做他儿媳妇。况如今春榜动,选场开[14],正待上朝取应[15],又苦盘缠缺少。小生出于无奈,只得将女孩儿端云送与蔡婆婆做儿媳妇去。(做叹科[16],云)嗨!这个那里是做媳妇?分明是卖与他一般。就准了他那先借的四十两银子,分外但得些少东西,够小生应举之费,便也过望了。说话之间,早来到他家门首。婆婆在家么?(卜儿上,云)秀才,请家里坐,老身等候多时也。(做相见科。窦天章云)小生今日一径的将女孩儿送来与婆婆,怎敢说做媳妇,只与婆婆早晚使用。小生目下就要上朝进取功名去,留下女孩儿在此,只望婆婆看觑则个[17]。(卜儿云)这等,你是我亲家了。你本利少我四十两银子,兀的[18]是借钱的文书,还了你;再送与你十两银子做盘缠。亲家,你休嫌轻少。(窦天章做谢科,云)多谢了婆婆。先少你许多银子,都不要我还了,今又送我盘缠,此恩异日必当重报。婆婆,女孩儿早晚呆痴,看小生薄面,看觑女孩儿咱[19]。(卜儿云)亲家,这不消你嘱咐,令爱到我家,就做亲女儿一般看承他,你只管放心的去。(窦天章云)婆婆,端云孩儿该打呵,看小生面则[20]骂几句;当骂呵,则处分[21]几句。孩儿,你也不比在我跟前,我是你亲爷,将就的你;你如今在这里,早晚若顽劣呵,你只讨那打骂吃。儿哝!我也是出于无奈。(做悲科,唱)

【仙吕赏花时】我也只为无计营生四壁贫,因此上割舍得亲儿在两处分。从今日远践洛阳尘[22],又不知归期定准,则落的无语暗消魂[23]。(下)

(卜儿云)窦秀才留下他这女孩儿与我做媳妇儿,他一径上朝应举去了。(正旦做悲科,云)爹爹,你直下的[24]撇了我孩儿去也!(卜儿云)媳妇儿,你在我家,我是亲婆,你是亲媳妇,只当自家骨肉一般。你不要啼哭,跟着老身前后执料去来[25]。(同下)

注释

〔1〕《窦娥冤》是一个震撼人心的古典悲剧。王国维在《宋元戏曲考》中说它"即列之于世界大悲剧中亦无愧色"。著名戏曲史家王季思教授主编《中国十大古典悲剧集》,首列此剧。早在十九世纪初,《窦娥冤》已被巴尊(M. Bazin)译成法文,二十世纪初又有公原民平的日译本。明代以来,《窦娥冤》不断被改编上演。二十世纪五十年代后,此剧仍活在戏剧舞台上,并被搬上银幕。窦娥的故事早已深入人心。

〔2〕楔(xiē 歇)子:本是木工用来塞紧器具隙缝或榫(sǔn 损)头的小木片。后来戏剧、小说借用来指一个段落。元杂剧一般分为四折,有时为了交代或联系剧情,加上一个或两个楔子。其位置不固定,或在剧首,或在折与折之间。所唱曲子只用一二支小令,不用长套。

〔3〕卜儿:元杂剧的老妇人。

〔4〕"花有重开日"四句:这是定场诗。元杂剧人物上场往往念四句或两句诗,叫做定场诗。这首定场诗化用了宋代陈著的诗。

〔5〕楚州:地名,旧治在今江苏省靖江市,下文的山阳属楚州。

〔6〕准:抵偿。

〔7〕冲末:脚色名。元杂剧中男脚色叫末,犹如近代京剧中的生。其中正末是男主角,此外还有冲末、副末、外末、小末等名目。

〔8〕正旦:脚色名。元杂剧中女脚色称旦,其中正旦是女主角。此外,还有副旦、贴旦、外旦、小旦、老旦、搽旦等名目。

〔9〕缥缃(piǎo xiāng 漂厢):缥,淡青色的绸子;缃,浅黄色的绸子。古人常用来包书或作书袋,后来就用作书卷的代称。

〔10〕马相如：即司马相如。汉代文学家，早年贫困，《史记·司马相如传》说他"家居徒四壁立"。蜀中富豪卓王孙的孀女卓文君爱上了他，和他私奔。后在成都卖酒，文君当垆卖酒，他洗涤酒器。不久汉武帝读到他的《子虚赋》，大为赞赏，召他到朝中做官。

〔11〕京兆：汉代京畿(jī基)的行政区划名，在今陕西省西安市以东至华县之地。

〔12〕争奈：即怎奈。"争"，同"怎"。

〔13〕浑家：妻子。

〔14〕春榜动，选场开：指进士的考试要开始了。唐宋考进士和发榜都在春季，因此叫春榜。选场即试场。

〔15〕上朝取应：到京城去应考。

〔16〕科：元杂剧演出术语，提示剧中人物的表情动作或舞台效果。如"做饮酒科"、"做哭科"、"内做风科"等。

〔17〕看觑则个：看觑即照顾；则个是语尾助词，带有希望、祈求的语气。

〔18〕兀(wù勿)的：也作兀得、兀底。指示词，犹如"这个"。有时也兼表惊异或郑重的语气。

〔19〕咱：语气助词，含希望、请求的意思。

〔20〕则：同"只"。后文中"则落的"、"则是"，即只落得、只是。

〔21〕处分：这里是数落、责备的意思。

〔22〕远践洛阳尘：去京城求取功名。洛阳，东汉都城，后泛指京都。

〔23〕暗消魂：言离别时凄凉、难过的心境。江淹《别赋》："黯然销魂者，唯别而已矣。"

〔24〕直：简直，竟然。下的：也作下得，舍得。

〔25〕执料去来：照料去。来，语气助词，无义。

第一折

(净扮赛卢医〔1〕上，诗云)行医有斟酌，下药依《本草》〔2〕；死的医不活,活的医死了。自家姓卢,人道我一手好医,都叫做赛卢医,在这山阳县南门开着生药局[3]。在城[4]有个蔡婆婆,我问他借了十两银子,本利该还他二十两;数次来讨这银子,我又无的还他。若不来便罢,若来呵,我自有个主意。我且在这药铺中坐下,看有甚么人来。(卜儿上,云)老身蔡婆婆。我一向搬在山阳县居住,尽也静办[5]。自十三年前窦天章秀才留下端云孩儿与我做儿媳妇,改了他小名,叫做窦娥。自成亲之后,不上二年,不想我这孩儿害弱症[6]死了。媳妇儿守寡,又早三个年头,服孝将除了也。我和媳妇儿说知,我往城外赛卢医家索钱去也。(做行科,云)蓦过隅头[7],转过屋角,早来到他家门首。赛卢医在家么?(卢医云)婆婆,家里来。(卜儿云)我这两个银子长远了,你还了我罢。(卢医云)婆婆,我家里无银子,你跟我庄上去取银子还你。(卜儿云)我跟你去。(做行科)(卢医云)来到此处,东也无人,西也无人,这里不下手,等甚么?我随身带的有绳子。兀那[8]婆婆,谁唤你哩?(卜儿云)在那里?(做勒卜儿科,孛老[9]同副净张驴儿冲上,赛卢医慌走下,孛老救卜儿科)(张驴儿云)爹,是个婆婆,争些[10]勒杀了。(孛老云)兀那婆婆,你是那里人氏?姓甚名谁?因甚着这个人将你勒死?(卜儿云)老身姓蔡,在城人氏,止有个寡媳妇儿,相守过日。因为赛卢医少我二十两银子,今日与他取讨;谁想他赚我到无人去处,要勒死我,赖这银子。若不是遇着老的和哥哥呵,那得老身性命来。(张驴儿云)爹,你听的他说么?他家还有个媳妇哩。救了他性命,他少不得要谢我;不若你要这婆子,我要他媳妇儿,何等两便?你和他说去。(孛老云)兀那婆婆,你无丈夫,我无浑家,你肯与我做个老婆,意下如何?(卜儿云)是何言语!待我回家,多备些钱钞相谢。(张驴儿云)你敢是[11]不肯,故意将钱钞哄我?赛卢医的绳子还在,我仍旧勒死了你罢。(做拿绳科)(卜儿云)哥哥,待我慢慢地寻思咱。(张驴儿云)你寻思些甚么?你随我老子,我便要你媳妇儿。(卜儿背云[12])我不依他,他又勒杀我。罢罢罢,你爷儿两个随我到家中去来。(同下)

(正旦上,云)妾身姓窦,小字端云,祖居楚州人氏。我三岁上亡了母亲,七岁上离了父亲。俺父亲将我嫁与蔡婆婆为儿媳妇,改名窦娥。至十七岁与夫成亲,不幸丈夫亡化,可早三年光景,我今二十岁也。这南门外有个赛卢医,他少俺婆婆银子,本利该二十两,数次索取不还,今日俺婆婆亲自索取去了。窦娥也,你这命好苦也呵!(唱)

【仙吕点绛唇】满腹闲愁,数年禁受[13],天知否?天若是知我情由,怕不待和天瘦[14]。

【混江龙】则问那黄昏白昼,两般儿忘餐废寝几时休?大都来[15]昨宵梦里,和着这今日心头。催人泪的是锦烂熳花枝横绣闼[16],断人肠的是剔团圞[17]月色挂妆楼。长则是急煎煎按不住意中焦,闷沉沉展不彻眉尖皱,越觉的情怀冗冗,心绪悠悠。

(云)似这等忧愁,不知几时是了也呵!(唱)

【油葫芦】莫不是八字儿[18]该载着一世忧,谁似我无尽头!须知道人心不似水长流。我从三岁母亲身亡后,到七岁与父分离久,嫁的个同住人,他可又拔着短筹[19];撇的俺婆妇每[20]都把空房守,端的[21]个有谁问,有谁瞅?

【天下乐】莫不是前世里烧香不到头[22],今也波生[23]招祸尤?劝今人早将来世修。我将这婆侍养,我将这服孝守,我言词须应口[24]。

(云)婆婆索钱去了,怎生这早晚不见回来?(卜儿同李老、张驴儿上)(卜儿云)你爷儿两个且在门首,等我先进去。(张驴儿云)奶奶,你先进去,就说女婿在门首哩。(卜儿见正旦科)(正旦云)奶奶回来了,你吃饭么?(卜儿做哭科,云)孩儿也,你教我怎生说波[25]。(正旦唱)

【一半儿】为甚么泪漫漫不住点儿流?莫不是为索债与人家惹争斗?我这里连忙迎接慌问候,他那里要说缘由。(卜儿云)羞人答答的,教我怎生说波!(正旦唱)则见他一半儿徘徊一半儿丑[26]。

(云)婆婆,你为甚么烦恼啼哭那?(卜儿云)我问赛卢医讨银子去,他赚我到无人去处,行起凶来,要勒死我。亏了一个张老并他儿子张驴儿,救得我性命。那张老就要我招他做丈夫,因这等烦恼。(正旦云)婆婆,这个怕不中么[27]?你再寻思咱:俺家里又不是没有饭吃,没有衣穿,又不是少欠钱债,被人催逼不过;况你年纪高大,六十以外的人,怎生又招丈夫那?(卜儿云)孩儿也,你说的岂不是。但是我的性命全亏他这爷儿两个救的,我也曾说道:待我到家,多将些钱物,酬谢你救命之恩。不知他怎生知道我家里有个媳妇儿,道我婆媳妇又没老公,他爷儿两个又没老婆,正是天缘天对。若不随顺,他依旧要勒死我。那时节我就慌张了,莫说自己许了他,连你也许了他。儿也,这也是出于无奈。(正旦云)婆婆,你听我说波。(唱)

【后庭花】遇时辰我替你忧,拜家堂我替你愁。梳着个霜雪般白鬏髻[28],怎戴那销金锦盖头?怪不的女大不中留[29]。你如今六旬左右,可不道到中年万事休。旧恩爱一笔勾,新夫妻两意投,枉把人笑破口。

(卜儿云)我的性命都是他爷儿两个救的,事到如今,也顾不得

别人笑话了。(正旦唱)

【青哥儿】你虽然是得他、得他营救,须不是笋条[30]、笋条年幼,划的[31]便巧画蛾眉[32]成配偶?想当初你夫主遗留,替你图谋,置下田畴,早晚羹粥,寒暑衣裘,满望你鳏寡孤独,无揾无靠,母子每到白头。公公也,则落得干生受[33]。

(卜儿云)孩儿也,他如今只待过门,喜事匆匆的,教我怎生回得他去?(正旦唱)

【寄生草】你道他匆匆喜,我替你倒细细愁:愁则愁兴阑珊[34]咽不下交欢酒[35],愁则愁眼昏腾扭不上同心扣,愁则愁意朦胧睡不稳芙蓉褥。你待要笙歌引至画堂前,我道这姻缘敢落在他人后。

(卜儿云)孩儿也,再不要说我了,他爷儿两个都在门首等候,事已至此,不若连你也招了女婿罢。(正旦云)婆婆,你要招你自招,我并然不要女婿。(卜儿云)那个是要女婿的?争奈他爷儿两个自家捱过门来,教我如何是好?(张驴儿云)我们今日招过门去也。帽儿光光,今日做个新郎;袖儿窄窄,今日做个娇客[36]。好女婿,好女婿,不枉了,不枉了。(同孛老入拜科)(正旦做不礼科,云)兀那厮,靠后!(唱)

【赚煞】我想这妇人每休信那男儿口,婆婆也,怕没的贞心儿自守,到今日招着个村老子[37],领着个半死囚。(张驴儿做嘴脸[38]科,云)你看我爷儿两个这等身段,尽也选得女婿过,你不要错过了好时辰,我和你早些儿拜堂罢。(正旦不礼科,唱)则被你坑杀人[39]燕侣莺俦。婆婆也,你岂不知羞!俺公公撞府冲州[40],阛阓[41]的铜斗儿家缘[42]百事有。想着俺公公置就,怎忍教张驴儿情受[43]?(张驴儿做扯正旦拜科,正旦推跌

科,唱)兀的不是俺没丈夫的妇女下场头!(下)

(卜儿云)你老人家不要恼躁。难道你有活命之恩,我岂不思量报你?只是我那媳妇儿气性最不好惹的,既是他不肯招你儿子,教我怎好招你老人家?我如今拼的好酒好饭养你爷儿两个在家,待我慢慢的劝化俺媳妇儿;待他有个回心转意,再作区处[44]。(张驴儿云)这歪剌骨[45]!便是黄花女儿[46],刚刚扯的一把,也不消这等使性,平空的推了我一交,我肯干罢!就当面赌个誓与你:我今生今世不要他做老婆,我也不算好男子。(词云)美妇人我见过万千向外[47],不似这小妮子生得十分惫赖[48];我救了你老性命死里重生,怎割舍得不肯把肉身陪待?(同下)

注释

〔1〕净扮赛卢医:净,脚色名,元杂剧中多演男性;又有副净、二净等名目。卢医是战国时代名医扁鹊。他家在卢(今山东省长清县西南),所以人称卢医。元杂剧往往把庸医取名为"赛卢医",这是一种讽刺性的反称。

〔2〕《本草》:我国古代的一部药书。

〔3〕生药局:药材铺。

〔4〕在城:本城。

〔5〕尽也静办:倒也清静。

〔6〕弱症:肺痨之类的病。

〔7〕蓦(mò 末)过:即转过,拐过。隅头:拐弯的地方。

〔8〕兀那:就是那。兀,发语词,有加强语气的作用。

〔9〕孛(bèi 备)老:元杂剧中的老年男子。

〔10〕争些:险些,差一点。

〔11〕敢是:莫非是、大概是。

〔12〕背云:戏剧术语,略同于现代话剧中的"旁白"。是演员假定别

的角色听不见所作的说白。

〔13〕禁受:承受、忍受。

〔14〕怕不待和天瘦:岂不要连老天都要瘦了。怕不待,岂不要的意思。和,连。

〔15〕大都来:大抵、大多。

〔16〕绣闼(tà踏):绣房。

〔17〕剔团圞(luán 栾):意即滴溜儿圆,非常圆。剔,形容极圆的副词。

〔18〕八字儿:古人把人出生的时间(年、月、日、时)根据天干地支排列起来,称为八字。迷信的人认为命运和八字有关。

〔19〕拔着短筹:喻指短命。古代算命抽签每用竹筹,拔着短筹就是抽到坏签。

〔20〕婆妇每:婆媳们。每,人称代词词尾,其义若"们"。

〔21〕端的:真的,确实。

〔22〕前世里烧香不到头:迷信的人认为,前世烧了断头香,夫妻不能偕老。

〔23〕今也波生:今生。也波,语句中间的助词,无义,是杂剧中为了行腔需要而在正格之外加的衬字。

〔24〕应口:心口相应,说话算数。

〔25〕波:语尾助词,同"啊"、"吧"。

〔26〕丑:羞愧。

〔27〕怕不中么:恐怕使不得吧。不中,不行。今河南一带尚习用。

〔28〕鬏髻(dí jì 狄计):古时妇女将头发盘成螺形,上加网套,用作装饰。

〔29〕女大不中留:当时谚语,意说女子年龄大了就要出嫁,不能留在家里。这是窦娥嘲笑蔡婆年已六十,还要去做新娘。

〔30〕笋条:竹的幼芽,这里引申为年纪轻。

〔31〕划(chǎn 产)的:平白无故的。

〔32〕画蛾眉:汉张敞曾为其妻画眉,后人以此隐喻夫妻恩爱。窦娥

用此语讽刺蔡婆甘心再嫁。

〔33〕干生受:犹言白辛苦。生受,辛苦、受罪。

〔34〕兴阑珊:懒散,打不起劲儿。

〔35〕交欢酒:又称交杯酒。旧俗,夫妻成婚必须交换酒杯喝酒。见《东京梦华录》卷五。

〔36〕"帽儿光光"四句:宋元时人们在婚礼时对新郎打趣的话。

〔37〕村老子:骂人的话,意为粗俗的老头子。

〔38〕做嘴脸:做怪样。这是剧本提示的舞台动作。

〔39〕坑杀人:害死人。

〔40〕撞府冲州:指跑江湖,经历过许多地方。

〔41〕诤揣(zhèng chuài 政揣):此言挣取。

〔42〕铜斗儿家缘:谓家境殷实。铜斗系量器,家缘即家产。

〔43〕情受:承受。

〔44〕区处:分别处置、处理的意思。

〔45〕歪剌骨:对妇女侮辱谩骂之辞,犹言"臭货"、"贱骨头"。

〔46〕黄花女儿:未婚闺女,处女。

〔47〕向外:以上。

〔48〕惫(bèi 备)赖:泼辣,调皮。

第 二 折

(赛卢医上,诗云)小子太医[1]出身,也不知道医死多人,何尝怕人告发,关了一日店门? 在城有个蔡家婆子,刚少的他二十两花银,屡屡亲来索取,争些搣断脊筋。也是我一时智短,将他赚到荒村,撞见两个不识姓名男子,一声嚷道:"浪荡乾坤,怎敢行凶撒泼,擅自勒死平民!"吓得我丢了绳索,放开脚步飞奔。虽然一夜无事,终觉失精落魂;方知人命关天关地,如何看做壁上灰尘。从今改过行业,要得灭罪修因[2],将以前医死的性命,一个个都与他一卷超度[3]的经文。小子赛卢医的便是。只为要赖蔡婆婆二十两银子,赚他到荒僻去处,正待勒死他,谁想遇见两个汉子,救了他去。若是再来讨债时节,教我怎生见他?常言道的好:"三十六计,走为上计。"喜得我是孤身,又无家小连累;不若收拾了细软行李,打个包儿,悄悄的躲到别处,另做营生,岂不干净?(张驴儿上,云)自家张驴儿。可奈[4]那窦娥百般的不肯随顺我;如今那老婆子害病,我讨服毒药,与他吃了,药死那老婆子,这小妮子好歹做我的老婆。(做行科,云)且住,城里人耳目广,口舌多,倘见我讨毒药,可不嚷出事来?我前日看见南门外有个药铺,此处冷静,正好讨药。(作行科,叫云)太医哥哥,我来讨药的。(赛卢医云)你讨甚么药?(张驴儿云)我讨服毒药。(赛卢医云)谁敢合[5]毒药与你?这厮好大胆也!(张驴儿云)你真个不肯与我药么?(赛卢医云)我不与你,你就怎地我?(张驴儿做拖卢云)好呀,前日谋死蔡婆婆的,不是你来?你说我不认的你哩!我拖你见官去。(赛卢医做慌科,云)大哥,你放我,有药有药。(做与药科。张驴儿云)既然有了药,且饶你罢。正是:"得放手时须放手,得饶人处且饶人。"(下)(赛卢医云)可不悔气[6]!刚刚讨药的这人,就是救那婆子的。我今日与了他这服毒药去了,以后事发,越越要连累我;趁早儿关上药铺,到涿州[7]卖老鼠药去也。(下)

(卜儿上,做病伏几科)(孛老同张驴儿上,云)老汉自到蔡婆婆家来,本望做个接脚[8],却被他媳妇坚执不从。那婆婆一向收留俺爷儿两个在家同住,只说:"好事不在忙",等慢慢里劝转他媳妇;谁想那婆婆又害起病来。孩儿,你可曾算我两个的八字,红鸾天喜[9]几时到命哩?(张驴儿云)要看什么天喜到命!只赌本事做得去自去做。(孛老云)孩儿也,蔡婆婆害病好几日了,我与你去问病波。(做见卜儿问科,云)婆婆,你今日病体如何?(卜儿云)我身子十分不快哩。(孛老云)你可想些甚么吃?(卜儿云)我思量些羊肚儿汤吃。(孛老云)孩儿,你对窦娥说,做些羊肚儿汤与婆婆吃。(张驴儿向古门[10]云)窦娥,婆婆想羊肚儿汤吃,快安排将来。(正旦持汤上,云)妾身窦娥是也。有俺婆婆不快,想羊肚儿汤吃,我亲自安排了与婆婆吃去。婆婆也,我这寡妇人家,凡事也要避些嫌疑,怎好收留那张驴儿父子两个?非亲非眷的,一家儿同住,岂不惹外人谈议?婆婆也,你莫要背地里许了他亲事,连我也累做不清不洁的。我想这妇人心好难保也呵!(唱)

【南吕一枝花】他则待一生鸳帐眠,那里肯半夜空房睡;他本是张郎妇,又做了李郎妻。有一等妇女每相随,并不说家克计[11],则打听些闲是非;说一会不明白打凤的机关,使了些调虚嚣捞龙的见识。[12]

【梁州第七】这一个似卓氏般当垆涤器[13],这一个似孟光般举案齐眉[14],说的来藏头盖脚多伶俐[15]。道着难晓,做出才知。旧恩忘却,新爱偏宜;坟头上土脉犹湿,架儿上又换新衣。那里有奔丧处哭倒长城[16]?那里有浣纱时甘投大水[17]?那里有上山来便化顽石[18]?可悲,可耻!妇人家直恁的[19]无仁义,多淫奔,少志气,亏杀前人在那里,更休说百步相随。

(云)婆婆,羊肚儿汤做成了,你吃些儿波。(张驴儿云)等我拿去。(做接尝科,云)这里面少些盐醋,你去取来。(正旦下)(张驴儿放药科)(正旦上,云)这不是盐醋?(张驴儿云)你倾下些。(正旦唱)

【隔尾】你说道少盐欠醋无滋味,加料添椒才脆美。但愿娘亲早瘥济,饮羹汤一杯,胜甘露灌体,得一个身子平安倒大来[20]喜。

(孛老云)孩儿,羊肚汤有了不曾?(张驴儿云)汤有了,你拿过去。(孛老将汤云)婆婆,你吃些汤儿。(卜儿云)有累你。(做呕科,云)我如今打呕,不要这汤吃了,你老人家吃罢。(孛老云)这汤特做来与你吃的,便不要吃,也吃一口儿。(卜儿云)我不吃了,你老人家请吃。(孛老吃科)(正旦唱)

【贺新郎】一个道你请吃,一个道婆先吃,这言语听也难听,我可是气也不气!想他家与咱家有甚的亲和戚?怎不记旧日夫妻情意,也曾有百纵千随?婆婆也,你莫不为黄金浮世宝,白发故人稀[21],因此上把旧恩情,全不比新知契?则待要百年同墓穴,那里肯千里送寒衣。

(孛老云)我吃下这汤去,怎觉昏昏沉沉的起来?(做倒科)(卜儿慌科,云)你老人家放精神着,你扎挣着些儿。(做哭科,云)兀的不是死了也!(正旦唱)

【斗虾蟆】空悲戚,没理会,人生死,是轮回[22]。感着这般病疾,值着这般时势,可是风寒暑湿,或是饥饱劳役,各人症候自知。人命关天关地,别人怎生替得?寿数非干今世。相守三朝五夕,说甚一家一计。又无羊酒段匹[23],又无花红财礼;把手为活过日,撒手如同休弃。不是窦娥忤逆,生怕傍人论议。不如听咱劝你,认个自家晦气,割舍的一具棺材停置,几件布帛收拾,出了咱家门里,送入他家坟地。这不是你那从小儿年纪指脚的夫妻[24],我其实不关亲,无半点恓惶泪。休得要心如醉,意似痴,便这等嗟嗟怨怨,哭哭啼啼。

(张驴儿云)好也啰!你把我老子药死了,更待干罢!(卜儿

云)孩儿,这事怎了也?(正旦云)我有甚么药在那里,都是他要盐醋时,自家倾在汤儿里的。(唱)

【隔尾】这厮搬调[25]咱老母收留你,自药死亲爷待要唬吓谁?(张驴儿云)我家的老子,倒说是我做儿子的药死了,人也不信。(做叫科,云)四邻八舍听着:窦娥药杀我家老子哩。(卜儿云)罢么,你不要大惊小怪的,吓杀我也。(张驴儿云)你可怕么?(卜儿云)可知[26]怕哩。(张驴儿云)你要饶么?(卜儿云)可知要饶哩。(张驴儿云)你教窦娥随顺了我,叫我三声嫡嫡亲亲的丈夫,我便饶了他。(卜儿云)孩儿也,你随顺了他罢。(正旦云)婆婆,你怎说这般言语!(唱)我一马难将两鞍鞴[27],想男儿在日曾两年匹配,却教我改嫁别人,其实做不得。

(张驴儿云)窦娥,你药杀了俺老子,你要官休?要私休?(正旦云)怎生是官休?怎生是私休?(张驴儿云)你要官休呵,拖你到官司,把你三推六问[28],你这等瘦弱身子,当不过拷打,怕你不招认药死我老子的罪犯!你要私休呵,你早些与我做了老婆,倒也便宜了你。(正旦云)我又不曾药死你老子,情愿和你见官去来。(张驴儿拖正旦、卜儿下)

(净扮孤[29]引祗候[30]上,诗云)我做官人胜别人,告状来的要金银;若是上司当刷卷[31],在家推病不出门。下官楚州太守桃杌是也。今早升厅坐衙,左右,喝撺厢[32]。(祗候么喝科)(张驴儿拖正旦、卜儿上,云)告状告状。(祗候云)拿过来。(做跪见,孤亦跪科,云)请起。(祗候云)相公,他是告状的,怎生跪着他?(孤云)你不知道,但来告状的,就是我衣食父母[33]。(祗候么喝科,孤云)那个是原告?那个是被告?从实说来。(张驴儿云)小人是原告张驴儿,告这媳妇儿,唤做窦娥,合毒药下在羊肚儿汤里,药死了俺的老子。这个唤做蔡婆婆,就是俺的后母。望大人与小人做主咱。(孤云)是那一个下的毒药？（正旦云）不干小妇人事。（卜儿云）也不干老妇人事。（张驴儿云）也不干我事。（孤云）都不是，敢是我下的毒药来？（正旦云）我婆婆也不是他后母，他自姓张，我家姓蔡。我婆婆因为与赛卢医索钱，被他赚到郊外勒死，我婆婆却得他爷儿两个救了性命。因此我婆婆收留他爷儿两个在家，养膳终身，报他的恩德。谁知他两个倒起不良之心，冒认婆婆做了接脚，要逼勒小妇人做他媳妇。小妇人原是有丈夫的，服孝未满，坚执不从。适值我婆婆患病，着小妇人安排羊肚儿汤吃。不知张驴儿那里讨得毒药在身，接过汤来，只说少些盐醋，支转小妇人，暗地倾下毒药。也是天幸，我婆婆忽然呕吐，不要汤吃，让与他老子吃，才吃的几口便死了。与小妇人并无干涉。只望大人高抬明镜，替小妇人做主咱。（唱）

【牧羊关】大人你明如镜，清似水，照妾身肝胆虚实。那羹本五味俱全，除了外百事不知。他推道尝滋味，吃下去便昏迷。不是妾讼庭上胡支对[34]，大人也，却教我平白地说甚的？

（张驴儿云）大人详情：他自姓蔡，我自姓张，他婆婆不招俺父亲接脚，他养我父子两个在家做甚么？这媳妇儿年纪虽小，极是个赖骨顽皮，不怕打的。（孤云）人是贱虫，不打不招。左右，与我选大棍子打着。（祗候打正旦，三次喷水科）（正旦唱）

【骂玉郎】这无情棍棒教我捱不的。婆婆也，须是你自做下，怨他谁？劝普天下前婚后嫁婆娘每，都看取我这般傍州例[35]。

【感皇恩】呀！是谁人唱叫扬疾[36]，不由我不魄散魂飞。恰消停，才苏醒，又昏迷。捱千般打拷，万种凌逼，一杖下，一道血，一层皮。

【采茶歌】打的我肉都飞,血淋漓,腹中冤枉有谁知!则我这小妇人毒药来从何处也?天那,怎么的覆盆不照太阳晖[37]!

(孤云)你招也不招?(正旦云)委的[38]不是小妇人下毒药来。(孤云)既然不是,你与我打那婆子。(正旦忙云)住住住,休打我婆婆,情愿我招了罢,是我药死公公来。(孤云)既然招了,着他画了伏状[39],将枷来枷上,下在死囚牢里去。到来日判个斩字,押赴市曹[40]典刑。(卜儿哭科,云)窦娥孩儿,这都是我送了你性命,兀的不痛杀我也!(正旦唱)

【黄钟尾】我做了个衔冤负屈没头鬼,怎肯便放了你好色荒淫漏面贼[41]。想人心不可欺,冤枉事天地知,争到头,竞到底,到如今待怎的?情愿认药杀公公,与了招罪。婆婆也,我怕把你来便打的,打的来恁。我若是不死呵,如何救得你?(随祗候押下)

(张驴儿做叩头科,云)谢青天老爷做主!明日杀了窦娥,才与小人的老子报的冤。(卜儿哭科,云)明日市曹中杀窦娥孩儿也,兀的不痛杀我也!(孤云)张驴儿,蔡婆婆,都取保状,着随衙听候。左右,打散堂鼓,将马来,回私宅去也。(同下)

注释

〔1〕太医:原系宫廷御用医官的称号,这里是赛卢医自吹。

〔2〕灭罪修因:减灭今生罪孽,修造来世福因。

〔3〕超度:为死人做佛事,使其灵魂超脱苦难。

〔4〕可奈:怎奈。

〔5〕合:配制。

〔6〕悔气:即晦气,遇事不顺利,倒霉。

〔7〕涿州:地名,故治在今河北省涿县。

〔8〕接脚:接脚婿的省称,寡妇招婿的后夫。

〔9〕红鸾天喜:红鸾,旧时迷信说法,谓命中遇到红鸾星,主婚姻成就。天喜,吉日。

〔10〕古门:元剧演出术语。舞台通向后台的出入口。又称鬼门。

〔11〕家克计:持家的办法。

〔12〕"说一会不明白打凤的机关"两句:打凤、捞龙,都是安排圈套使人中计的意思。这二句是指说的、做的都是暗中骗人的鬼把戏。

〔13〕当垆涤器:参见本剧楔子注〔10〕。

〔14〕举案齐眉:东汉时梁鸿、孟光夫妻吃饭时,孟光把盛食具的托盘高举齐眉,以表对丈夫的敬重。后人多以此喻夫妻和睦。

〔15〕伶俐:此处作干净解。

〔16〕哭倒长城:民间传说,秦时杞梁修筑长城,其妻孟姜女为他千里送寒衣,到了长城,杞梁已劳累而死,孟姜女寻求不得,哭之甚哀,把城墙哭倒了一大片,发现了丈夫的尸骨。

〔17〕浣纱时甘投大水:春秋时,伍子胥逃难到江边,一个浣纱女同情他的遭遇,给他饭吃。临走伍子胥叮嘱她不要向追兵泄密,她为了表白自己的诚意,投江自杀。

〔18〕上山来便化顽石:相传古代一位妇女,在山上盼望丈夫而化成了石头。我国不少地方都有望夫石的传说。

〔19〕恁(nèn 嫩)的:那样的。"恁"是"那么"二字合音。

〔20〕倒大来:倒大,十分、非常的意思。来,语助词。

〔21〕黄金浮世宝,白发故人稀:古代谚语,均为难得之意。

〔22〕轮回:佛教说法,认为人死后会转世为人或堕落为畜牲,一世一世轮转下去。这里是说,张驴儿父亲之死是他命中注定。

〔23〕羊酒段匹:宋元时订婚的礼物。

〔24〕指脚的夫妻:结发夫妻。

〔25〕搬调:搬弄、调唆。

〔26〕可知:当然。

〔27〕一马难将两鞍鞴(bèi 备):出自成语"好马不鞴双鞍,烈女不嫁

两夫",这是专制社会要妇女守节的说教。

〔28〕三推六问:反复勘察审问。

〔29〕孤:元杂剧中的官员。

〔30〕祗(zhī 支)候:本是宋代武官名,元代用来称较高级的衙役。

〔31〕刷卷:检查、清理民刑案件,由肃政廉访使赴所属地方衙门稽核。

〔32〕喝撺厢:专制时代,官员开庭审案的时候,衙役分列两厢,大声吆喝,叫做"喝撺厢"。

〔33〕衣食父母:旧社会仰靠某人生活,就称那个人是自己的衣食父母。这里是借演员打诨的话,以讽刺官吏们趁老百姓打官司时进行敲诈贪污。

〔34〕胡支对:胡乱支吾答对。

〔35〕傍州例:例子、榜样。

〔36〕唱叫扬疾:大声叫喊。

〔37〕覆盆不照太阳晖:盆翻盖着,阳光照不进去。比喻衙门暗无天日。

〔38〕委的:委实、真的。

〔39〕伏状:供词。

〔40〕市曹:闹市。古代处决犯人多在闹市执行,用以警众。

〔41〕漏面贼:意为"贼囚徒"。漏面,疑即镂面,是古代往犯人脸上刺字的一种刑法。

第 三 折

(外〔1〕扮监斩官上,云)下官监斩官是也。今日处决犯人,着做公的把住巷口,休放往来人闲走。(净扮公人,鼓三通、锣三下科)(剑子磨旗〔2〕、提刀,押正旦带枷上)(剑子云)行动些〔3〕,行动些,监斩官去法场上多时了。(正旦唱)

【正宫端正好】没来由[4]犯王法,不提防遭刑宪,叫声屈动地惊天!顷刻间游魂先赴森罗殿[5],怎不将天地也生埋怨。

【滚绣球】有日月朝暮悬,有鬼神掌著生死权,天地也,只合把清浊分辨,可怎生错看了盗跖颜渊[6]?为善的受贫穷更命短,造恶的享富贵又寿延。天地也,做得个怕硬欺软,却原来也这般顺水推船。地也,你不分好歹何为地?天也,你错勘贤愚枉做天!哎,只落得两泪涟涟。

(刽子云)快行动些,误了时辰也。(正旦唱)

【倘秀才】则被这枷纽的我左侧右偏,人拥的我前合后偃,我窦娥向哥哥行[7]有句言。(刽子云)你有甚么话说?(正旦唱)前街里去心怀恨,后街里去死无冤,休推辞路远。

(刽子云)你如今到法场上面,有甚么亲眷要见的,可教他过来,见你一面也好。(正旦唱)

【叨叨令】可怜我孤身只影无亲眷,则落的吞声忍气空嗟怨。(刽子云)难道你爷娘家也没的?(正旦云)止有个爹爹,十三年前上朝取应去了,至今杳无音信。(唱)早已是十年多不睹爹爹面。(刽子云)你适才要我往后街里去,是什么主意?(正旦唱)怕则怕前街里被我婆婆见。(刽子云)你的性命也顾不得,怕他见怎的?(正旦云)俺婆婆若见我披枷带锁赴法场餐刀去呵,(唱)枉将他气杀也么哥,枉将他气杀也么哥[8]。告哥哥,临危好与人行方便。

(卜儿哭上科,云)天那,兀的不是我媳妇儿!(刽子云)婆子靠后。(正旦云)既是俺婆婆来了,叫他来,待我嘱付他几句话咱。(刽子云)那婆子,近前来,你媳妇要嘱付你话哩。(卜儿云)孩儿,痛杀我也!(正旦云)婆婆,那张驴儿把毒药放在羊肚儿汤里,实指望药死了你,要霸占我为妻。不想婆婆让与他老子吃,倒把他老子药死了。我怕连累婆婆,屈招了药死公公,今日赴法场典刑。婆婆,此后遇着冬时年节,月一十五,有澆[9]不了的浆水饭,澆半碗儿与我吃;烧不了的纸钱,与窦娥烧一陌儿[10]。则是看你死的孩儿面上!(唱)

【快活三】念窦娥葫芦提[11]当罪愆,念窦娥身首不完全,念窦娥从前已往干家缘[12],婆婆也,你只看窦娥少爷无娘面。

【鲍老儿】念窦娥伏侍婆婆这几年,遇时节将碗凉浆奠;你去那受刑法尸骸上烈些纸钱,只当把你亡化的孩儿荐。(卜儿哭科,云)孩儿放心,这个老身都记得。天那,兀的不痛杀我也!(正旦唱)婆婆也,再也不要啼啼哭哭,烦烦恼恼,怨气冲天。这都是我做窦娥的没时没运,不明不暗,负屈衔冤。

(刽子做喝科,云)兀那婆子靠后,时辰到了也。(正旦跪科)(刽子开枷科)(正旦云)窦娥告监斩大人,有一事肯依窦娥,便死而无怨。(监斩官云)你有甚么事?你说。(正旦云)要一领净席,等我窦娥站立;又要丈二白练,挂在旗枪上。若是我窦娥委实冤枉,刀过处头落,一腔热血休半点儿沾在地下,都飞在白练上者。(监斩官云)这个就依你,打甚么不紧[13]!(刽子做取席站科,又取白练挂旗上科)(正旦唱)

【耍孩儿】不是我窦娥罚下这等无头愿[14],委实的冤情不浅;若没些儿灵圣与世人传,也不见得湛湛青天。我不要半星热血红尘洒,都只在八尺旗枪素练悬。等他四下里皆瞧见,这就是咱苌弘化碧[15],望帝啼鹃[16]。

(刽子云)你还有甚的说话,此时不对监斩大人说,几时说那?
(正旦再跪科,云)大人,如今是三伏天道,若窦娥委实冤枉,身死之后,天降三尺瑞雪,遮掩了窦娥尸首。(监斩官云)这等三伏天道,你便有冲天的怨气,也召不得一片雪来,可不胡说!(正旦唱)

【二煞】你道是暑气暄,不是那下雪天;岂不闻飞霜六月因邹衍[17]?若果有一腔怨气喷如火,定要感的六出冰花[18]滚似绵,免着我尸骸现;要甚么素车白马[19],断送[20]出古陌荒阡!

(正旦再跪科,云)大人,我窦娥死的委实冤枉,从今以后,着这楚州亢旱[21]三年!(监斩官云)打嘴!那有这等说话!(正旦唱)

【一煞】你道是天公不可期,人心不可怜,不知皇天也肯从人愿。做甚么三年不见甘霖降?也只为东海曾经孝妇冤[22]。如今轮到你山阳县。这都是官吏每无心正法,使百姓有口难言。

(刽子做磨旗科,云)怎么这一会儿天色阴了也?(内做风科,刽子云)好冷风也!(正旦唱)

【煞尾】浮云为我阴,悲风为我旋,三桩儿誓愿明题遍。(做哭科,云)婆婆也,直等待雪飞六月,亢旱三年呵,(唱)那其间才把你个屈死的冤魂这窦娥显。

(刽子做开刀,正旦倒科)(监斩官惊云)呀,真个下雪了,有这等异事!(刽子云)我也道平日杀人,满地都是鲜血,这个窦娥的血都飞在那丈二白练上,并无半点落地,委实奇怪。(监斩官云)这死罪必有冤枉。早两桩儿应验了,不知亢旱三年的说话,准也不准?且看后来如何。左右,也不必等待雪晴,便与我抬他尸首,还了那蔡婆婆去罢。(众应科,抬尸下)

注释

〔1〕外:脚色名,"外末"的省称。有时也作"外旦"、"外净"的省称。

〔2〕磨旗:摇旗,挥旗。

〔3〕行动些:走快些。

〔4〕没来由:无缘无故的。

〔5〕森罗殿:佛教的说法,谓阴间阎王审案的厅堂。

〔6〕盗跖:传说春秋时的"大盗"。颜渊:孔子的学生,所谓"贤者"的典型。

〔7〕哥哥行(háng杭):意即哥哥那边。在宋元语言里,"行"用在人称之后,是指示方位的词。

〔8〕也么哥:表示指示的语气词,无义。〔叨叨令〕曲照例要重叠,并在词尾加"也么哥"三字。

〔9〕瀽(jiǎn检):倒,泼。

〔10〕一陌儿:即一百张。陌,通"百"。

〔11〕葫芦提:糊里糊涂,不明不白。

〔12〕干家缘:料理家务。

〔13〕打什么不紧:有什么要紧。

〔14〕无头愿:没有着落的、离奇的誓愿。

〔15〕苌弘化碧:苌弘为周之忠臣,无辜被害,流血成石,或谓化为碧玉,不见其尸。见《庄子·外物》。

〔16〕望帝啼鹃:蜀王杜宇,号望帝,相传他逊位后去世,魂化为杜鹃,日夜悲啼。

〔17〕飞霜六月因邹衍:邹衍,战国时燕之忠臣,相传他被谗下狱,曾仰天大哭,时值夏天,竟然降霜。后人遂以"六月飞霜"喻冤狱。

〔18〕六出冰花:指雪花,因为雪花是六瓣的。

〔19〕素车白马:东汉时,范式和张劭友好,张劭死了,范式从很远的地方乘着白车白马去吊丧。后常用这四个字指吊丧送葬。

〔20〕断送:这里指送葬。

〔21〕亢(kàng抗)旱:大旱,久旱。

〔22〕东海曾经孝妇冤：据《汉书·于定国传》，东海郡有一个很孝顺的寡妇周青，竟以谋杀婆婆罪被判斩，临刑前她指着身边的竹竿说，若我无罪，血就沿着竹竿倒流上去。后来果然应验，且东海一带三年不雨。后来于公为她雪冤，才又下雨。

第 四 折

（窦天章冠带引丑〔1〕张千、祗从上，诗云）独立空堂思黯然，高峰月出满林烟；非关有事人难睡，自是惊魂夜不眠。老夫窦天章是也。自离了我那端云孩儿，可早十六年光景。老夫自到京师，一举及第，官拜参知政事〔2〕。只因老夫廉能清正，节操坚刚，谢圣恩可怜，加老夫两淮提刑肃政廉访使〔3〕之职，随处审囚刷卷，体察滥官污吏，容老夫先斩后奏。老夫一喜一悲：喜呵，老夫身居台省，职掌刑名，势剑金牌〔4〕，威权万里；悲呵，有端云孩儿，七岁上与了蔡婆婆为儿媳妇，老夫自得官之后，使人往楚州问蔡婆婆家，他邻里街坊道，自当年蔡婆婆不知搬在那里去了，至今音信皆无，老夫为端云孩儿，啼哭的眼目昏花，忧愁的须发斑白。今日来到这淮南地面，不知这楚州为何三年不雨？老夫今在这州厅安歇。张千，说与那州中大小属官，今日免参，明日早见。（张千向古门云）一应大小属官，今日免参，明日早见。（窦天章云）张千，说与那六房吏典〔5〕，但有合刷照文卷，都将来，待老夫灯下看几宗波。（张千送文卷科）（窦天章云）张千，你与我掌上灯。你每都辛苦了，自去歇息罢。我唤你便来，不唤你休来。（张千点灯，同祗从下）（窦天章云）我将这文卷看几宗咱。"一起犯人窦娥，将毒药致死公公。……"我才看头一宗文卷，就与老夫同姓；这药死公公的罪名，犯在十恶不赦〔6〕，俺同姓之人也有不畏法度的。这是问结了的文书,不看他罢,我将这文卷压在底下,别看一宗咱。(做打呵欠科,云)不觉的一阵昏沉上来,皆因老夫年纪高大,鞍马劳困之故。待我搭伏定书案,歇息些儿咱。

(做睡科,魂旦上,唱)

【双调新水令】我每日哭啼啼守住望乡台[7],急煎煎把仇人等待,慢腾腾昏地里走,足律律[8]旋风中来,则被这雾锁云埋,撺掇[9]的鬼魂快。

(魂旦望科,云)门神户尉[10]不放我进去。我是廉访使窦天章女孩儿,因我屈死,父亲不知,特来托一梦与他咱。(唱)

【沉醉东风】我是那提刑的女孩,须不比现世的妖怪,怎不容我到灯影前,却拦截在门楹[11]外?(做叫科,云)我那爷爷呵!(唱)枉自有势剑金牌,把俺这屈死三年的腐骨骸,怎脱离无边苦海?

(做入见哭科,窦天章亦哭科,云)端云孩儿,你在那里来?(魂旦虚下[12])(窦天章做醒科,云)好是奇怪也!老夫才合眼去,梦见端云孩儿,恰便似来我跟前一般,如今在那里?我且再看这文卷咱。(魂旦上做弄灯科)(窦天章云)奇怪,我正要看文卷,怎生这灯忽明忽灭的?张千也睡着了,我自己剔灯咱。(做剔灯,魂旦翻文卷科,窦天章云)我剔的这灯明了也,再看几宗文卷。"一起犯人窦娥,药死公公。……"(做疑怪科,云)这一宗文卷,我为头看过,压在文卷底下,怎生又在这上头?这几时问结了的,还压在底下,我别看一宗文卷波。(魂旦再弄灯科,窦天章云)怎么这灯又是半明半暗的?我再剔这灯咱。(做剔灯,魂旦再翻文卷科)(窦天章云)我剔的这灯明了,我另拿一宗文卷看咱。"一起犯人窦娥,药死公公。……"呸!好是奇怪!我才将这文书分明压在底下,刚剔了这灯,怎生又翻在面上?莫不是楚州后厅里有鬼么?便无鬼呵,这桩事必有冤枉。将这文卷再压在底下,待我另看一宗如何?(魂旦又弄灯科,窦天章云)怎生这灯又不明了?敢有鬼弄这灯?我再剔一剔去。(做剔灯科,魂旦上,做撞见科。窦天章举剑击桌科,云)呸!我说有鬼!兀那鬼魂,老夫是朝廷钦差带牌走马肃政廉访使,你向前来,一剑挥之两段。张千,亏你也睡的着,快起来,有鬼有鬼。兀的不吓杀老夫也!(魂旦唱)

【乔牌儿】则见他疑心儿胡乱猜,听了我这哭声儿转惊骇。哎,你个窦天章直恁的威风大,且受你孩儿窦娥这一拜。

(窦天章云)兀那鬼魂,你道窦天章是你父亲,"受你孩儿窦娥拜",你敢错认了也?我的女儿叫做端云,七岁上与了蔡婆婆为儿媳妇。你是窦娥,名字差了,怎生是我女孩儿?(魂旦云)父亲,你将我与了蔡婆婆家,改名做窦娥了也。(窦天章云)你便是端云孩儿?我不问你别的,这药死公公是你不是?(魂旦云)是你孩儿来。(窦天章云)噤声〔13〕!你这小妮子,老夫为你啼哭的眼也花了,忧愁的头也白了,你划地犯下十恶大罪,受了典刑!我今日官居台省,职掌刑名,来此两淮审囚刷卷,体察滥官污吏;你是我亲生之女,老夫将你治不的,怎治他人?我当初将你嫁与他家呵,要你三从四德。三从者,在家从父,出嫁从夫,夫死从子;四德者,事公姑,敬夫主,和妯娌,睦街坊。今三从四德全无,划地犯了十恶大罪。我窦家三辈无犯法之男,五世无再婚之女;到今日被你辱没祖宗世德,又连累我的清名。你快与我细吐真情,不要虚言支对。若说的有半厘差错,牒发你城隍祠内,着你永世不得人身,罚在阴山〔14〕永为饿鬼。(魂旦云)父亲停嗔息怒,暂罢狼虎之威,听你孩儿慢慢的说一遍咱。我三岁上亡了母亲,七岁上离了父亲,你将我送与蔡婆婆做儿媳妇。至十七岁与夫配合,才得两年,不幸儿夫亡化,和俺婆婆守寡。这山阴县南门外有个赛卢医,他少俺婆婆二十两银子。俺婆婆去取讨,被他赚到郊外,要将婆婆勒死;不想撞见张驴儿父子两个,救了俺婆婆性命。那张驴儿知道我家有个守寡的媳妇,便道:"你婆儿媳妇既无丈夫,不若招我父子两个。"俺婆婆初也不肯,那张驴儿道:"你若不肯,我依旧勒死你。"俺婆婆惧怕,不得已含糊许了。只得将他父子两个领到家中,养他过世。有张驴儿数次调戏你女孩儿,我坚执不从。那一日俺婆婆身子不快,想羊肚儿汤吃,你孩儿安排了汤。适值张驴儿父子两个问病,道:"将汤来我尝一尝。"说:"汤便好,只少些盐醋。"赚的我去取盐醋,他就暗地里下了毒药。实指望药杀俺婆婆,要强逼我成亲。不想俺婆婆偶然发呕,不要汤吃,却让与他老子吃,随即七窍流血药死了。张驴儿便道:"窦娥药死了俺老子,你要官休?要私休?"我便道:"怎生是官休?怎生是私休?"他道:"要官休,告到官司,你与俺老子偿命;若私休,你便与我做老婆。"你孩儿便道:"好马不鞴双鞍,烈女不更二夫。我至死不与你做媳妇,我情愿和你见官去。"他将你孩儿拖到官中,受尽三推六问,吊拷绷扒〔15〕。便打死孩儿,也不肯认。怎当州官见你孩儿不认,便要拷打俺婆婆;我怕婆婆年老,受刑不起,只得屈认了。因此押赴法场,将我典刑。你孩儿对天发下三桩誓愿:第一桩,要丈二白练挂在旗枪上,若系冤枉,刀过头落,一腔热血休滴在地下,都飞在白练上;第二桩,现今三伏天道,下三尺瑞雪,遮掩你孩儿尸首;第三桩,着他楚州大旱三年。果然血飞上白练,六月下雪,三年不雨,都是为你孩儿来。(诗云)不告官司只告天,心中怨气口难言。防他老母遭刑宪,情愿无辞认罪愆。三尺琼花〔16〕骸骨掩,一腔鲜血练旗悬;岂独霜飞邹衍屈,今朝方表窦娥冤。(唱)

【雁儿落】你看这文卷曾道来不道来,则我这冤枉要忍耐如何耐?我不肯顺他人,倒着我赴法场;我不肯辱祖上,倒把我残生坏。

【得胜令】呀,今日个搭伏定摄魂台[17],一灵儿怨哀哀。父亲也,你现掌着刑名事,亲蒙圣主差,端详这文册,那厮乱纲常合当败,便万剐了乔才[18],还道报冤仇不畅怀。

(窦天章做泣科,云)哎!我那屈死的儿,则被你痛杀我也!我且问你:这楚州三年不雨,可真个是为你来?(魂旦云)是为你孩儿来。(窦天章云)有这等事!到来朝我与你做主。(诗云)白头亲苦痛哀哉,屈杀了你个青春女孩。只恐怕天明了,你且回去,到来日我将文卷改正明白。(魂旦暂下)(窦天章云)呀,天色明了也。张千,我昨日看几宗文卷,中间有一鬼魂来诉冤枉。我唤你好几次,你再也不应,直恁的好睡那。(张千云)我小人两个鼻子孔一夜不曾闭,并不听见女鬼诉什么冤状,也不曾听见相公呼唤。(窦天章做叱科,云)嗯!今早升厅坐衙,张千,喝撺厢者。(张千做幺喝科,云)在衙人马平安[19],抬书案!(禀云)州官见。(外扮州官入参科)(张千云)该房吏典见。(丑扮吏入参见科)(窦天章问云)你这楚州一郡,三年不雨,是为着何来?(州官云)这个是天道亢旱,楚州百姓之灾,小官等不知其罪。(窦天章做怒云)你等不知罪么!那山阳县有用毒药谋死公公犯妇窦娥,他问斩之时曾发愿道:"若是果有冤枉,着你楚州三年不雨,寸草不生。"可有这件事来?(州官云)这罪是前升任桃州守问成的,现有文卷。(窦天章云)这等糊突的官也着他升去!你是继他任的,三年之中可曾祭这冤妇么?(州官云)此犯系十恶大罪,元不曾有祠,所以不曾祭得。(窦天章云)昔日汉朝有一孝妇守寡,其姑自缢身死,其姑女告孝妇杀姑,东海太守将孝妇斩了。只为一妇含冤,致令三年不雨。后于公治狱,仿佛见孝妇抱卷哭于厅前,于公将文卷改正,亲祭孝妇之墓,天乃大雨。今日你楚州大旱,岂不正与此事相类?张千,分付该房金牌下山阳县,着拘张驴儿、赛卢医、蔡婆婆一起人犯,火速解审,毋得违误片刻者。(张千云)理会得。(下)(丑扮解子押张驴儿、蔡婆婆同张千上,禀云)山阳县解到审犯听点。(窦天章云)张驴儿。(张驴儿云)有。(窦天章云)蔡婆婆。(蔡婆婆云)有。(窦天章云)怎么赛卢医是紧要人犯不到?(解子云)赛卢医三年前在逃,一面着广捕批缉拿去了,待获日解审。(窦天章云)张驴儿,那蔡婆婆是你的后母么?(张驴儿云)母亲好冒认的?委实是。(窦天章云)这药死你父亲的毒药,卷上不见有合药的人,是那个合的毒药?(张驴儿云)是窦娥自合就的毒药。(窦天章云)这毒药必有一个卖药的医铺。想窦娥是个少年寡妇,那里讨这药来。张驴儿,敢是你合的毒药么?(张驴儿云)若是小人合的毒药,不药别人,倒药死自家老子?(窦天章云)我那屈死的儿唩,这一节是紧要公案,你不自来折辩,怎得一个明白?你如今冤魂却在那里?(魂旦上,云)张驴儿,这药不是你合的,是那个合的?(张驴儿做怕科,云)有鬼有鬼,撮盐入水,太上老君急急如律令敕[20]。(魂旦云)张驴儿,你当日下毒药在羊肚儿汤里,本意药死俺婆婆,要逼勒我做浑家。不想俺婆婆不吃,让与你父亲吃,被药死了。你今日还敢赖哩!(唱)

【川拨棹】猛见了你这吃敲材[21],我只问你这毒药从何处来?你本意待暗里栽排,要逼勒我和谐,倒把你亲爷毒害,怎教咱替你耽罪责!

(魂旦做打张驴儿科)(张驴儿做避科,云)太上老君急急如律令敕。大人说这毒药必有个卖毒药的医铺,若寻得这卖药的人来和小人折对[22],死也无词。(丑扮解子解赛卢医上,云)山阳县续解到犯人一名赛卢医。(张千喝云)当面。(窦天章云)你三年前要勒死蔡婆婆,赖他银子,这事怎么说?(赛卢医叩头科,云)小的要赖蔡婆婆银子的情是有的,当被两个汉子救了,那婆婆并不曾死。(窦天章云)这两个汉子你认的他叫做什么名姓?(赛卢医云)小的认便认得,慌忙之际可不曾问的他名姓。(窦天章云)现有一个在阶下,你去认来。(赛卢医做下认科,云)这个是蔡婆婆。(指张驴儿云)想必这毒药事发了。(上云)是这一个。容小的诉禀:当日要勒死蔡婆婆时,正遇见他爷儿两个救了那婆婆去。过得几日,他到小的铺中讨服毒药。小的是念佛吃斋人,不敢做昧心的事,说道:"铺中只有官料药[23],并无什么毒药。"他就睁着眼道:"你昨日在郊外要勒死蔡婆婆,我拖你见官去。"小的一生最怕的是见官,只得将一服毒药与了他去。小的见他生相是个恶的,一定拿这药去药死了人,久后败露,必然连累,小的一向逃在涿州地方,卖些老鼠药。刚刚是老鼠被药杀了好几个,药死人的药,其实再也不曾合。(魂旦唱)

【七弟兄】你只为赖财,放乖,要当灾。(带云)这毒药呵,(唱)原来是你赛卢医出卖,张驴儿买,没来由填做我犯由牌[24],到今日官去衙门在。

(窦天章云)带那蔡婆婆上来。我看你也六十外人了,家中又是有钱钞的,如何又嫁了老张,做出这等事来?(蔡婆婆云)老妇人因为他爷儿两个救了我的性命,收留他在家养膳过世;那张驴儿常说要将他老子接脚进来,老妇人并不曾许他。(窦天章云)这等说,你那媳妇就不该认做药死公公了。(魂旦云)当日问官要打俺婆婆,我怕他年老受刑不起,因此咱认做药死公公,委实是屈招个!(唱)

【梅花酒】你道是咱不该这招状供写的明白,本一点孝顺的心怀,倒做了惹祸的胚胎。我只道官吏每还复勘,怎将咱屈斩首在长街!第一要素旗枪鲜血洒,第二要三尺雪将死尸埋,第三要三年旱示天灾:咱誓愿委实大。

【收江南】呀,这的是衙门从古向南开,就中无个不冤哉!痛杀我娇姿弱体闭泉台[25],早三年以外,则落的悠悠流恨似长淮。

（窦天章云）端云儿也,你这冤枉我已尽知,你且回去。待我将这一起人犯并原问官吏另行定罪,改日做个水陆道场[26],超度你升天便了。（魂旦拜科,唱）

【鸳鸯煞尾】从今后把金牌势剑从头摆,将滥官污吏都杀坏,与天子分忧,万民除害。（云）我可忘了一件,爹爹,俺婆婆年纪高大,无人侍养,你可收恤家中,替你孩儿尽养生送死之礼,我便九泉之下,可也瞑目。（窦天章云）好孝顺的儿也!（魂旦唱）嘱付你爹爹,收养我奶奶。可怜他无妇无儿,谁管顾年衰迈!再将那文卷舒开,（带云）爹爹也,把我窦娥名下,（唱）屈死的于伏[27]罪名儿改。（下）

（窦天章云）唤那蔡婆婆上来,你可认的我么?（蔡婆婆云）老妇人眼花了,不认的。（窦天章云）我便是窦天章。适才的鬼魂,便是我屈死的女孩儿端云。你这一行人听我下断:张驴儿毒杀亲爷,谋占寡妇,合拟凌迟[28],押付市曹中钉上木驴[29],剐一百二十刀处死。升任州守桃杌并该房吏典,刑名违错,各杖一百,永不叙用。赛卢医不合赖钱,勒死平民;又不合修合毒药,致伤人命,发烟瘴地面[30],永远充军。蔡婆婆我家收养,窦娥罪改正明白。（词云）莫道我念亡女与他灭罪消愆,也只可怜见楚州郡大旱三年。昔于公曾表白东海孝妇,

33

果然是感召得灵雨如泉。岂可便推诿道天灾代有,竟不想人之意感应通天。今日个将文卷重行改正,方显的王家法不使民冤。

题目　　秉鉴持衡[31]廉访法

正名[32]　感天动地窦娥冤

注释

〔1〕丑:脚色名,一般扮演地位低下的小人物或反面人物。

〔2〕参知政事:官名,元代隶属中书省,从二品。

〔3〕提刑肃政廉访使:官名。元代于全国各道设提刑按察使,后改为肃政廉访使,正三品,掌管纠察该道的吏治得失和刑狱等事。

〔4〕势剑:犹如尚方剑,皇帝所赐的剑。金牌:元代官制规定,武官中万户佩朝廷所发的金虎符,地位很高,权力很大。

〔5〕六房吏典:指地方政府中主持吏、户、刑、工、礼各部门的属吏。

〔6〕十恶不赦:《元史·刑法志》所列举的"十恶"罪名是谋反、谋大逆、谋叛、恶逆、不道、大不敬、不孝、不睦、不义、内乱。犯者得不到赦免。

〔7〕望乡台:迷信的说法,人死之后,在阴间望乡台上,可看见阳世家里的情形。

〔8〕足律律:拟声词,风声。一说形容疾速的样子。

〔9〕揎掇:催促、怂恿。

〔10〕门神户尉:迷信习俗,在门上贴着神像,左边是门丞,右边是户尉,用以驱鬼。

〔11〕门桯(tīng厅):门槛,门限。

〔12〕虚下:元杂剧演出术语,提示演员作下场动作,其实还待在场上的非表演区。

〔13〕噤声:住口。

〔14〕阴山:佛教的说法,谓阴间有大石山,极冷,此处拘押有罪的鬼魂。

〔15〕吊拷:把人吊起来拷打。绷扒:剥去衣服,用绳子捆绑起来。

〔16〕琼花:指雪花。

〔17〕摄魂台:迷信说法,勾摄阴魂的场所。

〔18〕乔才:坏家伙。

〔19〕在衙人马平安:元杂剧中官员升厅理事时,衙役照例吆喝这句话,以示吉祥。

〔20〕"有鬼有鬼,撮盐入水"三句:这是模仿道士用咒语驱鬼的动作和口气。道士作法时要在堂室中洒盐水,口念"太上老君,急急如律令,敕"。"如律令"是促请对方按律令行事。

〔21〕吃敲材:该死的家伙。元时把仗杀叫作敲。

〔22〕折对:对证、对质。

〔23〕官料药:准许公开出售的药。

〔24〕犯由牌:标志犯人罪状的牌子。

〔25〕泉台:坟墓。

〔26〕水陆道场:佛教设斋供奉神鬼及水陆众生的法令,谓可超度亡灵,造福生者。

〔27〕于伏:古名家本作"招供"。

〔28〕凌迟:古代的一种酷刑。《宋史·刑法志》:"凌迟者,先斩断其支(肢)体,乃抉其吭(咽喉),当时之极法也。"

〔29〕木驴:凌迟之前,将犯人放在有铁刺的木桩上,游街示众,谓之"骑木驴"。

〔30〕烟瘴地面:指瘴气很大的荒僻地方,古代犯人充军的处所。

〔31〕秉鉴:拿着镜子,意为"明如镜"。鉴,镜子。持衡:主持公道。

〔32〕题目、正名:元杂剧末尾,通常用两句或四句对子总结全剧内容,前半部分叫做"题目",后半部分谓之"正名"。

赵盼儿风月救风尘[1]

第 一 折

（冲末扮周舍上，诗云）酒肉场中三十载，花星整照二十年；一生不识柴米价，只少花钱共酒钱。自家郑州人氏，周同知[2]的孩儿周舍是也。自小上花台做子弟[3]。这汴梁[4]城中，有一歌者，乃是宋引章。他一心待嫁我，我一心待娶他，争奈他妈儿不肯。我今做买卖回来，今日特到他家去，一来去望妈儿，二来就提这门亲事，多少是好。（下）
（卜儿同外旦上，云）老身汴梁人氏，自身姓李，夫主姓宋，早年亡化已过。止有这个女孩儿，叫做宋引章。俺孩儿拆白道字[5]，顶真续麻[6]，无般不晓，无般不会。有郑州周舍，与孩儿作伴多年，一个要娶，一个要嫁，只是老身谎彻梢虚[7]，怎么便肯？引章，那周舍亲事，不是我百般板障[8]，只怕你久后自家受苦。（外旦云）奶奶，不妨事，我一心则待要嫁他。（卜儿云）随你，随你！（周舍上，云）自家周舍，来此正是他门首，只索进去。（做见科）（外旦云）周舍，你来了也！（周舍云）我一径的来问亲事，母亲如何？（外旦云）母亲许了亲事也。（周舍云）我见母亲去。（卜儿做见科）（周舍云）母亲，我一径的来问这亲事哩。（卜儿云）今日好日辰，我许了你，则休欺负俺孩儿。（周舍云）我并不敢欺负大姐。母亲，把你那姊妹弟兄都请下者，我便收拾来也。（卜儿云）大姐，你在家执料，我去请那一辈儿老姊妹去来。（周舍诗云）数载间费尽精神，到今朝才许成亲。（外旦云）这都是天缘注定。（卜儿云）也还有不测风云。（同下）（外扮安秀实上，诗云）刘蕡下第[9]千年恨，范丹[10]守志一生贫；料得苍天如有意，断然不负读书人。小生姓安，名秀实，洛阳人氏。自幼颇习儒业，学成满腹文章，只是一生不能忘情花酒。到此汴梁，有一歌者宋引章，和小生作伴。当初他要嫁我来，如今却嫁了周舍。他有个八拜交的姐姐，是赵盼儿，我去央他劝一劝，有何不可。赵大姐在家么？（正旦扮赵盼儿上，云）妾身赵盼儿是也。听的有人叫门，我开门看咱。（见科，云）我道是谁，原来是妹夫。你那里来？（安秀实云）我一径的来相烦你。当初姨姨要引章嫁我来，如今却要嫁周舍，我央及你劝他一劝。（正旦云）当初这亲事不许你来？如今又要嫁别人，端的姻缘事非同容易也呵！（唱）

【仙吕点绛唇】妓女追陪，觅钱一世，临收计，怎做的百纵千随，知重[11]咱风流媚。

【混江龙】我想这姻缘匹配，少一时一刻强难为。如何可意？怎的相知？怕不便脚搭着脑杓成事早[12]，怎知他手拍着胸脯悔后迟！寻前程，觅下梢[13]，恰便是黑海也似难寻觅。料的来人心不问，天理难欺。

【油葫芦】姻缘簿全凭我共你？谁不待拣个称意的？他每都拣来拣去百千回，待嫁一个老实的，又怕尽世儿难成对；待嫁一个聪俊的，又怕半路里轻抛弃。遮莫向狗溺处藏，遮莫向牛屎里堆,忽地便吃了一个合扑地[14],那时节睁着眼怨他谁!

【天下乐】我想这先嫁的还不曾过几日,早折的[15]容也波仪瘦似鬼,只教你难分说、难告诉、空泪垂!我看了些觅前程俏女娘,见了些铁心肠男子辈,便一生里孤眠,我也直甚颓[16]!

（云）妹夫,我可也待嫁个客人,有个比喻。(安秀实云)喻将何比?（正旦唱）

【哪吒令】待妆个老实,学三从四德;争奈是匪妓,都三心二意[17]。端的是那里是三梢末尾[18]?俺虽居在柳陌中、花街内,可是那件儿[19]便宜?

【鹊踏枝】俺不是卖查梨,他可也逗刀锥[20];一个个败坏人伦,乔做胡为。(云)但来两三遭,问那厮要钱,他便道:"这弟子敲馒儿[21]哩。"(唱)但见俺有些儿不伶俐[22],便说是女娘家要哄骗东西。

【寄生草】他每有人爱为娼妓,有人爱作次妻。干家[23]的干落得淘闲气,买虚的看取些羊羔利[24],嫁人的早中了拖刀计[25]。他正是:"南头做了北头开,东行不见西行例。"[26]

（云）妹夫,你且坐一坐,我去劝他。劝的省时,你休欢喜;劝不省时,休烦恼。(安秀实云)我不坐了,且回家去等信罢。大姐留心者。(下)（正旦做行科,见外旦云）妹子,你那里人情[27]去?(外旦云)我不人情去,我待嫁人哩。(正旦云)我正来与你保亲。(外旦云)你保谁?(正旦云)我保安秀才。(外旦云)我嫁了安秀才呵,一对儿好打莲花落[28]。(正旦云)你待嫁谁?(外旦云)我嫁周舍。(正旦云)你如今嫁人,莫不还早哩?(外旦云)有甚么早不早!今日也大姐,明日也大姐,出了一包儿脓[29],我嫁了,做一个张郎家妇,李郎家妻,立个妇名,我做鬼也风流的。(正旦唱)

【村里迓鼓】你也合三思而行,再思可矣,你如今年纪小哩,我与你慢慢的别寻个姻配。你可便宜,只守着铜斗儿家缘家计,也是你歹姐姐把衷肠话劝妹妹,我怕你受不过男儿气息。

(云)妹子,那做丈夫的做不的子弟,做子弟的做不的丈夫。
(外旦云)你说我听咱。(正旦唱)

【元和令】做丈夫的便做不的子弟,他终不解其意。那做子弟的他影儿里会虚脾[30]。那做丈夫的忒老实。(外旦云)那周舍穿着一架子衣服,可也堪爱哩。(正旦唱)那厮虽穿着几件蛣蜋[31]皮,人伦事晓得甚的?

(云)妹子,你为甚么就要嫁他?(外旦云)则为他知重您妹子,因此要嫁他。(正旦云)他怎么知重你?(外旦云)一年四季,夏天我好的一觉晌睡,他替你妹子打着扇;冬天替你妹子温的铺盖儿暖了,着你妹子歇息;但你妹子那里人情去,穿的那一套衣服,戴的那一副头面[32],替你妹子提领系、整钗镮。只为他这等知重你妹子,因此上一心要嫁他。(正旦云)你原来为这般呵。(唱)

【上马娇】我听的说就里,你原来为这的,倒引的我忍不住笑微微。你道是暑月间扇子搧着你睡,冬月间着炭火煨,烘炙着绵衣。

【游四门】吃饭处,把匙头挑了筋共皮;出门去,提领系、整衣袂,戴插头面整梳篦。衡[33]一味是虚脾,女娘每不省越着迷。

【胜葫芦】你道这子弟情肠甜似蜜,但娶到他家里,多无半载周年相掷弃,早努牙突嘴,拳椎脚踢,打的你哭啼啼。

【幺篇】恁时节船到江心补漏迟,烦恼怨他谁?事要前思免后悔。我也劝你不得,有朝一日,准备着搭救你块望夫石。

(云)妹子,久以后你受苦呵,休来告我。(外旦云)我便有那该死的罪,我也不来央告你。(周舍上,云)小的每,把这礼物摆的好看些。(正旦云)来的敢是周舍?那厮不言语便罢,他若但言,着他吃我几嘴好的。(周舍云)那壁姨姨敢是赵盼儿么?(正旦云)然也。(周舍云)请姨姨吃些茶饭波。(正旦云)你请我?家里饿皮脸也,揭了锅儿底,窨子里秋月——不曾见这等食[34]!(周舍云)央及姨姨,保门亲事。(正旦云)你着我保谁?(周舍云)保宋引章。(正旦云)你着我保宋引章那些儿?保他那针指油面,刺绣铺房,大裁小剪,生儿长女?(周舍云)这歪剌骨好歹嘴也。我已成了事,不索央你。(正旦云)我去罢。(做出门科)(安秀实上,云)姨姨,劝的引章如何?(正旦云)不济事了也。(安秀实云)这等呵,我上朝求官应举去罢。(正旦云)你且休去,我有用你处哩。(安秀实云)依着姨姨说,我且在客店中安下,看你怎么发付我。(下)(正旦唱)

【赚煞】这妮子是狐魅人女妖精,缠郎君天魔祟。则他那裤儿里休猜做有腿[35]。吐下鲜红血,则当做苏木水[36]。耳边休采那等闲事,那的是最容易剜眼睛嫌的,则除是亲近着他便欢喜[37]。(带云)着他疾省呵,(唱)哎,你个双郎[38]子弟,安排下金冠霞帔,(带云)一个夫人来到手儿里了。(唱)却则为三千张茶引[39],嫁了冯魁[40]。(下)

(周舍云)辞了母亲,着大姐上轿,咱回郑州去来。(诗云)才出娼家门,便作良家妇。(外旦诗云)只怕吃了良家亏,还想娼家

做。(同下)

注释

〔1〕《救风尘》是一出著名的轻喜剧。剧中的主人公、妓女赵盼儿面对狡诈、凶残、好色的官宦子弟周舍,决心以其人之道还治其人之身。她以"风月"为诱饵,欲擒故纵,举重若轻,在谈笑之中便战胜了对手。剧本的结构严密而精巧,在元杂剧中实属罕见。

〔2〕同知:官名,此处指州的副长官。

〔3〕花台:妓院。子弟:嫖客。

〔4〕汴梁:北宋都城,今河南开封市。

〔5〕拆白道字:宋元时期的一种文字游戏,把一个字拆开来说。例如黄庭坚《两同心词》:"你共人女边着子,争知我门里挑心。""女边着子"是拆"好"字,"门里挑心"是拆"闷"字。

〔6〕顶真续麻:宋元时代的一种文字游戏,上句的末一字,就是下句的头一个字。例如:"断肠人寄断肠词,词写心间事,事到头来不自由。"

〔7〕谎彻梢虚:撒谎、说假、表面敷衍。

〔8〕板障:用木板做成的屏障,引申为间阻、阻碍,从中作梗。

〔9〕刘蕡(fén 坟)下第:刘蕡,唐代进士,他举贤良对策的时候,在文章里劝皇帝诛杀权奸,考官怕得罪宦官,不敢录取他。后来把这四个字作为考试落第的代词。

〔10〕范丹:东汉时人,辞官卖卜为生,终生穷困。

〔11〕知重:看重,尊重。

〔12〕脚搭着脑杓成事早:形容快跑时后脚跟几乎碰着后脑勺,意指急于成事。

〔13〕下梢:指结局、收场。

〔14〕"遮莫向狗溺处藏"三句:言不管你躲到什么地方,仍免不了要受意外的打击。遮莫,尽管。合扑地,摔一跤,扑在地上。

〔15〕折的:折磨的。

〔16〕直甚颏:算不了什么。颏是骂人的话。

〔17〕"待妆个老实"四句:意说本待老老实实嫁人,像良家妇女一般三从四德,怎奈我这人多个心眼儿。匪妓,坏妓女,狡猾的妓女。这是赵盼儿说的俏皮话。

〔18〕三梢末尾:结尾、收场。同"下梢"。

〔19〕那件儿:那般,那么。

〔20〕"俺不是卖查梨"二句:意说即使咱真诚对他,他仍要往坏处怀疑咱。《西厢记》二本三折〔幺篇〕:"没查利利谎俫科",王季思注:"没查利,王伯良曰:'方言无准绳也。'按'没查利'即'卖查梨'。"

〔21〕弟子:指妓女。敲镘儿:敲诈勒索。镘儿,钱。

〔22〕不伶俐:指身体不舒服,不灵活。

〔23〕干家:操持家务。

〔24〕买虚的看取些羊羔利:买虚,买空卖空。羊羔利,元代高利贷的一种,放债过了一年,要加倍收回本利。这句是说,骗子是连本带利都要赚到手的。

〔25〕托刀计:诈败托着刀逃走,乘人不备又砍杀过来。意为圈套、陷阱。

〔26〕"南头做了北头开"二句:当时成语,意为不接受前人教训,重蹈覆辙。

〔27〕人情:应酬。

〔28〕打莲花落:指当乞丐。莲花落,宋元时乞丐唱的小曲。

〔29〕"今日也大姐"三句:"姐"是"疖"的谐音,暗指嫖客与妓女之间的关系。

〔30〕虚脾:虚情假意。

〔31〕屹螂(gè láng 各郎)皮:漂亮外衣。屹螂是吃粪便或其他脏东西的甲壳虫。

〔32〕头面:首饰。

〔33〕衠(zhūn 谆):全部、纯粹。

〔34〕"你请我"几句:意为你请我?我家里饿死人了,揭了锅底儿啦?

地窨里出月亮——我可没见过这样的事("食"的谐音)。窨(yìn 印)子,地窨。

〔35〕裤儿里休猜做有腿:指宋引章没有主见,轻易便跟人走,就像腿没有长在她自己身上一样。

〔36〕吐下鲜红血,则当做苏木水:意谓人家真心对她,她却把人家的话不当回事。苏木,树名,茎和皮可熬成红色染料。

〔37〕"那的是最容易剜眼睛嫌的"二句:意为宋引章是极容易被蒙骗的,只要虚情假意亲近她便高兴。

〔38〕双郎:双渐,这里指安秀实。参见下文"冯魁"条注。

〔39〕茶引:茶商交税后官方发给的凭据,有这种凭据茶叶就可以行销。

〔40〕冯魁:传说北宋时双渐和妓女苏小卿恋爱,双渐到汴京应举时,茶商冯魁仗着有钱把苏小卿买去。后来双渐中了进士,看见苏小卿在镇江金山寺题的怀念他的诗,仍把小卿赎回,二人结成夫妻。

第 二 折

(周舍同外旦上,云)自家周舍是也。我骑马一世,驴背上失了一脚[1]。我为娶这妇人呵,整整磨了半截舌头,才成得事。如今着这妇人上了轿,我骑了马,离了汴京,来到郑州。让他轿子在头里走,怕那一般的舍人[2]说:"周舍娶了宋引章。"被人笑话。则见那轿子一晃一晃的,我向前打那抬轿的小厮,道:"你这等欺我!"举起鞭子就打。问他道:"你走便走,晃怎么?"那小厮道:"不干我事,奶奶在里边不知做甚么?"我揭起轿帘一看,则见他精赤条条的在里面打筋斗。来到家中,我说:"你套一床被我盖。"我到房里,只见被子倒高似床。我便叫:"那妇人在那里?"则听的被子里答应道:"周舍,我在被子里面哩。"我道:"在被子里面做甚么?"他道:"我套绵子,把我翻在里头了。"我拿起棍来,恰待要打,他道:"周舍,打我不打紧,休打了隔壁王婆婆。"我道:"好也,把邻舍都翻在被里面!"(外旦云)我那里有这等事?(周舍云)我也说不得这许多。兀那贱人,我手里有打杀的,无有买休卖休[3]的。且等我吃酒去,回来慢慢的打你。(下)(外旦云)不信好人言,必有悽惶事。当初赵家姐姐劝我不听,果然进的门来,打了我四十杀威棒,朝打暮骂,怕不死在他手里。我这隔壁有个王货郎,他如今去汴梁做买卖,我与一封书捎将去,着俺母亲和赵家姐姐来救我。若来迟了,我无那活的人也。天哪,只被你打杀我也!(下)

(卜儿哭上,云)自家宋引章的母亲便是。有我女孩儿从嫁了周舍,昨日王货郎寄信来,上写着道:"从到他家,进门打了五十杀威棒。如今朝打暮骂,看看至死,可急急央赵家姐姐来救我。"我拿着书去与赵家姐姐说知,怎生救他去。引章孩儿,则被你痛杀我也!(下)

(正旦上,云)自家赵盼儿。我想这门衣饭,几时是了也呵!(唱)

【商调集贤宾】咱这几年来待嫁人心事有,听的道谁揭债[4]、谁买休。他每待强巴劫[5]深宅大院,怎知道摧折了舞榭歌楼?一个个眼张狂似漏了网的游鱼[6]。一个个嘴卢都似跌了弹的斑鸠[7]。御园中可不道是栽路柳,好人家怎容这等娼优。他每初时间有些实意,临老也没回头。

【逍遥乐】那一个不因循成就,那一个不顷刻前程,那一个不等闲间罢手[8]。他每一做一个水上浮沤[9]。和爷娘结下不断见的冤仇,恰便似日月参辰和卯酉[10],正中那男儿机彀。他使那千般贞烈,万种恩情,到如今一笔都勾。

（卜儿上，云）这是他门首，我索过去。（做见科，云）大姐，烦恼杀我也！（正旦云）奶奶，你为甚么这般啼哭？（卜儿云）好教大姐知道：引章不听你劝，嫁了周舍；进门去打了五十杀威棒，如今打的看看至死，不久身亡。姐姐，怎生是好？（正旦云）呀！引章吃打了也。（唱）

【金菊香】想当日他暗成公事，只怕不相投。我当初作念[11]你的言词，今日都应口。则你那去时，恰便似去秋。他本是薄幸的班头[12]，还说道有恩爱、结绸缪[13]。

【醋葫芦】你铺排着鸳衾和凤帱，指望效天长共地久；蓦入门知滋味便合休。几番家眼睁睁打干净[14]，待离了我这手。（带云）赵盼儿，（唱）你做的个见死不救，可不羞杀这桃园中杀白马、宰乌牛[15]？

（云）既然是这般呵，谁着你嫁他来？（卜儿云）大姐，周舍说誓来。（正旦唱）

【幺篇】那一个不噷可可[16]道横死亡？那一个不实丕丕[17]拔了短筹？则你这亚仙[18]子母老实头。普天下爱女娘的子弟口，（带云）奶奶，不则周舍说谎也，（唱）那一个不指皇天各般说咒？恰似秋风过耳早休休！

（卜儿云）姐姐，怎生搭救引章孩儿？（正旦云）奶奶，我有两个压被的银子[19]，咱两个拿着买休去来。（卜儿云）他说来："则有打死的，无有买休卖休的。"（正旦寻思科，做与卜耳语科，云）则除是这般。（卜儿云）可是中也不中？（正旦云）不妨事，将书来我看。（卜递书科，正旦念云）"引章拜上姐姐并奶奶：当初不信好人之言，果有恓惶之事。进得他门，便打我五十杀威棒。如今朝打暮骂，禁持不过[20]。你来的早，还得见我；来得迟呵，不能够见我面了。只此拜上。"妹子也，当初谁教

你做这事来!(唱)

【幺篇】想当初有忧呵同共忧,有愁呵一处愁。他道是残生早晚丧荒丘,做了个游街野巷村务酒[21];你道是百年之后,(云)妹子也,你不道来——"这个也大姐,那个也大姐,出了一包脓;不如嫁个张郎妇,李郎妻,(唱)立一个妇名儿,做鬼也风流"?

(云)奶奶,那寄书的人去了不曾?(卜儿云)还不曾去哩。(正旦云)我写一封书寄与引章去。(做写科,唱)

【后庭花】我将这知心书亲自修,教他把天机休泄漏。传示与休莽戆收心的女[22],拜上你浑身疼的歹事头[23]。(带云)引章,我怎的劝你来?(唱)你好没来由,遭他毒手,无情的棍棒抽,赤津津鲜血流,逐朝家如暴囚,怕不将性命丢!况家乡隔郑州,有谁人相睬瞅,空这般出尽丑。

(卜儿哭科,云)我那女孩儿那里打熬得过!大姐,你可怎生的救他一救?(正旦云)奶奶,放心!(唱)

【柳叶儿】则教你怎生消受,我索合再做个机谋。把这云鬟蝉鬓妆梳就,(带云)还再穿上些锦绣衣服。(唱)珊瑚钩、芙蓉扣,扭捏的身子儿别样娇柔。

【双雁儿】我着这粉脸儿搭救你女骷髅,割舍的一不做二不休,拚了个由他咒也波咒。不是我说大口,怎出得我这烟月手[24]!

(卜儿云)姐姐,到那里仔细着。(哭科,云)孩儿,则被你烦恼杀了我也!(正旦唱)

【浪里来煞】你收拾了心上忧,你展放了眉间皱,我直着花叶不损觅归秋[25]。那厮爱女娘的心,见的便似驴共狗,卖弄他玲珑剔透。(云)我到那里,三言两句,肯写休书,万事具休;若是不肯写休书,我将他掐一掐,拈一拈,搂一搂,抱一抱,着那厮通身酥、遍体麻。将他鼻凹儿抹上一块砂糖,着那厮舔又舔不着,吃又吃不着。赚得那厮写了休书,引章将的休书来,淹的[26]撇了。我这里出了门儿,(唱)可不是一场风月,我着那汉一时休。(下)

注释

〔1〕"我骑马一世"二句:意指内行人上当。

〔2〕舍人:本是官名,宋元以来称达官显宦家的子弟为"舍人",犹如称"公子"一样。

〔3〕买休:花钱赎身。卖休:以休妻为名实际卖妻。

〔4〕揭债:放债,此处当指从良妓女急于被再度出卖。

〔5〕巴劫:即巴结。

〔6〕漏了网的游鱼:漏网之鱼,形容妓女急于从良之状。

〔7〕跌了弹的斑鸠:中弹跌落的斑鸠,形容妓女从良之后又受到摧残。

〔8〕"那一个不因循成就"三句:意为,哪一个不是随便结成夫妻,哪一个不是很快散伙,哪一个不是轻易罢手不干?因循,随意。

〔9〕水上浮沤(ōu 欧):水面上的泡,很快消失。

〔10〕日月参辰和卯酉:太阳和月亮不会碰在一起,参星和商星互不相见。卯和酉是对立的时辰。这里都当"对头"解。

〔11〕作念:念叨,劝告。

〔12〕薄幸:薄情。班头:头领、头目。

〔13〕绸缪(chóu móu 稠谋):情意深厚、缠绵。

〔14〕打干净:推托干净,置身事外。

〔15〕杀白马、宰乌牛:用刘、关、张桃园三结义的故事。

〔16〕瘮(shèn 慎)可可:令人害怕的样子。"瘆",同"瘆"。

〔17〕实丕丕:实实在在。

〔18〕亚仙:唐传奇小说《李娃传》中的妓女李娃,元人杂剧中改称李亚仙。这里借指宋引章。

〔19〕压被的银子:私房钱。

〔20〕禁持不过:招架不住,受不了。

〔21〕"他道是"二句:追述周舍说过的话,意为:你不嫁人,死无葬身之处,只能埋在荒丘,无人祭奠,游街串巷到乡村酒店讨酒吃。

〔22〕传示与休莽戆收心的女:意即传信给宋引章,叫她收起天真的心性,再不要鲁莽行事。

〔23〕歹事头:倒霉鬼。

〔24〕烟月手:烟月的手段,指妓女与嫖客之间的勾心斗角。

〔25〕花叶不损觅归秋:意为毫发不损,得胜归来。

〔26〕淹的:忽地、很快地。

第 三 折

(周舍同店小二上,诗云)万事分已定,浮生空自忙;无非花共酒,恼乱我心肠。店小二,我着你开着这个客店,我那里稀罕你那房钱养家;不问官妓私科子[1],只等有好的来你客店里,你便来叫我。(小二云)我知道,只是你脚头乱,一时间那里寻你去?(周舍云)你来粉房[2]里寻我。(小二云)粉房里没有呵?(周舍云)赌房里来寻。(小二云)赌房里没有呵?(周舍云)牢房里来寻。(下)(丑扮小闲挑笼上,诗云)钉靴雨伞为活计,偷寒送暖作营生;不是闲人闲不得,及至得了闲时又闲不成。自家张小闲的便是。平生做不的买卖,只是与歌者姐姐每叫些人,两头往来,传消寄息都是我。这里有个大姐赵盼儿,着我收拾两箱子衣服行李,往郑州去。都收拾停当了,请姐姐上马。(正旦上,云)小闲,我这等打扮,可冲动得那厮么?(小闲做倒科)(正旦云)你做甚么哩?(小闲云)休道冲动那

厮,这一会儿连小闲也酥倒了。(正旦唱)

【正宫端正好】则为他满怀愁,心间闷,做的个进退无门。那婆娘家一涌性[3],无思忖,我可也强打入迷魂阵。

【滚绣球】我这里微微的把气喷,输个姓因[4],怎不教那厮背槽抛粪[5]!更做道普天下无他这等郎君。想着容易情,忒献勤,几番家待要不问;第一来我则是可怜见无主娘亲[6],第二来是我惯曾为旅偏怜客[7],第三来也是我自己贪杯惜醉人。到那里呵,也索费些精神。

(云)说话之间,早来到郑州地方了。小闲,接了马者。且在柳阴下歇一歇咱。(小闲云)我知道。

(正旦云)小闲,咱闲口论闲话:这好人家好举止,恶人家恶家法。(小闲云)姐姐,你说我听。(正旦唱)

【倘秀才】县君[8]的则是县君,妓人的则是妓人。怕不扭捏着身子蓦入他门;怎禁他使数的到支分,背地里暗忍[9]。

【滚绣球】那好人家将粉扑儿浅淡匀,那里像咱干茨腊[10]手抢着粉;好人家将那篦梳儿慢慢地铺鬓,那里像咱解了那襻胸带[11],下颏上勒一道深痕。好人家知个远近,觑个向顺,衡一味良人家风韵;那里像咱们,恰便似空房中锁定个猢狲。有那千般不实乔躯老[12],有万种虚嚣歹议论,断不了风尘。

(小闲云)这里一个客店,姐姐好住下罢。(正旦云)叫店家来。(店小二见科)(正旦云)小二哥,你打扫一间干净房儿,放下行李。你与我请将周舍来,说我在这里久等多时也。(小二云)我知道。(做行叫科,云)小哥在那里?(周舍上,云)店小二,有甚么事?(小二云)店里有个好女子请你哩。(周舍云)咱和你就去来。(做见科,云)是好一个科子也。(正旦云)周舍,你

来了也。(唱)

【幺篇】俺那妹子儿有见闻,可有福分,抬举的个丈夫俊上添俊,年纪儿恰正青春。(周舍云)我那里曾见你来?我在客火[13]里,你弹着一架筝,我不与了你个褐色䌷段儿?(正旦云)小的,你可见来?(小闲云)不曾见他有甚么褐色䌷段儿。(周舍云)哦,早起杭州客火散了,赶到陕西客火里吃酒,我不与了大姐一分饭来?(正旦云)小的每,你可见来?(小闲云)我不曾见。(正旦唱)你则是忒现新,忒忘昏,更做道你眼钝。那唱词话的有两句留文:"咱也曾武陵溪畔曾相识,今日伴推不认人。"[14]我为你断梦劳魂。

(周舍云)我想起来了,你敢是赵盼儿么?(正旦云)然也。(周舍云)你是赵盼儿,好,好!当初破亲也是你来。小二,关了店门,则打这小闲。(小闲云)你休要打我。俺姐姐将着锦绣衣服,一房一卧来嫁你,你倒打我?(正旦云)周舍,你坐下,你听我说。你在南京[15]时,人说你周舍名字,说的我耳满鼻满的,则是不曾见你。后得见你呵,害的我不茶不饭,只是思想着你。听的你娶了宋引章,教我如何不恼?周舍,我待嫁你,你却着我保亲!(唱)

【倘秀才】我当初倚大呵妆㒟[16]主婚,怎知我嫉妒呵特故里破亲?你这厮外相儿通疏就里村!你今日结婚姻,咱就肯罢论。

(云)我好意将着车辆鞍马㝂房来寻你,你划地将我打骂?小闲,拦回车儿,咱家去来。(周舍云)早知姐姐来嫁我,我怎肯打舅舅?(正旦云)你真个不知道?你既不知,你休出店门,只守着我坐下。(周舍云)休说一两日,就是一两年,您儿也坐的将去。(外旦上,云)周舍两三日不家去,我寻到这店门首,我试看咱。原来是赵盼儿和周舍坐哩。兀那老弟子不识羞,直赶到这里来。周舍,你再不要来家,等你来时,我拿一把刀子,你拿一把刀子,和你一递一刀子戳哩。(下)(周舍取棍科,云)我和你抢生吃[17]哩!不是奶奶在这里,我打杀你。(正旦唱)

【脱布衫】我更是的不待饶人,我为甚不敢明闻;肋底下插柴自忍[18],怎见你便打他一顿?

【小梁州】可不道一夜夫妻百夜恩,你可便息怒停嗔。他村时节背地里使些村,对着我合思忖,那一个双同叔[19]打杀俏红裙?

【幺篇】则见他恶哏哏[20],摸按着无情棍,便有火性的不似你个郎君。(云)你拿着偌粗的棍棒,倘或打杀他呵,可怎了?(周舍云)丈夫打杀老婆,不该偿命。(正旦云)这等说,谁敢嫁你?(背唱)我假意儿瞒,虚科儿喷[21],着这厮有家难奔。妹子也,你试看咱风月救风尘。

(云)周舍,你好道儿[22]。你这里坐着,点的你媳妇来骂我这一场。小闲,拦回车儿,咱回去来。(周舍云)好奶奶,请坐。我不知道他来;我若知道他来,我就该死。(正旦云)你真个不曾使他来?这妮子不贤惠,打一棒快球子[23]。你舍的宋引章,我一发嫁你。(周舍云)我到家里就休了他。(背云)且慢着,那个妇人是我平日间打怕的,若与了一纸休书,那妇人就一道烟去了。这婆娘他若是不嫁我呵,可不弄的尖担两头脱?休的造次,把这婆娘摇撼的实着。(向旦云)奶奶,您孩儿肚肠是驴马的见识,我今家去把媳妇休了呵,奶奶,你把肉吊窗儿放下来[24],可不嫁我,做的个尖担两头脱。奶奶,你说下个誓着。(正旦云)周舍,你真个要我赌咒?你若休了媳妇,我不嫁你呵,我着塘子里马踏杀,灯草打折臁儿骨。你逼的我赌这般重咒哩!(周舍云)小二,将酒来,(正旦云)休买酒,我车儿上有十瓶酒哩。(周舍云)还要买羊。(正旦云)休买羊,我车上有个熟羊哩。(周舍云)好、好、好,待我买红去。(正旦云)休买红,我箱子里有一对大红罗。周舍,你争甚么那?你的便是我的,我的就是你的。(唱)

【二煞】则这紧的到头终是紧,亲的原来只是亲。凭着我花朵儿身躯,笋条儿年纪,为这锦片儿前程,倒赔了几锭儿花银,拚着个十米九糠,问什么两妇三妻[25]。受了些万苦千辛,我着人头上气忍,不枉了一世做郎君。

【黄钟尾】你穷杀呵甘心守分捱贫困,你富呵休笑我饱暖生淫惹议论。您心中觑个意顺,但休了你门内人,不要你钱财使半文,早是我走将来自上门。家业家私待你六亲,肥马轻裘待你一身,倒贴了奁房和你为眷姻。(云)我若还嫁了你,我不比那宋引章,针指油面、刺绣铺房、大裁小剪都不晓得一些儿的。(唱)我将你写了的休书正了本[26]。(同下)

注释

〔1〕私科子:即私窠子,暗娼。

〔2〕粉房:妓院。

〔3〕一涌性:一时冲动。

〔4〕输个姓因:用自己的姓氏赌咒发誓,即豁出去、拼尽全力的意思。

〔5〕背槽抛粪:牲畜背向食槽下粪,喻周舍忘恩负义。

〔6〕"想着容易"四句:意说想起宋引章轻易地爱上周舍,过分向周舍献殷勤,几番想不睬她,只是可怜她没了主意的娘亲。

〔7〕"惯曾为旅偏怜客":与下句"自己贪杯惜醉人",皆当时俗谚,

喻同病相怜。

〔8〕县君:唐宋以来妇女的封号,即今所谓官太太。

〔9〕"怎禁他使数的到支分"二句:意为怎能禁得住他的使唤、支配,只能背地里暗自忍耐。

〔10〕干茨腊:干巴巴。

〔11〕襻(pàn判)胸带:古时妇女梳头时,包裹头发用的带子,要缠过下颏。

〔12〕乔躯老:坏模样,指身段、姿态。当时勾栏称身体为躯老。乔是坏的意思。

〔13〕客火:客店。

〔14〕"那唱词话"以下三句:唱词话是当时流行的一种曲艺形式,有说有唱。"武陵溪畔曾相识"二句是词话中的唱词,是说刘晨、阮肇入山采药遇仙女的故事。武陵溪原本晋陶潜《桃花源记》,元杂剧中常与刘、阮故事混用,当作男女恋爱的典故。

〔15〕南京:指汴梁,即今开封。金主亮改汴京作南京,入元为南京路。

〔16〕倚大:倚仗年龄大,倚老卖老。妆儇(huán环):装模作样。

〔17〕抢生吃:不等食物熟就抢着吃,性急的意思。这里是反话,就是说:我不同你性急,慢慢等着瞧吧。

〔18〕肋底下插柴自忍:歇后语,意为痛苦、有心事自己隐忍着。

〔19〕双同叔:指双渐。参见第一折注〔40〕。

〔20〕恶哏(gén根阳平)哏:恶狠狠。

〔21〕虚科儿喷:说假话。喷,吹牛、聊天儿。

〔22〕道儿:诡计、圈套。

〔23〕打一棒快球子:当时俗语,即爽快、干脆的意思。

〔24〕肉吊窗儿放下来:闭着眼睛不理睬。肉吊窗儿,指眼皮。

〔25〕"拚着个十米九糠"二句:意说无论吃米还是吃糠,不管你是否三妻四妾。

〔26〕我将你写了的休书正了本:意思是你休了宋引章,我不会叫你

亏本的。正了本,够本。

第 四 折

（外旦上,云）这些时周舍敢待来也。（周舍上,见科）（外旦云）周舍,你要吃甚么茶饭？（周舍做怒科,云）好也,将纸笔来,写与你一纸休书,你快走。（外旦接休书不走科,云）我有甚么不是,你休了我？（周舍云）你还在这里？你快走！（外旦云）你真个休了我？你当初要我时怎么样说来？你这负心汉,害天灾的！你要去,我偏不去。（周舍推出门科）（外旦云）我出的这门来。周舍,你好痴也！赵盼儿姐姐,你好强也！我将着这休书,直至店中寻姐姐去来。（下）（周舍云）这贱人去了,我到店中娶那妇人去。（做到店科,叫云）店小二,恰才来的那妇人在那里？（小二云）你刚出门,他也上马去了。（周舍云）倒着他道儿了。将马来,我赶将他去。（小二云）马揣驹[1]了。（周舍云）鞁[2]骡子。（小二云）骡子漏蹄[3]。（周舍云）这等,我步行赶将他去。（小二云）我也赶他去。（同下）

（旦同外旦上）（外旦云）若不是姐姐,我怎能够出的这门也！（正旦云）走,走,走！（唱）

【双调新水令】笑吟吟案板似写着休书,则俺这脱空[4]的故人何处？卖弄他能爱女、有权术,怎禁那得胜葫芦说到有九千句[5]。

（云）引章,你将那休书来与我看咱。（外旦付休书）（正旦换科,云）引章,你再要嫁人时,全凭这一张纸是个照证,你收好者！（外旦接科）（周舍赶上,喝云）贱人,那里去？宋引章,你是我的老婆,如何逃走？（外旦云）周舍,你与了我休书,赶出我来了。（周舍云）休书上手模印五个指头,那里四个指头的是休书？(外旦展看,周夺咬碎科)(外旦云)姐姐,周舍咬碎我的休书也。(旦上救科)(周舍云)你也是我的老婆。(正旦云)我怎么是你的老婆？(周舍云)你吃了我的酒来。(正旦云)我车上有十瓶好酒,怎么是你的？(周舍云)你可受我的羊来。(正旦云)我自有一只熟羊,怎么是你的？(周舍云)你受我的红定来。(正旦云)我自有大红罗,怎么是你的？(唱)

【乔牌儿】酒和羊,车上物；大红罗,自将去。你一心淫滥无是处,要将人白赖取。

(周舍云)你曾说过誓嫁我来。(正旦唱)

【庆东原】俺须是卖空虚,凭着那说来的言咒誓为活路。(带云)怕你不信呵。(唱)遍花街请到娼家女,那一个不对着明香宝烛,那一个不指着皇天后土,那一个不赌着鬼戮神诛？若信这咒盟言,早死的绝门户。

(云)引章妹子,你跟将他去。(外旦怕科,云)姐姐,跟了他去就是死。(正旦唱)

【落梅风】则为你无思虑、忒模糊,(周舍云)休书已毁了,你不跟我去待怎么？(外旦怕科)(正旦云)妹子,休慌莫怕！咬碎的是假休书。(唱)我特故抄与你个休书题目[6],我跟前见放着这亲模。(周舍夺科)(正旦唱)便有九头牛也拽不出去。

(周扯二旦科,云)明有王法,我和你告官去来。(同下)
(外扮孤引张千上,诗云)声名德化九重闻,良夜家家不闭门；雨后有人耕绿野,月明无犬吠花村。小官郑州守李公弼是也。今日升起早衙,断理些公事。张千,喝撺箱。(张千云)理会的。(周舍同旦、卜儿上)(周叫云)冤屈也！(孤云)告甚么事？(周舍云)大人可怜见,混赖我媳妇。(孤云)谁混赖你的媳妇？(周舍云)是赵盼儿设计混赖我媳妇宋引章。(孤云)那

妇人怎么说？（正旦云）宋引章是有丈夫的，被周舍强占为妻，昨日又与了休书，怎么是小妇人混赖他的？（唱）

【雁儿落】这厮心狠毒，这厮家豪富，衡一味虚肚肠，不踏着实途路。

【得胜令】宋引章有亲夫，他强占作家属。淫乱心情歹，凶顽胆气粗，无徒[7]！到处里胡为做。现放着休书，望恩官明鉴取。

（安秀实上，云）适才赵盼儿使人来说："宋引章已有休书了，你快告官去，便好娶他。"这里是衙门首，不免高叫道：冤屈也！（孤云）衙门外谁闹？拿过来！（张千拿入科，云）告人当面。（孤云）你告谁来？（安秀实云）我安秀实，聘下宋引章，被郑州周舍强夺为妻，乞大人做主咱。（孤云）谁是保亲？（安秀实云）是赵盼儿。（孤云）赵盼儿，你说宋引章原有丈夫，是谁？（正旦云）正是这安秀才。（唱）

【沽美酒】他幼年间便习儒，腹隐着九经书[8]。他是俺共里同村一处居，接受了钗环财物，明是个良人妇。

（孤云）赵盼儿，我问你，这保亲的委是你么？（正旦云）是小妇人。（唱）

【太平令】现放着保亲的堪为凭据，怎当他抢亲的百计亏图[9]？那里是明婚正娶，公然的伤风败俗！今日个诉与太府做主，可怜见断他夫妻完聚。

（孤云）周舍，那宋引章明明有丈夫的，你怎生还赖是你的妻子？若不看你父亲面上，送你有司问罪。您一行人听我下断：周舍杖六十，与民一体[10]当差；宋引章仍归安秀才为妻；赵盼儿等宁家住坐[11]。（词云）只为老虔婆[12]爱贿贪钱，赵盼儿细说根源，呆周舍不安本业，安秀才夫妇团圆。（众叩谢

科)(正旦唱)

【收尾】对恩官一一说缘故,分剖开贪夫怨女;面糊盆^[13]再休说死生交,风月所重谐燕莺侣。

　　题目　安秀才花柳成花烛
　　正名　赵盼儿风月救风尘

注释

〔1〕揣驹:怀了小马驹。

〔2〕鞁(bèi备):把鞍鞯等套在骡马身上。同"鞴"。

〔3〕漏蹄:牲口蹄子上的一种病,害病时蹄子疼痛,不能行走。

〔4〕脱空:说谎,施权术。

〔5〕"卖弄他能爱女"三句:说周舍卖弄自己有本事,会玩弄女性,但也抵不过我赵盼儿这张厉害的嘴。爱女,玩弄女色的意思。葫芦,指嘴。

〔6〕休书题目:指换给宋引章的假休书。

〔7〕无徒:无赖之徒。

〔8〕九经书:泛指儒生学习的各种经书。九不是实数。

〔9〕亏图:图谋,陷害。

〔10〕一体:一起,一并。

〔11〕宁家住坐:意为回家安分守己过日子。

〔12〕虔婆:鸨母。此处指宋引章的母亲李氏。元杂剧中多有使亲生女儿卖淫者,《金线池》中的杜蕊娘与李氏也是这种关系。

〔13〕面糊盆:喻糊涂的人。

望江亭中秋切鲙[1]

第 一 折

(旦儿扮白姑姑[2]上,云)贫道乃白姑姑是也,从幼年间便舍俗出家,在这清安观里,做着个住持。此处有一女人,乃是谭记儿,生的模样过人,不幸夫主亡逝已过,他在家中守寡,无男无女,逐朝每日到俺这观里来,与贫姑攀话[3]。贫姑有一侄儿,是白士中,数年不见,音信皆无,也不知他得官也未,使我心中好生记念。今日无事,且闭上这门者。(正末扮白士中上,诗云)昨日金门[4]去上书,今朝墨绶已悬鱼[5];谁家美女颜如玉,彩球偏爱掷贫儒[6]。小官白士中,前往潭州为理[7],路打清安观经过,观中有我的姑娘,是白姑姑,在此做住持。小官今日与白姑姑相见一面,便索赴任。来到门首,无人报复[8],我自过去。(做见科,云)姑姑,您侄儿除授潭州为理,一径的来望姑姑。(姑姑云)白士中孩儿也,喜得美除[9]!我恰才道罢,孩儿果然来了也。孩儿,你媳妇儿好么?(白士中云)不瞒姑姑说,您媳妇儿亡逝已过了也!(姑姑云)侄儿,这里有个女人,乃是谭记儿,大有颜色,逐朝每日在我这观里,与我攀话;等他来时,我圆成与你做个夫人,意下如何?(白士中云)姑姑,莫非不中么[10]?(姑姑云)不妨事,都在我身上。你壁衣[11]后头躲者,我咳嗽为号,你便出来。(白士中云)谨依来命。(下)(姑姑云)这早晚谭夫人敢待来也。(正旦扮谭记儿上,云)妾身乃学士[12]李希颜的夫人,姓谭,小字记儿。不幸夫主亡化过了三年光景,我寡居无事,每日只在清安观和白姑姑攀些闲话。我想,做妇人的没了丈夫,身无所主,好苦人也呵!(唱)

【仙吕点绛唇】我则为锦帐春阑,绣衾香散,深闺晚,粉谢脂残,到的这、日暮愁无限。

【混江龙】我为甚一声长叹?玉容寂寞泪阑干[13]!则这花枝里外,竹影中间,气呼的片片飞花纷似雨,泪洒的珊珊翠竹染成斑[14]。我想着香闺少女,但生的嫩色娇颜,都只爱朝云暮雨[15],那个肯凤只鸾单?这愁烦恰便似海来深,可兀的无边岸!怎守得三贞九烈[16],敢早着了钻懒帮闲[17]。

(云)可早来到也。这观门首无人报复,我自过去。(做见姑姑科,云)姑姑,万福[18]!(姑姑云)夫人,请坐。(正旦云)我每日定害[19]姑姑,多承雅意;妾身有心跟的姑姑出家,不知姑姑意下何如?(姑姑云)夫人,你那里出得家?这出家,无过草衣木食,熬枯受淡,那白日也还闲可[20],到晚来独自一个,好生孤恓!夫人,只不如早早嫁一个丈夫去好。(正旦唱)

【村里迓鼓】怎如得您这出家儿清静,到大来一身散诞[21]。自从俺儿夫[22]亡后,再没个相随相伴,俺也曾把世味亲尝,人情识破,怕甚么尘缘羁绊?俺如今罢扫了蛾眉,净洗了粉脸,卸下了云鬓;姑姑也,待甘心捱您这粗茶淡饭。

(姑姑云)夫人,你平日是享用惯的,且莫说别来,只那一顿素

59

斋,怕你也熬不过哩。(正旦唱)

【元和令】则您那素斋食刚一餐,怎知我粗米饭也曾惯。俺从今把心猿意马[23]紧牢拴,将繁华不挂眼。(姑姑云)夫人,您岂不知:"雨里孤村雪里山,看时容易画时难;早知不入时人眼,多买胭脂画牡丹。"夫人,你怎生出的家来!(正旦唱)您道是"看时容易画时难",俺怎生就住不的山,坐不的关[24],烧不的药,炼不的丹?

(姑姑云)夫人,放着你这一表人物,怕没有中意的丈夫,嫁一个去。只管说那出家做什么?这须了不的[25]你终身之事。(正旦云)嗨!姑姑,这终身之事,我也曾想来:若有似俺男儿知重我的,便嫁他去也罢。(姑姑做咳嗽科,白士中见旦科,云)祗揖[26]!(正旦回礼科,云)姑姑,兀的不有人来,我索回去也。(姑姑云)夫人,你那里去?我正待与你做个媒人。只他便是你夫主,可不好那?(正旦云)姑姑,这是什么说话!(唱)

【上马娇】咱则是语话间有甚干,姑姑也,您便待做了筵席上撮合山[27]。(姑姑云)便与您做个撮合山,也不误了你。(正旦唱)怎把那隔墙花,强攀做连枝看?(做走介[28])(姑姑云)关了门者,我不放你出去。(正旦唱)把门关,将人来紧遮拦。

【胜葫芦】你却便引的人来心恶烦,可甚的[29]撒手不为奸!你暗埋伏,隐藏着谁家汉?俺和你几年价来往,倾心儿契合,则今日索分颜!

(姑姑云)你两个成就了一对夫妻,把我这座清安观权做高唐[30],有何不可?(正旦唱)

【幺篇】姑姑,你只待送下我高唐十二山,枉展污了你这七星坛[31]。(姑姑云)我成就了你锦片也似前程,美满恩情,有甚么不好处?(正旦唱)说甚么锦片前程真个罕。(姑姑云)夫人,你不要这等妆幺做势,那个着你到我这观里来?(正旦唱)一会儿甜言热趋[32],一会儿恶叉白赖[33];姑姑也,只被你直着俺两下做人难!

(姑姑云)兀那君子,谁着你这里来?(白士中云)就是小娘子着我来。(正旦云)你倒将这言语赃诬我来,我至死也不顺随你!(姑姑云)你要官休也私休?(正旦云)怎生是官休?怎生是私休?(姑姑云)你要官休呵,我这里是个祝寿道院,你不守志,领着人来打搅我,告到官中,三推六问,枉打坏了你;若是私休,你又青春,他又年少,我与你做个撮合山媒人,成就了您两口儿,可不省事?(正旦云)姑姑,等我自寻思咱。(姑姑云)可知道来,"千求不如一吓"。(正旦云)好个出家的人,偏会放刁!姑姑,他依的我一句话儿,我便随他去罢;若不依着我呵,我断然不肯随他。(白士中云)休道一句话儿,便一百句,我也依的。(正旦唱)

【后庭花】你着他休忘了容易间,则这十个字莫放闲,岂不闻:"芳槿无终日,贞松耐岁寒。"[34]姑姑也,非是我要拿班[35],只怕他将咱轻慢;我、我、我,撺断的上了竿,你、你、你,掇梯儿着眼看[36]。他、他、他,把凤求凰[37]暗里弹,我、我、我,背王孙去不还;只愿他肯、肯、肯做一心人,不转关[38],我和他,守、守、守,白头吟,非浪侃[39]。

(姑姑云)你两个久后休忘我做媒的这一片好心儿!(正旦唱)

【柳叶儿】姑姑也,你若提着这桩儿公案,则你那观名儿唤做"清安"!你道是蜂媒蝶使[40]从来惯,怕有人担疾患,到你行求丸散,你则与他这一服灵丹;姑姑也,你专医那枕冷衾寒!

(云)罢,罢,罢!我依着姑姑,成就了这门亲事罢。(姑姑云)

白士中,这桩事亏了我么?(白士中云)你专医人那枕冷衾寒!亏了姑姑,您孩儿只今日就携着夫人同赴任所,另差人来相谢也。(正旦云)既然相公要上任去,我和你拜辞了姑姑,便索长行也。(姑姑云)白士中,你一路上小心在意者。您两口儿正是郎才女貌,天然配合,端不枉了也!(正旦唱)

【赚煞尾】这行程则宜疾不宜晚。休想我着那别人绊翻,不用追求相趁赶,则他这等闲人,怎得见我容颜?姑姑也,你放心安,不索怎语话相关[41]。收了缆,撅了桩,蹿跳板,挂起这秋风布帆,试看那碧云两岸,落可便[42]轻舟已过万重山。(同白士中下)

(姑姑云)谁想今日成合了我侄儿白士中这门亲事,我心中可煞[43]喜也!(诗云)非是贫姑硬主张,为他年少守空房;观中怕惹风情事,故使机关配俊郎。(下)

注释

〔1〕《望江亭》是关汉卿的又一出喜剧,人们称之为《救风尘》的姊妹篇。剧中的女主人公谭记儿巧装打扮,深入虎穴,为争取自己的婚姻幸福而斗争。她与《救风尘》中的赵盼儿交相辉映,丰富了中国戏曲史的人物画廊。二十世纪五十年代,此剧被改编成京剧,由著名京剧表演艺术家张君秋主演,后又拍成电影,影响很大。

〔2〕姑姑:对女僧、女道的称呼。

〔3〕攀话:谈天,闲聊。

〔4〕金门:即金马门,汉代皇宫中宦官的署门,这里代指朝廷。

〔5〕墨绶(shòu 受):古时官员系印信用的黑色带子。悬鱼:唐代朝官佩带鱼符,以显示地位高下。

〔6〕彩球偏爱掷贫儒:旧时有钱人家的姑娘或用抛彩球的方式择婿。全诗是说,已经得官了,却没有中意的妻子。

〔7〕为理:赴任。

〔8〕报复:通报。

〔9〕美除:被任命为好的官职。

〔10〕莫非不中么:可能不行吧。

〔11〕壁衣:靠墙设置的更衣用的帷幕。

〔12〕学士:官名。唐开元时置学士院,官员称翰林学士,掌起草皇帝诏命。

〔13〕泪阑干:形容眼泪流下来的样子。

〔14〕泪洒的珊珊翠竹染成斑:见《鲁斋郎》第三折注〔31〕。

〔15〕朝云暮雨:指男女欢爱。典出宋玉《高唐赋》。

〔16〕三贞九烈:封建时代妇女从一而终的贞节行为。"三"、"九"都言其程度,而非实指。

〔17〕钻懒帮闲:这里指无聊闲扯,不务正事。

〔18〕万福:古时妇女行礼,要口称"万福"。

〔19〕定害:打扰,麻烦。

〔20〕闲可:尚可。

〔21〕到大来:到头来。散诞:自由。

〔22〕儿夫:妻子对丈夫的称呼。

〔23〕心猿意马:本道家用语,比喻人心思流荡散乱,把握不定。

〔24〕坐关:即坐禅。佛、道教徒每天在一定时间里静坐,排除杂念,使心神恬静自在。

〔25〕了不的:解决不了。

〔26〕祗(zhī支)揖:作揖,拜揖。

〔27〕撮合山:原为形容人会说话,能把两座山说合到一起,以后即作为媒人的代称。

〔28〕介:古代戏曲演出术语,与"科"同,提示剧中人物的动作、表情及舞台效果。

〔29〕可甚的:说什么。

〔30〕高唐:指男女欢会的场所。见宋玉《高唐赋》。

〔31〕七星坛:道教祭神的台子,上供北斗七星,故名"七星坛"。

〔32〕甜言热趖:犹甜言蜜语。热趖,拉亲热,套近乎。

〔33〕恶叉白赖:死乞白赖,耍无赖。

〔34〕"芳槿(jǐn紧)无终日"二句:意谓爱情不要像漂亮的木槿花似的,早上开,中午就凋谢了,应该像松树那样经冬耐寒。

〔35〕拿班:摆架子。

〔36〕撺断的上了竿,掇(duō多)梯儿着眼看:怂恿人上到竿上,然后撤掉梯子看笑话。

〔37〕凤求凰:汉代司马相如借弹《凤求凰》曲,向卓文君求爱,文君瞒着父亲卓王孙与司马相如私奔。司马相如做了官后要娶妾,卓文君就写了一首《白头吟》的诗,于是二人和好如初。

〔38〕不转关:不变心,不变卦。

〔39〕浪侃:乱说,撒谎。

〔40〕蜂媒蝶使:作媒,指撮合男女之间不正当的结合。

〔41〕"这行程则宜疾不宜晚"以下八句:这是承白道姑的叮嘱而说的,意思是:姑姑呵,你放心吧,我既然跟了白士中,别的人再来追求,就决不会动心。

〔42〕落可便:便,就。落可,助词,无意。

〔43〕可煞:非常,十分。

第 二 折

(净扮杨衙内[1]引张千上,诗云)花花太岁为第一,浪子丧门世无对;普天无处不闻名,则我是权豪势宦杨衙内。某乃杨衙内是也。闻知有亡故了的李希颜夫人谭记儿,大有颜色,一心要他做个小夫人;颇奈[2]白士中无理,他在潭州为官,未经赴任,便去清安观中央道姑为媒,倒娶了谭记儿做夫人。常言道:"恨小非君子,无毒不丈夫。"论这情理,教我如何容得他过?他妒我为冤,我妒他为仇。小官今日奏知圣人[3]:"有白士中贪花恋酒,不理公事。"奉圣人的命,差人去标[4]了白士中首级;小官就顺着道:"此事别人去不中,只除非小官亲自到潭州取白士中首级复命,方才万无一误。"圣人准奏,赐小官势剑金牌。张千,你分付李稍,驾起小舟,直到潭州,取白士中首级,走一遭去来。(诗云)一心要娶谭记儿,教人日夜费寻思。若还夺得成夫妇,这回方是运通时。(下)

(白士中上,云)自娶夫人后,欢会永团圆。小官白士中,自到任以来,只用清静无事为理,一郡黎民,各安其业,颇得众心。单只一件,我这新娶谭夫人,当日有杨衙内要图他为妾,不期[5]被我娶做夫人,同往任所。我这夫人十分美貌,不消说了;更兼聪明智慧,事事精通,端的是佳人领袖,美女班头,世上无双,人间罕比。闻知杨衙内至今怀恨我,我也恐怕他要来害我,每日悬悬在心。今早坐过衙门,别无勾当,且在这前厅上闲坐片时,休将那段愁怀,使我夫人知道。(院公上,诗云)心忙来路远,事急出家门;夜眠侵早起,又有不眠人。老汉是白士中家的一个老院公。我家主人,今在潭州为理,被杨衙内暗奏圣人,赐他势剑金牌,标取我家主人首级;俺老夫人得知,差我将着一封家书,先至潭州,报知这个消息,好预做准备。说话之间,可早来到潭州也。不必报复,我自过去。(见科)相公将息[6]的好也!(白士中云)院公,你来做甚么?(院公云)奉老夫人的分付,着我将着这书来,送相公亲拆。(白士中云)有母亲的书呵,将来我看。(院公做递书科,云)书在此。(白士中看书科,云)书中之意,我知道了。嗨!果中此贼之计!院公,你吃饭去。(院公云)理会的。(下)(白士中云)谁想杨衙内为我娶了谭记儿,挟着仇恨,朦胧奏过圣人,要标取我的首级。似此,如之奈何?兀的不闷杀我也!(正旦上,云)妾身谭记儿。自从相公履任以来,俺在这衙门后堂居住,相公每日坐罢早衙,便与妾身攀话;今日这早晚不见回来,我亲自望相公走一遭去波。(唱)

【中吕粉蝶儿】不听的报喏声齐[7],大古里[8]坐衙来恁时节不退;你便要接新官,也合[9]通报咱知;又无甚紧文书、忙公事,可着我心儿里不会[10],转过这影壁偷窥,可怎生独自个死临侵地[11]?

(云)我且不要过去,且再看咱。呀!相公手里拿着一张纸,低着头左看右看,我猜着了也!(唱)

【醉春风】常言道"人死不知心",则他这海深也须见底[12]。多管是[13]前妻将书至,知他娶了新妻,他心儿里悔、悔。你做的个弃旧怜新;他则是见咱有意,使这般巧谋奸计。

(做见科,云)相公!(白士中云)夫人,有甚么勾当,自到前厅上来?(正旦云)敢问相公:为甚么不回后堂中去?敢是你前夫人寄书来么?(白士中云)夫人,并无什么前夫人寄书来,我自有一桩儿摆不下[14]的公事,以此纳闷。(正旦云)相公,不可瞒着妾身,你定有夫人在家,今日捎书来也。(白士中云)夫人不要多心,小官并不敢欺心也。(正旦唱)

【红绣鞋】把似[15]你则守着一家一计,谁着你收拾下[16]两妇三妻?你常好是七八下里不伶俐[17]。堪相守留着相守,可别离与个别离,这公事合行[18]的不在你!

(白士中云)我若无这些公事呵,与夫人白头相守,小官之心,惟天可表。(正旦云)我见相公手中将着一张纸,必然是家中寄来的书。相公休瞒妾身,我试猜这书中的意咱!(白士中云)夫人,你试猜波!(正旦唱)

【普天乐】弃旧的委实难,迎新的终容易;新的是半路里姻眷,旧的是缩角儿夫妻[19]。我虽是个妇女身,我虽是个裙钗辈[20],见别人眨眼抬头,我早先知来意。不是我卖弄所事[21]精细,(带云[22])相公,你瞒妾身怎的?(唱)直等的恩断意绝,眉南面北[23],恁时节水尽鹅飞[24]。

(白士中云)夫人,小官不是负心的人,那得还有前夫人来!(正旦云)相公,你说也不说?(白士中云)夫人,我无前夫人,你着我说甚么?(正旦云)既然你不肯说,我只觅一个死处便了!(白士中云)住、住、住!夫人,你死了,那里发付我那[25]?我说则说,夫人休要烦恼。(正旦云)相公,你说,我不烦恼。(白士中云)夫人不知,当日杨衙内曾要图谋你为妾,不期我娶了你做夫人,他怀恨小官,在圣人前妄奏,说我贪花恋酒,不理公事;现今赐他势剑金牌,亲到潭州,要标取我的首级。这个是家中老院公,奉我老母之命,捎此书来,着我知会[26];我因此烦恼。(正旦云)原来为这般!相公,你怕他做甚么?(白士中云)夫人,休惹他,则他是花花太岁!(正旦唱)

【十二月】你道他是花花太岁,要强逼的我步步相随;我呵,怕甚么天翻地覆,就顺着他雨约云期[27]。这桩事,你只睁眼儿觑者,看怎生的发付他赖骨顽皮!

【尧民歌】呀,着那厮得便宜翻做了落便宜[28],着那厮满船空载月明归;你休得便乞留乞良[29]搊跌自伤悲。你看我淡妆不用画蛾眉,今也波日我亲身到那里,看那厮有备应无备[30]!

(白士中云)他那里必然做下准备,夫人,你断然去不得。(正旦云)相公,不妨事。(做耳喑科)则除是恁的。(白士中云)则怕反落他勾中[31]。夫人,还是不去的是。(正旦云)相公,不妨事。(唱)

【煞尾】我着那厮磕着头见一番,恰便似神羊儿忙跪膝[32];直着他船横缆断在江心里,我可便智赚了金牌,着他去不得!(下)

(白士中云)夫人去了也。据着夫人机谋见识,休说一个杨衙内,便是十个杨衙内,也出不得我夫人之手。正是:眼观旌节旗[33],耳听好消息。(下)

注释

〔1〕衙内:本为官僚子弟,元杂剧中往往是欺压百姓的流氓恶霸。

〔2〕叵奈:又作"叵耐",不可耐,引申为可恨。

〔3〕圣人:对皇帝的尊称。

〔4〕标:同摽(biāo标),摘取。

〔5〕不期:不料,想不到。

〔6〕将息:歇息、修养。这里指衣、食、起、居等生活情况。

〔7〕报喏声齐:古人行礼,一面拱揖为礼,一面口中唱"喏喏"的声音,叫"唱喏"。官员坐衙时,大家同时行见面礼,齐声"唱喏"。

〔8〕大古里:大概。

〔9〕合:该。

〔10〕不会:不理会,不明白。

〔11〕死临侵地:没精打彩地,死板板地。

〔12〕海深也须见底:宋元俗语,有"日久见人心"、"事久则明"的意思。

〔13〕多管是:大概是。

〔14〕摆不下:难以处理。

〔15〕把似:倒不如,何不。

〔16〕收拾下:收留下,置办下。

〔17〕你常好是七八下里不伶俐:意为你正是同别的女人有不明不白的关系。常好是,意为正是。不伶俐,不干净。

〔18〕合行的：应该做的。

〔19〕绾（wǎn 挽）角儿夫妻：结发夫妻。绾，盘结角儿，指少年时两鬓的头发。

〔20〕裙钗辈：女人家。

〔21〕所事：凡事，事事。

〔22〕带云：唱词中夹带的道白。

〔23〕眉南面北：形容不和睦。

〔24〕水尽鹅飞：比喻一无所得，犹鸡飞蛋打。

〔25〕你死了，那里发付我那：你若死了，我怎么办呢？发付，处置。

〔26〕知会：明白，知道。

〔27〕雨约云期：约定男女幽会的时期。

〔28〕得便宜翻做了落便宜：想要沾光反倒吃了亏。落便宜，失掉便宜。

〔29〕乞留乞良：悲痛时抽泣的声音。

〔30〕有备应无备：有准备也无济于事。

〔31〕勾中：同彀（gòu 构）中。作阴谋、圈套解。

〔32〕神羊儿忙跪膝：古时祭神的羊都捆缚作屈膝跪立的样子。这里指杨衙内必将跪地求饶。

〔33〕旌节旗：打仗时指挥作战的标志，可据此看出战争的进程。此指谭记儿与杨衙内即将展开一场智斗。

第 三 折

（衙内领张千、李稍上。衙内云）小官杨衙内是也。颇奈白士中无理，量你到的那里！岂不知我要取谭记儿为妾，他就公然背了我，娶了谭记儿为妻，同临任所，此恨非浅！如今我亲身到潭州，标取白士中首级。你道别的人为甚么我不带他来？这一个是张千，这一个是李稍。这两个小的，聪明乖觉，都是我心腹之人，因此上则带的这两个人来。（张千去衙内鬓边做拿科）（衙内云）嗯！你做什么？（张千云）相公鬓边一个虱子。（衙内云）这厮倒也说的是，我在这船只上个月期程，也不曾梳篦[1]的头。我的儿好乖！（李稍去衙内鬓上做拿科）（衙内云）李稍，你也怎的？（李稍云）相公鬓上一个狗鳖[2]。（衙内云）你看这厮！（亲随[3]、李稍同去衙内鬓上做拿科）（衙内云）弟子孩儿，直恁的般多！（李稍云）亲随，今日是八月十五日中秋节令，我每安排些酒果，与大人玩月，可不好？（张千云）你说的是。（张千同李稍做见科，云）大人，今日是八月十五日中秋节令，对着如此月色，孩儿每与大人把一杯酒赏月，何如？（衙内做怒科，云）嗯！这个弟子孩儿，说什么话！我要来干公事，怎么教我吃酒？（张千云）大人，您孩儿每并无歹意，是孝顺的心肠。大人便食用，孩儿每一点不敢吃。（衙内云）亲随，你若吃酒呢？（张千云）我若吃一点酒呵，吃血[4]。（衙内云）正是，休要吃酒。李稍，你若吃酒呢？（李稍云）我若吃酒，害疔疮。（衙内云）既是您两个不吃酒，也罢，也罢，我则饮三杯，安排酒果过来。（张千云）李稍，抬果桌过来。（李稍做抬果桌科，云）果桌在此，我执壶，你递酒。（张千云）我儿，酾满[5]着！（做递酒科，云）大人满饮一杯。（衙内做接酒科）（张千倒褪[6]自饮科）（衙内云）亲随，你怎么自吃了？（张千云）大人，这个是摄毒[7]的盏儿。这酒不是家里带来的酒，是买的酒，大人吃下去，若有好歹，药杀了大人，我可怎么了？（衙内云）说的是，你是我心腹人。（李稍做递酒科，云）你要吃酒，弄这等嘴儿；待我送酒，大人满饮一杯。（衙内接科）（李稍自饮科）（衙内云）你也怎的？（李稍云）大人，他吃的，我也吃的。（衙内云）你看这厮！我且慢慢的吃几杯。亲随，与我把别的民船都赶开者！（正旦拿鱼上，云）这里也无人。妾身白士中的夫人谭记儿是也。妆扮做个卖鱼的,见杨衙内去。好鱼也!这鱼在那江边游戏,趁浪寻食,却被我驾一孤舟,撒开网去,打出三尺锦鳞,还活活泼泼的乱跳,好鲜鱼也!(唱)

【越调斗鹌鹑】则这今晚开筵,正是中秋令节,只合低唱浅斟[8],莫待他花残月缺。见了的珍奇,不消的咱说,则这鱼鳞甲鲜滋味别。这鱼不宜那水煮油煎,则是那薄批细切[9]。

(云)我这一来,非容易也呵!(唱)

【紫花儿序】俺则待稍关打节[10],怕有那惯施舍的经商不请言赊[11]。则俺这篮中鱼尾,又不比案上罗列;活计全别,俺则是一撒网,一蓑衣,一箬笠。先图些打捏[12],只问那肯买的哥哥照顾俺也些些。

(云)我缆住这船,上的岸来。(做见李稍,云)哥哥,万福!(李稍云)这个姐姐,我有些面善。(正旦云)你道我是谁?(李稍云)姐姐,你敢是张二嫂么?(正旦云)我便是张二嫂。你怎么不认的我了?你是谁?(李稍云)则我便是李阿鳖。(正旦云)你是李阿鳖?(正旦做打科,云)儿子,这些时吃得好了,我想你来。(李稍云)二嫂,你见我亲么?(正旦云)儿子,我见你,可不知[13]亲哩。你如今过去,和相公说一声,着我过去切鲙,得些钱钞,养活娘也。(李稍云)我知道了。亲随,你来。(张千云)弟子孩儿,唤我做什么?(李稍云)有我个张二嫂,要与大人切鲙。(张千云)甚么张二嫂?(正旦见张千科,云)媳妇孝顺的心肠,将着一尾金色鲤鱼特来献新[14],望与相公说一声咱。(张千云)也得,也得,我与你说去。得的钱钞,与我些买酒吃。你随着我来。(做见衙内科,云)大人,有个张二嫂,要与大人切鲙。(衙内云)甚么张二嫂?(正旦见科,云)相公,万福!(衙内做意科[15],云)一个好妇人也!小娘子,你来做甚么?(正旦云)媳妇孝顺的心肠,将着这尾金色鲤鱼,一径的来献新;可将砧板、刀子来,我切鲙哩。(衙内云)难得小娘子如此般用意!怎敢着小娘子切鲙,俗了手[16]!李稍,拿了去,与我姜辣煎炸了来。(李稍云)大人,不要他切就村了[17]。(衙内云)多谢小娘子来意!抬过果桌来,我和小娘子饮三杯。将酒来,娘子满饮一杯。(张千做吃酒科)(衙内云)你怎的?(张千云)你请他,他又请你,你又不吃,他又不吃,可不这杯酒冷了?不如等亲随趁热吃了,倒也干净。(衙内云)哎[18]!靠后!将酒来!小娘子满饮此杯。(正旦云)相公请!(张千云)你吃便吃,不吃我又来也。(正旦做跪衙内科)(衙内扯正旦科,云)小娘子请起!我受了你的礼,就做不得夫妻了。(正旦云)媳妇来到这里,便受了礼,也做得夫妻。(张千同李稍拍桌科,云)妙,妙,妙!(衙内云)小娘子请坐。(正旦云)相公,你此一来何往?(衙内云)小官有公差事。(李稍云)二嫂,专为要杀白士中来。(衙内云)哎!你说什么!(正旦云)相公,若拿了白士中呵,也除了潭州一害。只是这州里怎么不见差人来迎接相公?(衙内云)小娘子,你却不知,我恐怕人知道,走了消息,故此不要他们迎接。
(正旦唱)

【金蕉叶】相公,你若是报一声着人远接,怕不的船儿上有五十座笙歌摆设。你为公事来到这些[19],不知你怎生做兀的关节[20]?

(衙内云)小娘子,早是你来的早;若来的迟呵,小官歇息了也。
(正旦唱)

【调笑令】若是贱妾晚来些,相公船儿上黑齁齁[21]的熟睡歇;则你那金牌势剑身傍列,见官人远离一射[22],索用甚从人拦当者,俺只待拖狗皮的拷断他腰截。

（衙内云）李稍,我央及你,你替我做个落花媒人[23]。你和张二嫂说:大夫人不许他,许他做第二个夫人,包髻、团衫、绣手巾[24],都是他受用的。（李稍云）相公放心,都在我身上。（做见正旦科,云）二嫂,你有福也！相公说来,大夫人不许你,许你做第二个夫人,包髻、团衫、袖腿绷……（正旦云）敢是绣手巾？（李稍云）正是绣手巾。（正旦云）我不信,等我自问相公去。（正旦见衙内科,云）相公,恰才李稍说的那话,可真个是相公说来？（衙内云）是小官说来。（正旦云）量媳妇有何才能,着相公如此般错爱也。（衙内云）多谢,多谢,小娘子就靠着小官坐一坐,可也无伤。（正旦云）妾身不敢。（唱）

【鬼三台】不是我夸贞烈,世不曾[25]和个人儿热。我丑则丑,刁决古懒[26];不由我见官人便心邪,我也立不的志节。官人,你救黎民,为人须为彻;拿滥官,杀人须见血。我呵,只为你这眼去眉来,（正旦与衙内做意儿科[27],唱）使不着我那冰清玉洁。

（衙内做喜科,云）匆、匆、匆[28]！（张千与李稍做喜科,云）匆、匆、匆！（衙内云）你两个怎的？（李稍云）大家要一耍。（正旦唱）

【圣药王】珠冠儿怎戴者,霞帔儿怎挂者,这三檐伞怎向顶门遮？唤侍妾簇捧者,我从来打鱼船上扭的那身子儿别,替你稳坐七香车[29]。

（衙内云）小娘子,我出一对与你对,罗袖半翻鹦鹉盏[30]。（正旦云）妾对:玉纤[31]重整凤凰衾[32]。（衙内拍桌科,云）妙、妙、妙！小娘子,你莫非识字么？（正旦云）妾身略识些撇竖点划。（衙内云）小娘子既然识字,小官再出一对:鸡头[33]

个个难舒颈。（正旦云）妾对：龙眼[34]团团不转睛。（张千同李稍拍桌科,云）妙、妙、妙！（正旦云）妾身难的遇着相公,乞赐珠玉[35]。（衙内云）哦！你要我赠你什么词赋？有、有、有,李稍,将纸笔砚墨来。（李稍做拿砚末[36]科,云）相公,纸墨笔砚在此。（衙内云）我写就了也,词寄《西江月》[37]。（正旦云）相公,表白[38]一遍咱。（衙内做念科,云）夜月一天秋露,冷风万里江湖,好花须有美人扶,情意不堪会处。仙子初离月浦,嫦娥忽下云衢[39],小词仓卒对君书,付与你个知心人物。（正旦云）高才！高才！我也回奉相公一首,词寄《夜行船》。（衙内云）小娘子,你表白一遍咱。（正旦做念科,云）花底双双莺燕语,也胜他凤只鸾孤。一霎恩情,片时云雨,关连着宿缘前注。天保今生为眷属,但则愿似水如鱼。冷落江湖,团圞人月[40],相连着夜行船去。（衙内云）妙、妙、妙！你的更胜似我的。小娘子,俺和你慢慢的再饮几杯。（正旦云）敢问相公,因甚么要杀白士中？（衙内云）小娘子,你休问他。（李稍云）张二嫂,俺相公有势剑在这里！（衙内云）休与他看。（正旦云）这个是势剑？衙内见爱媳妇,借与我拿去治[41]三日鱼好那？（衙内云）便借与他。（张千云）还有金牌哩！（正旦云）这个是金牌？衙内见爱我,与我打戒指儿罢。再有什么？（李稍云）这个是文书。（正旦云）这个便是买卖的合同？（正旦做袖文书科,云）相公再饮一杯。（衙内云）酒够了也。小娘子休唱前篇,则唱幺篇[42]。（做醉科）（正旦云）冷落江湖,团圞人月,相连着夜行船去。（亲随同李稍做睡科）（正旦云）这厮都睡着了也。（唱）

【秃厮儿】那厮也忒懵懂[43],玉山低趄[44]着鬼崇醉眼乜斜[45],我将这金牌虎符都袖褪者[46];唤相公,早醒些,快迭[47]！

【络丝娘】我且回身将杨衙内深深的拜谢,您娘向急飐飐[48]船儿上去也,到家对儿夫尽分说那一场欢悦。

(带云)惭愧,惭愧！(唱)

【收尾】从今不受人磨灭[49],稳情取[50]好夫妻百年喜悦。俺这里,美孜孜在芙蓉帐笑春风；只他那,冷清清杨柳岸伴残月[51]。

(衙内云)张二嫂,张二嫂那里去了？(做失惊科,云)李稍,张二嫂怎么去了？看我的势剑金牌可在那里？(张千云)就不见了金牌,还有势剑共文书哩！(李稍云)连势剑文书都被他拿去了！(衙内云)似此怎了也！(李稍唱)

【马鞍儿】想着想着跌脚儿叫。(张千唱)想着想着我难熬。(衙内唱)酪子里[52]愁肠酪子里焦。(众合唱)又不敢着傍人知道；则把他这好香烧、好香烧,咒的他热肉儿跳！

(李稍云)黄昏无旅店,(亲随云)今夜宿谁家？(衙内云)这厮每扮南戏[53]那！(众同下)

注释

〔1〕篦(bì 必):一种齿很密的梳子,这里和"梳"连用,亦为动词。

〔2〕狗鳖:狗身上的一种寄生虫,又名"狗虱"。

〔3〕亲随:贴身仆从,这里指张千。

〔4〕吃血:意为像吃血的蚊子或畜生那样,不是人。

〔5〕酾(shī 师)满:即斟满酒。酾,斟酒。

〔6〕倒褪(tuì 退):后退。

〔7〕摄毒:代为受毒。摄,代理。

〔8〕低唱浅斟:低声唱曲,慢慢喝酒。

〔9〕薄批细切:指吃生鱼片时片鱼的技巧,用刀将鱼肉斜切成薄片,

宋元时称为"切鲙(kuài块)"、"斫(zhuó镯)鲙"。

　　〔10〕稍关打节：打通关节。此指先用鲜鱼麻痹杨衙内，打消他的怀疑。

　　〔11〕"怕有那"句：意为我卖鱼是不准赊欠的，此指谭记儿明着向杨衙内献鱼，实则要对方付出代价。

　　〔12〕打捏：微薄的收入。

　　〔13〕可不知：即可知，当然的意思。

　　〔14〕献新：新收获的产品，自己不吃，献给权贵人家。

　　〔15〕做意科：指杨衙内做出垂涎三尺的样子。

　　〔16〕俗了手：意思是，切鱼是低贱的俗事，不应该这样漂亮的人去做。

　　〔17〕村了：不好了。指鱼味道不鲜美了。

　　〔18〕嘟(dōu兜)：斥责人的声音。

　　〔19〕这些：这里。

　　〔20〕关节：此指计谋。

　　〔21〕齁(hōu侯阴平)齁：鼾声。

　　〔22〕一射：一箭的射程。

　　〔23〕落花媒人：现成的媒人。

　　〔24〕包髻、团衫、绣手巾：元代娶妾的订婚礼品，都是小夫人的穿戴饰物。

　　〔25〕世不曾：从来不曾。

　　〔26〕刁决古懒：性情固执、古怪。

　　〔27〕做意儿科：此指谭记儿假意和杨衙内调情。

　　〔28〕匆匆匆：嬉笑时发出的声音。

　　〔29〕"珠冠儿"以下数句：这是谭记儿故意以渔人身份模仿贵妇人举动的滑稽姿态。珠冠儿，缀有珠宝的帽子。霞帔儿，花色长背心。三檐伞，三道檐的阳伞。七香车，用各种香料熏过的车子。都是当时贵妇人的用物。

　　〔30〕鹦鹉盏：用鹦鹉螺做的酒杯。鹦鹉螺是尖端像鹦鹉嘴的海螺。

〔31〕玉纤:形容妇女纤细的手。

〔32〕凤凰衾:绘着凤凰图案的被子。衾,被子。

〔33〕鸡头:芡实,俗称鸡头米,一种可食的水中植物。

〔34〕龙眼:即桂圆。以上两句暗含秽意。

〔35〕珠玉:对别人文学作品的美称。

〔36〕砌末:戏剧术语,指舞台道具。

〔37〕词寄《西江月》:《西江月》是词牌名,词寄《西江月》就是按《西江月》词牌规定的格律填的词。下文"词寄《夜行船》"同。

〔38〕表白:念诵。

〔39〕"仙子"二句:仙子即嫦娥,传说中月亮上的仙女。浦,水边;此处月浦即指月亮。衢(qú渠),四通八达的道路;云衢即指天空。

〔40〕团圞(luán峦)人月:指月圆人欢。团圞,形容月亮圆的样子。

〔41〕治:用秤称。今河南一带尚习用。

〔42〕幺(yāo妖)篇:词曲的后片,这里指〔夜行船〕的下片。

〔43〕懵懂:糊糊涂涂,这里形容醉态。

〔44〕玉山低趄(qiè窃):形容酒醉的样子。玉山,指身躯。低趄,斜靠着。

〔45〕乜(miē咩)斜:眼睛因困倦眯成一条缝。

〔46〕袖褪(tùn屯去声):藏在袖子里。

〔47〕快迭:快点。

〔48〕急飐(zhān沾)飐:快速如风的样子。

〔49〕磨灭:折磨,欺负。

〔50〕稳情取:定然能够,稳稳得到。

〔51〕冷清清杨柳岸伴残月:借用宋代柳永《雨霖铃》中的著名词句"杨柳岸晓风残月",来嘲笑杨衙内。

〔52〕酪子里:暗地里,背地里。

〔53〕扮南戏:元杂剧一人主唱,南戏则可以由配角演唱。这里〔马鞍儿〕突破了杂剧一人主唱的体制,不是由正旦谭记儿唱,而是由李稍唱、张千唱、衙内唱、众人合唱,故衙内打诨说"扮南戏"。

第四折

(白士中领祗候上,云)小官白士中。因为杨衙内那厮安奏圣人,要标取小官首级,且喜我夫人施一巧计,将他势剑金牌智赚了来。今日端坐衙门,看那厮将着甚的,好来奈何的我?左右,门首觑者,倘有人来,报复我知道。(衙内同张千、李稍上)(衙内云)小官杨衙内是也。如今取白士中的首级去。可早来到门首,我自过去。(做见白士中科,云)令人与我拿下白士中者!(张千做拿科)(白士中云)你凭着甚么符验[1]来拿我?(衙内云)我奉圣人的命,有势剑金牌,被盗失了,我有文书。(白士中云)有文书,也请来念与我听。(衙内做读文书科,云)词寄《西江月》……(白末[2]做抢科,云)这个是淫词!(衙内云)这个不是,还别有哩。(衙内又做读文书科,云)词寄《夜行船》……(白末做抢科,云)这个也是淫词!(衙内云)这厮倒挟制[3]我!不妨事,又无有原告,怕他做甚么?(正旦上,云)妾身白士中的夫人谭记儿。颇奈杨衙内这厮,好无理也呵!(唱)

【双调新水令】有这等倚权豪贪酒色滥官员,将俺个有儿夫的媳妇来欺骗。他只待强拆开我长揽揽[4]的连理枝,生摆断我颤巍巍的并头莲[5];其实负屈衔冤,好将俺穷百姓可怜见!

(正旦做见跪科,云)大人可怜见!有杨衙内在半江心里欺骗我来!告大人,与我作主。(白士中云)司房[6]里责口词去。(正旦云)理会的。(下)(白士中云)杨衙内,你可见来?有人告你哩!你如今怎么说?(衙内云)可怎么了?我则索央及他。相公,我自有说的话。(白士中云)你有甚么话说?(衙内云)相公,如今你的罪过我也饶了你,你也饶过我罢。则一件,说你有个好夫人,请出来我见一面。(白士中云)也罢,也罢,左右,击云板[7],后堂请夫人出来。(左右云)夫人,相公有请。(正旦改妆上,云)妾身白士中的夫人。如今过去,看那厮可认的我来?(唱)

【沉醉东风】杨衙内官高势显,昨夜个说地谈天,只道他仗金牌将夫婿诛,恰元来击云板请夫人见。只听的叫吖吖嚷成一片,抵多少笙歌引至画堂前[8]。看他可认的我有些面善?

(与衙内见科,云)衙内,恕生面,少拜识[9]。(唱)

【雁儿落】只他那身常在柳陌[10]眠,脚不离花街串,几年闻姓名,今日逢颜面。

【得胜令】呀,请你个杨衙内少埋怨。(衙内云)这一位夫人好面熟也。(李稍云)兀的不是张二嫂?(衙内云)嗨!夫人,你使的好见识,直被你瞒过小官也!(正旦唱)唬的他半晌只茫然;又无那八棒十枷罪,止不过三交两句言[11]。这一只鱼船,只费得半夜工夫缠,俺两口儿今年,做一个中秋人月圆[12]。

(外扮李秉忠冲上,云)紧骤青骢马,星火赴潭州。小官乃巡抚湖南都御史[13]李秉忠是也。因为杨衙内妄奏不实,奉圣人的命,着小官暗行体访[14],但得真情,先自勘问,然后具表申奏。来到此间,正是潭州衙舍。白士中,杨衙内,您这桩事,小官尽知了也。(正旦唱)

【锦上花】不甫能[15]择的英贤,配成姻眷;没来由遇着无徒,使尽威权。我只得亲上渔船,把机关暗展;若不沙[16],那势剑金牌,如何得免?

【幺篇】呀,只除非天见怜;奈天、天又远。今日个幸对清官,明镜高悬。似他这强夺人妻,公违律典,既然是体察端的,怎生发遣[17]?

(李秉忠云)一行人俱望阙[18]跪者,听我下断。(词云)杨衙内倚势挟权,害良民罪已多年;又兴心夺人妻妾,敢妄奏圣主之前。谭记儿天生智慧,赚金牌亲上渔船。奉敕书[19]差咱体访,为人间理枉伸冤。将衙内问成杂犯[20],杖八十削职归田。白士中照旧供职,赐夫妻偕老团圆。(白士中夫妻谢恩科)(正旦唱)

【清江引】虽然道今世里的夫妻夙世[21]的缘,毕竟是谁方便[22],从此无别离,百事长如愿;这多谢你个赛龙图[23]恩不浅!

题目　清安观邂逅[24]说亲
正名　望江亭中秋切鲙

注释

〔1〕符验:凭证,证件。

〔2〕白末:扮演白士中的末脚。

〔3〕挟(xié携)制:抓住别人的弱点强使其服从。

〔4〕长挦挦:形容柔长而缠绵的样子。

〔5〕摆断:即掰断。颤巍巍:颤动、摇曳的样子。并头莲:茎上长出两朵莲花,称为"并头莲",与"连理枝"一样,多用来比喻恩爱夫妻。

〔6〕司房:衙门中掌管记录案情、口供及提起诉讼的部门。

〔7〕云板:一种带云字纹的金属响器,悬在公堂一侧,如有事通知住在内院的官员女眷时,便敲击云板传信,以免男衙役直接进入内院。

〔8〕笙歌引至画堂前:元杂剧中以此表示举行婚礼。这是谭记儿嘲讽杨衙内的话。

〔9〕恕生面,少拜识:见面时的客套话,犹如"初次见面,少礼少礼"。

这也是讥讽杨衙内的话。

〔10〕柳陌:和下句的"花街"均指妓女聚集的地方。

〔11〕"又无那八棒十枷罪"二句:意思是,只不过交谈了三言两语,也没有犯什么值得处罚的罪。

〔12〕做一个中秋人月圆:意为在八月中秋得以团圆。这又是讥讽杨衙内的话。

〔13〕巡抚湖南都御史:朝廷派到湖南巡视的官员。

〔14〕体访:亲身调查。

〔15〕不甫能:好不容易、刚刚。

〔16〕沙:词尾助词,犹如"啊"、"呀"。

〔17〕发遣:发落。

〔18〕阙(què 确):皇帝居处。

〔19〕敕(chì 斥)书:皇帝的诏书。

〔20〕杂犯:死刑以下的罪犯。

〔21〕夙(sù 素)世:前世。

〔22〕谁方便:谁赐给的方便。这是对李秉忠和皇帝表示感恩的话。

〔23〕赛龙图:宋代包拯为官清正,因他曾任龙图阁直学士,故称他为"包龙图"。赛龙图即赛过包龙图。

〔24〕邂逅(xiè hòu 谢后):不期而遇。

闺怨佳人拜月亭[1]

楔　子[2]

（孤、夫人上，云了[3]）（打唤[4]了）（正旦扮引梅香上了）（见孤科）（孤云了）（情理打别科[5]）（把盏科）父亲年纪高大，鞍马上小心咱。（孤云了）（做掩泪科）

【仙吕赏花时】卷地狂风吹塞沙，映日疏林啼暮鸦。满满的捧流霞[6]，相留得半霎，咫尺隔天涯。

【幺】行色一鞭催瘦马。（孤云了）你直待白骨中原如卧麻。虽是这战伐，负着个天摧地塌，是必想着俺子母每早来家。（下）

（孤、夫人云了）

注释

〔1〕《拜月亭》写王瑞兰与蒋世隆悲欢离合的爱情故事。它把一对青年男女的自由结合安排在一个战乱的环境里，因而显得真实可信。剧本提出了"愿天下心厮爱的夫妇永无分离"的主张，表现出关汉卿进步的爱情观与婚姻观。剧本的宾白大部残缺，但基本情节尚完整。现存四大

南戏之一的《拜月亭》(又名《幽闺记》),可能是根据关汉卿的这一剧本改编的。

〔2〕楔子:写王瑞兰和她母亲送父亲王镇(孤扮)到边域,一家人离别的情况。

〔3〕云了:即说完了。本剧和《调风月》科白残缺,常用"了"或"住了"表示一段宾白说完或一个动作做完。

〔4〕打唤:这是孤唤正旦出来作别的动作。

〔5〕情理打别科:按照情理作分别的表演。

〔6〕流霞:传说中的仙酒,这里泛指美酒。

第 一 折〔1〕

(末,小旦云了)(打救外了〔2〕)(正旦共夫人相逐慌走上了)(夫人云了)怎想有这场祸事!(做住了)

【仙吕点绛唇】锦绣华夷〔3〕,忽从西北天兵起。觑那关口城池,马到处成平地。

【混江龙】许来大〔4〕中都〔5〕城内,各家烦恼各家知。且说君臣分散,想俺父子别离。遥想着尊父东行何日还?又随着车驾〔6〕、车驾南迁甚日回?(夫人云了,做嗟叹科)这青湛湛碧悠悠天也知人意,早是秋风飒飒,可更暮雨凄凄。

【油葫芦】分明是风雨催人辞故国,行一步一叹息,两行愁泪脸边垂,一点雨间一行恓惶泪,一阵风对一声长吁气。(做滑倒科)啦!百忙里一步一撒;嗨!索与他一步一提。这一对绣鞋儿分不得帮和底,稠紧紧粘软软带着淤泥。

【天下乐】阿者〔7〕,你这般没乱慌张〔8〕到得哪里?(夫人云了)(做意〔9〕了)兀的般云低天欲黑,至近的道店十数里;上面风雨,下面泥水。阿者,慢慢的柱步〔10〕显的你没气力。

（夫人云了）（对夫人云了）

【醉扶归】阿者，我都折毁尽些新镮镱[11]，关扭碎些旧钗篦，把两付藤缠儿轻轻得按的搧秕[12]。和我那压钏通三对，都绷在我那睡裹肚薄绵套里，我紧紧的着身系。

（夫人云了）（哨马[13]上叫住了）（夫人云了）（做惨科[14]）（夫人云了，闪下）（小旦上了）（便自上了）（做寻夫人科）阿者！阿者！（做叫两三科）（没乱[15]科）（末云了）（猛见末打惨害羞科）（末云了）（做住了）不见俺母亲，我这里寻哩！（末云了）（做意）（旦云）呵！我每常几曾和个男儿一处说话来！今日到这里无奈处也，怎生呵是哪？

【后庭花】每常我听得绰的[16]说个女婿，我早豁地离了坐位，悄地低了咽颈，缊地红了面皮。如今索强支持，如何回避，藕不的[17]那羞共耻。

（末云了）（做陪笑科）

【金盏儿】您昆仲各东西，俺子母两分离，怕哥哥不嫌相辱呵权为个妹。（末云了）（寻思了）哥哥道：做军中男女若相随，有儿夫[18]的不掳掠，无家长的落便宜。（做意了）这般者波，怕不问时权做弟兄，问着后道做夫妻。

（末云了）（随着末行科）（外云了）（打惨科）（随末见外科）（外末共正末厮认住了[19]）（做住了）（云）怎生这秀才却共这汉是弟兄来？（做住了）

【醉扶归】你道您祖上亲文墨，昆仲晓书集，从上流传直到你，辈辈儿都及第，您端的是姑舅也那叔伯也那两姨，偏怎生养下这个贼兄弟？

（外末云了）（末云了）哥哥，你有此心，莫不错寻思了末？

【金盏儿】你心里把褐衲袄[20]脊梁上披，强似着紫朝衣，论盆家饮酒[21]压着诗词会。嫌这攀蟾折桂做官迟，为那笔尖上发禄晚，见这刀刃上变钱疾。你也待风高学放火，月黑做强贼。

(正末云了)(外末做住了)本不甚吃酒了。(正末云了)你休吃酒也，恐酒后疏狂。(末云了)

【赚尾】然是弟兄心，殷勤意，本酒量窄推辞少吃，乐意开怀虽恁地，也省可里不记东西。(做扶着末科)(做寻思科)阿！我自思忆，想我那从你的行为[22]，被这地乱天翻交我做不的伶俐[23]；假装些厮收厮拾[24]，佯做个一家一计[25]，且着这脱身术瞒过这打家贼。(下)

注释

〔1〕本折写在兵慌马乱中，王瑞兰和母亲走散，巧遇蒋瑞隆，二人结为假夫妻，一同逃难的情节。

〔2〕末小旦云了、打救外了：这是蒋世隆(末扮)与妹妹瑞莲(小旦扮)上场，搭救陀满兴福(外末扮)的情节。打救，即搭救。

〔3〕华：华夏、中华。夷：旧时对少数民族的蔑称。剧中王瑞兰所居住的金国，正是汉族和少数民族杂处的地方。

〔4〕许来大：如此大，这般大。

〔5〕中都：指燕京(今北京)。金贞元元年(1153)，金国迁都于燕京，称为“中都”。

〔6〕车驾：皇帝乘座的车辆，此处代指皇帝。

〔7〕阿者：女真语称母亲为“阿者”。

〔8〕没乱慌张：即慌里慌张。

〔9〕做意：做出某种表情，这里应当做为难的表情。

〔10〕枉步：形容举步艰难。枉，徒然。

〔11〕镮镳(huán huì 环蕙)：身上的金银佩饰。镮，同环。镳，原为侍

臣所用的一种兵器,此处当指小的佩饰品。下文钗篦、藤缠儿、压钏,都是当时妇女的装饰品。

〔12〕 揙秕(biǎn bǐ 扁比):即扁平。揙,同扁。秕,原意是不饱满的谷粒,也用来指其他东西不厚实。

〔13〕 哨马:巡逻的骑兵。

〔14〕 做惨科:做出害羞的动作。下文"打惨害羞"、"打惨"意并同。

〔15〕 没乱:慌张。

〔16〕 绰的:突然、猛然。

〔17〕 藉不的:顾不得。

〔18〕 儿夫:妇女称自己的丈夫为"儿夫"。下文"家长"意同。

〔19〕 外末共正末厮认住了:陀满兴福与蒋世隆再次相逢,这时陀满兴福已成为山寨头领。

〔20〕 褐衲袄:强盗穿的粗布上衣。

〔21〕 论盆家饮酒:用盆来饮酒。论,按、依照。盆家,形容绿林好汉粗鲁、酒量大。与下文"诗词会"相对而言。

〔22〕 从你的行为:指跟从蒋世隆的行为。

〔23〕 伶俐:干净,好的名声。

〔24〕 厮收厮拾:收拾。厮,助词。

〔25〕 一家一计:即一家人、夫妻。

第 二 折[1]

(夫人、小旦云了[2])(孤云了[3])(店家云了)(正旦便扮[4]扶末上了)(末卧地做住了)阿,从生来谁曾受他这般烦恼!(做叹科)

【南吕一枝花】干戈动地来,横祸事从天降,爷娘三不归[5],家国一时亡。龙斗来鱼伤[6],情愿受消疏况[7],怎生般不应当,脱着衣裳,感得这些天行好缠仗[8]。

【梁州】恰似悒悒的锥挑太阳[9],忽忽的火燎胸膛,身沉体重难回项[10],口干舌涩,声重言狂。可又别无使数[11],难请街坊,则我独自一个婆娘,与他无明夜过药煎汤。阿!早是俺两口儿背井离乡,啦!则快[12]他一路上荡风打浪,嗨!谁想他百忙里卧枕着床。内伤、外伤,怕不大倾心吐胆尽筋竭力把个牙推[13]请;则怕小处尽是打当[14]。只愿的依本份伤家没变症[15],慢慢的传受阴阳[16]。

(末云了)(店家云了)(做寻思科)试请那大夫来,交觑咱。(大夫上,云了)(做意)郎中,仔细的评这脉咱。(末共大夫云了)(做称许科)

【牧羊关】这大夫好调理,的是诊候的强。这的十中九[17]敢药病相当。阿的是五夜其高,六日向上[18],解利[19]呵过了时晌,下过呵正是时光。不用那百解通神散,教吃这三一承气汤[20]。

(大夫裹药了)(做送出来了)但较些[21]呵,郎中行别有酬劳。(孤上,云了)是不沙[22]?(做叫老孤[23]的科)阿马[24]认得瑞兰末?(孤云了)

【贺新郎】自从都下对尊堂,走马离朝,阿马间别无恙?(孤认了)则怎的犹自常思想,可更随车驾南迁汴梁,教俺去住无门,徊徨,家缘都撇漾,人口尽逃亡,闪的俺一双子母每无归向。自从身体上一朝出帝辇[25],俺这梦魂无夜不辽阳[26]!

(孤云了)(做打悲科)车驾起行了,倾城的百姓都走。俺随那众老小每出的中都城子来,当日天色又昏暗,刮着大风,下着大雨,早是赶不上大队,又被哨马赶上,轰散俺子母两人,不知阿者哪里去了。(末云了)(做着忙的科)(孤云了)(做害羞科)

是您女婿,不快[27]哩。(孤云了)(做说关子[28]了)(孤云了)(做羞科)

【牧羊关】您孩儿无挨靠,没倚仗,深得他本人将傍。(孤云了)(做意了)当日目下有身亡,眼前是杀场,刀剑明晃晃,士马闹荒荒,那其间这锦绣红妆女,哪里觅个银鞍白面郎。

(孤云了)是个秀才。(孤交外扯住了[29])(做慌打惨打悲的科)阿马,你可怎生便与这般狠心!(做没乱意了)

【斗虾蟆】爹爹,俺便似遭严腊[30],久盼望,久盼望你个东皇[31],望得些春光艳阳,东风和畅;好也罗,划地[32]冻剥剥的雪上加霜!(末云了)(没乱科)无些情肠,紧揪住不把我衣裳放。见个人残生丧一命亡,世人也惭惶;你不肯哀怜悯恤,我怎不感叹悲伤!

(孤云了)父亲息怒,宽容瑞兰一步;分付他本人三两句言语呵,咱便行波。(孤云了)父亲不知,他本人于您孩儿有恩处。(孤云了)

【哭皇天】教了[33]数个贼汉把我相侵傍,阿马想波,这恩临[34]怎地忘?闪的他活支沙[35]三不归,强交俺生吃扎两分张。觑着兀的般着床卧枕叫唤声疼,撇在他个没人的店房!常言道相逐百步,尚有徘徊[36],你怎生便交我眼睁睁的不问当?(做分付末了)男儿呵,如今俺父亲将我去也,你好生的觑当你身起[37],(末云了)(做艰难科)男儿,兀的是俺亲爷的恶党,休把您这妻儿怨畅[38]。

【乌夜啼】天哪!一霎儿把这世间愁都撮在我眉尖上,这场愁不许提防。(末云了)既相别此语伊休忘,怕你那换脉交阳[39],是必省可里掀扬[40]。俺这风雹乱下的紫袍郎,不识你个云雷未至的白衣相。咱这片霎中如天样[41],一时哽噎,两处凄凉。

（末云了）（孤打催科）（做住了）

【三煞】男儿!怕你待赎药时准备春衫当,探食[42]后提防百物伤。（末云了）（做艰难科）这侧近的佳期休承望,直等你身体安康,来寻觅夷门[43]街巷,恁时节再相访。你这旅店消疏病客况,我那驿路上恓惶。

【二煞】则明朝你索倚窗晓日闻鸡唱,我索立马西风数雁行。（末云了）男儿,我交你放心末波。只愿的南京有俺亲娘,我宁可独自孤孀[44],怕他大抑勒[45]我别寻个家长,那话儿便休想。（末云了）你见的差了也!那玉砌朱帘与画堂,我可也觑得寻常。

【收尾】休想我为翠屏红烛流苏[46]帐,撇了你这黄卷青灯映雪窗。（孤云了）（末云了）（打别了）（嘱咐末科）你心间莫昏忘[47],你心间索记当:我言词更无妄,不须伊再审详。咱兀的做夫妻三个月时光,你莫不曾[48]见您这歹浑家说个谎？（下）

注释

〔1〕本折主要写蒋世隆与王瑞兰同行,世隆病倒在旅店中,恰遇王镇也来到旅店,把王瑞兰强行带走的情节。

〔2〕夫人、小旦云了:这一节写王瑞兰之母与蒋世隆之妹瑞莲相遇的情况。

〔3〕孤云了:这是王镇上场自白。

〔4〕便扮:穿着便装。

〔5〕三不归:这里是没着落的意思。

〔6〕龙斗来鱼伤:比喻战争如鱼龙相斗。

〔7〕消疏况:凄凉、冷落的境况。

〔8〕"脱着"二句:言蒋世隆由于穿衣、脱衣不当,被流行性疾病纠缠

上了。天行,流行性疾病。缠仗,纠缠。

〔9〕悒悒:病怏怏的样子。锥挑太阳:头痛得像用锥子挑太阳穴。

〔10〕回项:转头。项,脖子。

〔11〕使数:仆人。

〔12〕㤉:勉强。

〔13〕牙推:医生。

〔14〕小处:小地方。打当:这里是治疗、看病的意思。

〔15〕伤家没变症:患者的病情没发生变化。

〔16〕传受阴阳:谓使阴阳转化,病情好转。

〔17〕十中九:十分之九,九成。

〔18〕"阿的是"两句:是说五六天过后病情就可以见好。阿的,同兀的,这个的意思。其高、向上,都是以上的意思。

〔19〕解利:即泻痢。

〔20〕三一承气汤:与上文"百解通神散"都是中药名。

〔21〕但较些:只要病情好些。

〔22〕是不沙:是不是啊。

〔23〕老孤:由孤扮演的王镇。

〔24〕阿马:女真人唤父亲为"阿马"。

〔25〕帝辇:指帝都。

〔26〕辽阳:在今辽宁省,晋代被高丽强占,隋唐时此经过多次大战,才将辽阳夺回,此处代指王镇作战的地方。

〔27〕不快:指身体有病。

〔28〕说关子:叙述事情经过,替蒋世隆讲情。

〔29〕孤交外扯住了:王镇吩咐手下(外扮)将蒋世隆扯住。

〔30〕严腊:严冬腊月。

〔31〕东皇:春神。

〔32〕划地:反而。

〔33〕教了:这里是教训、劝住的意思。

〔34〕恩临:恩情、恩德。

〔35〕活支沙:与下文"生吃扎"都是活生生的意思。

〔36〕相逐百步,尚有徘徊:当时俗语,意为同行百步,分离时尚有留恋之情。

〔37〕身起:即身体。

〔38〕怨畅:怨恨、抱怨。

〔39〕换脉交阳:病情刚在好转。

〔40〕省可里掀扬:不要动不动就掀被子、撩衣服。

〔41〕天样:指二人分手,距离如天一般辽远。

〔42〕探食:吃饭。

〔43〕夷门:开封的东城门,代指开封。

〔44〕孤孀:原意是寡妇,这里是守节的意思。

〔45〕抑勒:强迫。

〔46〕流苏:下垂的穗子,一般用彩色羽毛或丝线制成,作为车马、帐幕的装饰品。

〔47〕昏忘:糊涂、忘记。

〔48〕莫不曾:难道有过。

第 三 折〔1〕

(夫人一折〔2〕了)(末一折了)(小旦云了)(正旦便扮上了)自从俺父亲就那客店上生扭散俺夫妻两个,我不曾有片时忘的下俺那染病的男儿,知他如今是死哪活哪?不知俺爷心是怎生主意,提着个秀才便不喜,"穷秀才几时有发迹?"自古及今,那个人生下来便做大官享富贵?(做叹息科)

【正宫端正好】我想那受官厅,读书舍,谁不曾虎困龙蛰?(带云)信着我父亲呵,世间人把丹桂都休折,留着手把雕弓拽〔3〕。

【滚绣球】俺这个背晦[4]爷,听的把古书说,他便恶忿忿的脑裂,粗豪[5]的今古皆绝。您这些富产业,更怕我顾恋情惹,俺向那笔尖上自阐阅[6]得些豪奢。掇起柄夫荣妇贵三檐伞[7],抵多少爷饭娘羹驷马车,两件儿浑别[8]。

(小旦云了)阿也！是敢待较些去也[9]。(小旦云了)

【倘秀才】阿！我付能[10]把这残春捱彻。嗨！划地是俺愁人瘦绝。(小旦云了)依着妹子只波。(小旦云了)(做意了)恰随妹妹闲行散闷些,到池沼,蓦观绝[11],越交人叹嗟。

【呆古朵】不似这朝昏昼夜、春夏秋冬,这供愁[12]的景物好依时月,浮着个钱来大绿嵬嵬[13]荷叶；荷叶似花子[14]般团圞,陂塘似镜面般莹洁。阿！几时教我腹内无烦恼,心上无萦惹？似这般青铜对面妆,翠钿侵鬓贴。

(做害羞科)早是[15]没外人,阿的是甚末言语哪,这个妹子咱。(小旦云了)你说的这话,我猜着也罗。

【倘秀才】休着个滥名儿将咱来引惹。啦,待不你个小鬼头春心儿动也。(小旦云了)放心,放心,我与你宽打周遭[16]向父亲行说。(小旦云了)你不要呵,我要则末[17]哪？(小旦云了)(唱)我又不风欠[18],不痴呆,要则甚迭？

(小旦云了)咱无那女婿呵快活,有女婿呵受苦。(小旦云了)你听我说波。

【滚绣球】女婿行但沾惹,六亲[19]每早是说；又道是丈夫行亲热,爷娘行特地心别[20]。而今要衣呵满箱箧,要食呵尽铺啜,到晚来更绣衾铺设,我这心儿里牵挂处无些,直睡到冷清清宝鼎沉烟灭,明皎皎纱窗月影斜,有甚唇舌。

(做入房里科)(小旦云了)夜深也,妹子,你歇息去波,我也待睡也。(小旦云了)梅香,安排香桌儿去,我待烧炷夜香咱。

(梅香云了)

【伴读书】你靠栏槛临台榭,我准备名香爇[21]。心事悠悠凭谁说,只除向金鼎焚龙麝[22],与你殷勤参拜遥天月,此意也无别。

【笑和尚】韵悠悠比及把角品绝[23],碧荧荧投至那灯儿灭,薄设设衾共枕空舒设,冷清清不恁迭[24],闲遥遥生枝节,闷恹恹怎捱他如年夜!

(梅香云了)(做烧香科)

【倘秀才】天哪!这一炷香,则愿削减了俺尊君狠切;这一炷香,则愿俺那抛闪下的男儿较些。那一个爷娘不间迭[25],不似俺忒阵嗏劣缺[26]。

(做拜月科。云)愿天下心厮爱的夫妇永无分离,教俺两口儿早得团圆。(小旦云了)(做羞科)

【叨叨令】原来你深深的花底将身儿遮,擦擦的背后把鞋儿捻,涩涩的轻把我裙儿拽,煜煜的羞得我腮儿热。小鬼头,直到撞破我也末哥,撞破我也末哥,我一星星的都索从头儿说。

(小旦云了)妹子,你不知,我兵火中多得他本人气力来,我以此上忘不下他。(小旦云了)(打悲了)您姐夫姓蒋,名世隆,字彦通,如今二十三岁也。(小旦打悲了)(做猛问科)。

【倘秀才】来波,我怨感、我合哽咽;不刺[27]你啼哭、你为甚迭?(小旦云了)你莫不原是俺男儿的旧妻妾?阿是,阿是,当时只争个字儿别。我错呵了,应者。

(小旦云了)您两个是亲弟兄?(小旦云了)(做欢喜科)

【呆古朵】似恁的呵,咱从今后越索着疼热,休想似在先时节。

你又是我妹妹、姑姑,我又是你嫂嫂、姐姐。(小旦云了)这般者,俺父母多宗派,您昆仲无枝叶。从今后休从俺爷娘家根脚排,只做俺儿夫家亲眷者。

(小旦云了)若说着俺那相别呵,话长。

【三煞】他正天行汗病,换脉交阳,那其间被俺爷把我横拖倒拽出招商舍[28],硬撕强扶上走马车。谁想俺舞燕啼莺、翠鸾娇凤,撞着那猛虎狞狼、蝮蝎蚖蛇,又不敢号咷悲哭,又不敢嘱咐叮咛,空则索感叹咨嗟!据着那凄凉惨切,则那里一霎儿似痴呆。

【二煞】则就那里先肝肠眉黛千千结,烟水云山万万叠。他便似烈焰飘风劣心卒性[29],怎禁那后拥前推、乱棒胡枷?阿!谁无个老父,谁无个尊君,谁无个亲爷,从头儿看来都不似俺那狠爹爹!

【煞尾】他把世间毒害收拾彻[30],我将天下忧愁结揽绝。(小旦云了)没盘缠,在店舍,有谁人,厮抬贴?那消疏,那凄切,生分离,厮抛撒。从相别,怎时节,音书无,信息绝。我这些时眼跳腮红耳轮热,眠梦交杂不宁贴。您哥哥暑湿风寒纵较些[31],多被那烦恼忧愁上送了[32]也!(下)

注释

〔1〕本折写王瑞兰终日思念在病中的蒋世隆,一天晚上对月祷告,被义妹蒋瑞莲发现的情节。

〔2〕一折:一个过场。

〔3〕"世间人"二句:意为都不读书应考,而去习枪弄棒。折丹桂,比喻登科。拽雕弓,泛指演习武艺。

〔4〕背晦:糊涂、昏聩。

〔5〕粗豪:粗暴。

〔6〕阄阄(zhēng chuài 争踹):此处是谋求、博取的意思。

〔7〕三檐伞:伞有三重檐,形容华贵。

〔8〕浑别:全然不同。

〔9〕是敢待较些去也:大概好一些了吧？这是思念蒋世隆时自言自语的话。

〔10〕付能:好容易。

〔11〕蓦:一会儿。观绝:看完。

〔12〕供愁:使人忧愁。

〔13〕绿嵬(wéi 维)嵬:也作绿巍巍,形容绿色。

〔14〕花子:当时妇女用的面饰。

〔15〕早是:幸亏。

〔16〕宽打周遭:两性间不清楚的关系。王瑞兰思念蒋世隆的事被义妹发现,反倒说义妹春心动了要去父亲处告状。

〔17〕则末:无义,衬字。

〔18〕风欠:疯魔、痴呆。

〔19〕六亲:这里泛指家族亲属。

〔20〕心别:性格倔强。别,读去声。

〔21〕爇(ruò 若):烧。

〔22〕龙麝:龙涎香和麝香,都是名贵的香料。

〔23〕韵悠悠比及把角品绝:当听到傍晚的号角已经吹过。韵悠悠,形容号角的声音。比及,等到。角,号角。品绝,这里是听到、吹过的意思。

〔24〕恁迭:这样的。迭,相当于"的"字。

〔25〕间迭:阻碍、作梗。

〔26〕咋嚓(chē zhé 车哲):厉害、凶狠。劣缺:恶劣蹩脚。

〔27〕不剌:此处作"不料"解。

〔28〕招商舍:旅店。

〔29〕劣心卒性:狠心肠、暴脾气。

95

〔30〕收拾彻:意为做绝了。

〔31〕纵较些:纵然好些。

〔32〕送了:谓送了命。这是夸张的说法,表明对蒋世隆关心之切。

第 四 折[1]

(老孤、夫人、正末、外末上了)(媒人云了)(正旦扮上了)(小旦云了)可是由我哪不哪?

【双调新水令】我眼悬悬整盼了一周年,你也枉把您这不自由的姐姐来埋怨。恰才投至我贴上这缕金钿,一霎儿向镜台傍边,媒人每催逼了我两三遍。

(小旦云了)妹子阿,你好不知福,犹古自[2]不满意沙。我可怎生过呵是也?(小旦云了)那的是你有福,如我处哪,我说与你波。

【驻马听】你贪着个断简残编,恭俭温良好缱绻;我贪着个轻弓短箭,粗豪勇猛恶姻缘。(小旦云了)可知煞是也。您的管梦回酒醒诵诗篇;俺的敢灯昏人静夸征战,少不的向我绣帏边,说的些碜可可落得的冤魂现[3]。

(小旦云了)这意有甚难见处哪?

【庆东原】他则图今生贵,岂问咱夙世缘;违着孩儿心,只要遂他家愿。则怕他夫妻百年,招了这文武两员,他家里要将相双权。不顾自家嫌,则要傍人羡。

(外云了)(做住了)(正、外二末做住了)

【镇江回】俺兀那姊妹儿的新郎又忒腼腆,俺这新女婿那嘲掀[4],瞅的我两三番斜避了新妆面,查查胡胡[5]的向玳筵前,知他俺那主婚人是见也那不见?

（孤云了）（外末把盏科[6]）

【步步娇】见他那鸭子绿衣服上圈金线，这打扮早难坐琼林宴。俺这新状元，早难道花压得乌纱帽檐偏[7]。把这盏许亲酒又不敢慢俄延，则索扭回头半口儿家刚刚的咽。

（孤云了）（正末把盏科）（打认末科[8]）

【雁儿落】你而今病疾儿都较痊？你而今身体儿全康健？当初咱那塌儿各间别，怎承望这答儿里重相见！

【水仙子】今日这半边鸾镜得团圆，早则那一纸鱼封[9]不更传。（末云了）你说这话！（做意了）（唱）须是俺狠毒爷强匹配我成姻眷，不刺，可是谁央及你个蒋状元，一投得官也接了丝鞭[10]，我常把伊思念，你不将人挂恋，亏心的上有青天！

（末云了）（做分辩科）

【胡十八】我便浑身上都是口，待教我怎分辩？枉了我情脉脉、恨绵绵。我昼忘饮馔夜无眠，则兀那瑞莲便是证见。怕你不信后[11]，没人处问一遍。

（末云了）兀的不是您妹子瑞莲哪！（末共小旦打认了）（告孤科）（末云了）（老夫人云了）（老孤云了）你试问您那兄弟去，我劝和您姊妹去。（正末云了）（小旦云了）妹子，我和您哥哥厮认得了也！你却招取兀那武举状元呵，如何？（小旦云了）你便信我子末[12]哪！（小旦云了）

【挂玉钩】二百口家属语笑喧，如此般深宅院，休信我一时间狂口言，便哪里冤魂现。（小旦云了）我特故里说的别[13]，包弹[14]遍，不嫌些蹬弩开弓，怎说他袒臂挥拳。

【乔牌儿】兀的须显出我那不乐愿，量这的有甚难见？每日我绿窗前，不整闲针线，不曾将眉黛展。

【夜行船】须是我心上斜横着这美少年，你可别无甚闷缕愁牵。便坐驷马香车,管着满门良贱,但出入、唾盂掌扇[15]。

【幺篇】但行处、两行朱衣列马前,等个文章士发禄是何年?你想那陋巷颜渊,箪瓢原宪[16],你又不是不曾受秀才的贫贱!

（外云了[17]）休休[18],教他不要则休,咱没事则管央及他则末!

【殿前欢】忒心偏,觑重裀列鼎[19]不值钱,把黄齑淡饭[20]相留恋,要彻老终年,召新郎更拣选,忒姻眷、不得可将人怨。可须因缘数定,则这人命关天。

（小旦云了[21]）（使命上,封外末了）

【沽美酒】骤将他职位迁,中京内做行院,把虎头金牌[22]腰内悬,见那金花诰[23]帝宣,没因由得要团圆。

【太平令】咱却且尽教俫呆着休劝,请夫人更等三年[24]。你既爱青灯黄卷,却不要随机而变,把你这眼前厌倦物件,分付与他别人请佃[25]。

（孤云了）（散场）

注释

〔1〕本折写夫妻兄妹大团圆。经过一番周折,王瑞兰与文状元蒋世隆、蒋瑞莲与武状元陀满兴福结成夫妻。

〔2〕古自:同"兀自",尚且的意思。

〔3〕这一曲与下曲均写王瑞兰对父母让她招武状元为夫不满意。贪着,即摊着,遇上个的意思,今北语仍有这种说法。

〔4〕嘲掀:调笑喧呼。

〔5〕查查胡胡:即咋咋呼呼,大声叫喊的样子。这是王瑞兰眼中的武状元形象。

〔6〕外末把盏科:这是蒋世隆向王瑞兰敬"许亲酒"。

〔7〕花压得乌纱帽檐偏:旧时考中科举或新婚时,帽子上要插戴花朵。

〔8〕打讹末科:在文状元向瑞莲敬酒时,王瑞兰认出他就是自己日夜思念的丈夫蒋世隆。

〔9〕鱼封:指书信。

〔10〕接丝鞭:谓许婚事。古代大户人家招婿,将丝鞭递送男方,男方接了,就表示答应了这桩亲事。

〔11〕后:此处作"啊"解。

〔12〕子末:做什么。上文王瑞兰曾说嫁给武状元不好,在认出蒋世隆后,要瑞莲嫁陀满兴福,瑞莲于是重复王瑞兰说过的话,王瑞兰便作出解释。以下五支曲子都是王瑞兰劝瑞莲的话。

〔13〕特故里说的别:故意说得厉害些。特故,故意。别,指人的脾气倔强、厉害。

〔14〕包弹:指责、贬斥。

〔15〕但出入、唾盂掌伞:旧时高官及他们的命妇出门时均有仆人为他们捧着痰盂(唾盂),打着掌伞(一种遮避阳光的障扇)。

〔16〕陋巷颜渊,箪瓢原宪:颜渊、原宪都是孔子的学生,孔子曾赞扬颜渊"一箪食,一瓢饮,在陋巷",而"不改其乐"。这里是王瑞兰借以形容书生之穷。

〔17〕外云了:这时陀满兴福也上前求瑞莲。

〔18〕休休:算了,算了。

〔19〕重裀(yīn 因)列鼎:裀是床垫,鼎是古代的食器。重裀列鼎,形容富贵人家陈设豪华、罗列盛馔的生活。

〔20〕黄齑淡饭:比喻穷书生的艰苦生活。黄齑是腌咸菜,常用以代指书生穷酸的生活。

〔21〕小旦云了:蒋瑞莲答应了婚事。

〔22〕虎头金牌:元代的万户(较高的武官)佩戴的虎形金符。

〔23〕金花诰:又称"五花诰",用五色绫罗制成,上有金色花饰,故云。古代较高官员的妻子,可得到皇帝的封号,这个加封的命令叫"诰"。

〔24〕请夫人更等三年：这是王瑞兰打趣瑞莲的话。
〔25〕请（qíng 情）佃：此处是接受、承受的意思。

关大王独赴单刀会[1]

第 一 折

(冲末鲁肃[2]上,云)三尺龙泉[3]万卷书,皇天生我意何如?山东宰相山西将[4],彼丈夫兮我丈夫[5]。小官姓鲁,名肃,字子敬,见在吴王麾下为中大夫之职[6]。想当日俺主公孙仲谋占了江东[7],魏王曹操占了中原,蜀王刘备占了西川。有我荆州[8],乃四冲[9]用武之地,保守无虞[10],分天下为鼎足之形。想当日周瑜死于江陵[11],小官为保,劝主公以荆州借与刘备,共拒曹操。主公又以妹妻刘备[12]。不料此人外亲内疏[13],挟诈而取益州[14],遂并汉中[15],有霸业兴隆之志。我今欲索取荆州,料关公在那里镇守,必不肯还我。今差守将黄文[16]先设下三计,启过主公,说:关公韬略过人,有兼并之心,且居国之上游,不如索取荆州。今据长江形势,第一计:趁今日孙、刘结亲,已为唇齿[17],就江下排宴设乐,修一书以贺近退曹兵,玄德称主于汉中,赞其功美,邀请关公江下赴会为庆,此人必无所疑;若渡江赴宴,就于饮酒席中间,以礼索取荆州。如还,此为万全之计;倘若不还,第二计:将江上应有战船,尽行拘收,不放关公渡江回去。淹留[18]日久,自知中计,默然有悔,诚心献还;更不与呵,第三计:壁衣[19]内暗藏甲士,酒酣之际,击金钟为号,伏兵尽举,擒住关公,囚于江下。此人是刘备股肱[20]之臣,若将荆州复还江东,则放关公还益州;如其不然,主将既失,孤兵必乱,乘势大举,觑荆州一鼓而下,有何难哉!虽则三计已定,先交黄文请的乔公[21]来商议则个。(正末乔公上,云)老夫乔公是也。想三分鼎足已定!曹操占了中原,孙仲谋占了江东,刘玄德占了西蜀。想玄德未济时,曾问俺东吴家借荆州为本,至今未还。鲁子敬常有索取之心,沉疑未发;今日令人来请老夫,不知有甚事,须索走一遭走。我想汉家天下,谁想变乱到此也呵!(唱)

【仙吕点绛唇】俺本是汉国臣僚。汉皇软弱;兴心闹,惹起那五处兵刀[22],并董卓,诛袁绍。

【混江龙】只留下孙、刘、曹操,平分一国作三朝。不付能河清海晏[23],雨顺风调;兵器改为农器用,征旗不动酒旗摇;军罢战,马添膘;杀气散,阵云高[24];为将帅,作臣僚;脱金甲,着罗袍;则他这帐前旗卷虎潜竿[25],腰间剑插龙归鞘[26]。人强马壮,将老兵骄。

(云)可早来到也。左右报复去,道乔公来了也。(卒子报云)报的大夫得知:有乔公来到了也。(鲁云)道有请。(卒云)老相公,有请!(末见鲁云)大夫,今日请老夫来,有何事干?(鲁云)今日请老相公,别无甚事,商量索取荆州之事。(末云)这荆州断然不可取!想关云长好生勇猛,你索荆州呵,他弟兄怎肯和你甘罢?(鲁云)他弟兄虽多,兵微将寡。(末唱)

【油葫芦】你道"他弟兄虽兵多将少",(云)大夫,你知博望烧屯[27]那一事么?(鲁云)小官不知,老相公试说则。(末唱)赤紧的[28]将夏侯惇先困了。(云)这隔江斗智[29]你知么?(鲁云)隔江斗智,小官知便知道,不得详细,老相公试说则。(末唱)则他那周瑜、蒋干是布衣交,那一个股肱臣诸葛施略韬,亏杀那苦肉计黄盖添粮草。(云)赤壁鏖兵[30]那场好厮杀也!(鲁云)小官知道,老相公再说一遍则。(末云)烧折弓弩如残苇,燎尽旗旛似乱柴。半明半暗花腔鼓[31],横着扑着伏兽牌[32]。带鞍带辔烧死马,有袍有铠死尸骸。哀哉百万曹军败,个个难逃水火灾!(唱)那军多半向火内烧,三停[33]在水上漂。若不是天交有道伐无道,这其间吴国尽属曹。

(鲁云)曹操英雄智略高,削平僭窃[34]篡刘朝;永安宫[35]里擒刘备,铜雀春深锁二乔[36]。(末唱)

【天下乐】你道是"铜雀春深锁二乔",这三朝恰定交[37],不争[38]咱一日错便是一世错。(鲁云)俺这里有雄兵百万,战将千员,量他到的那里!(末唱)你则待要行霸道,你待要起战讨。(鲁云)我料关云长年迈,虽勇无能。(末唱)你休欺负关云长年纪老。

(云)收西川一事[39],我说与你听。(鲁云)收西川一事,我不得知,你试说一遍。(末唱)

【那吒令】收西川白帝城,将周瑜来送了。汉江边张翼德,将尸骸来当着[40]。船头上鲁大夫,几乎间唬倒。你待将荆州地面来争,关云长听的闹[41],他可便乱下风雹[42]。

(鲁云)他便有甚本事?(末唱)

【鹊踏枝】他诛文丑逗粗躁,刺颜良显英豪。他去那百万军中,他将那首级轻枭[43]。(鲁云)想赤壁之战,我与刘备有恩来。(末唱)那时间相看的是好[44],他可便喜孜孜笑里藏刀。

(鲁云)他若与我荆州,万事罢论;若不与荆州呵,我将他一鼓

而下。(末云)不争你举兵呵,(唱)

【寄生草】幸然是天无祸,是咱这人自招[45]。全不肯施恩布德行王道,怎比那多谋足智雄曹操?你须知南阳诸葛[46]应难料!(鲁云)他若不与呵,我大势军马,好歹夺了荆州。(末唱)你则待千军万马恶相持,全不想生灵百万遭残暴!

  (鲁云)小官不曾与此人相会;老相公,你细说关公威猛如何?
  (末云)想关云长但上阵处,凭着他坐下马、手中刀、鞍上将,有万夫不当之勇。(唱)

【金盏儿】他上阵处赤力力[47]三绺美髯飘,雄赳赳一丈虎躯摇,恰便似六丁神簇捧定一个活神道[48]。那敌军若是见了,唬的他七魄散、五魂消。(云)你若和他厮杀呵,(唱)你则索多披上几副甲,腾[49]穿上几层袍。便有百万军,挡不住他不刺刺[50]千里追风骑;你便有千员将,闪不过明明偃月三停刀[51]。

  (鲁云)老相公不知,我有三条妙计索取荆州。(末云)是那三条妙计?(鲁云)第一计:趁今日孙、刘结亲,以为唇齿,就于江下排宴设乐,作书一封,以贺近退曹兵,玄德称主于汉中,赞其功美,邀关公江下赴会为庆,此人必无所疑;若渡江赴宴,就于饮酒中间,以礼索取荆州。如还,此为万全之计;如不还……第二计,将江上应有战船,尽行拘收,不放关公回还。淹留日久,自知中计,默然有悔,诚心献还;更不与呵……第三条计,壁衣内暗藏甲士,酒酣之际,击金钟为号,伏兵尽举,擒住关公,囚于江下。此人乃是刘备股肱之臣,若将荆州复还江东,则放关公归益州;如其不然,主将既失,孤兵必乱,领兵大举,乘机而行,觑荆州一鼓而下,有何难哉!这三条计决难逃。
  (末云)休道是三条计,就是千条计,也近不的他。(唱)

【金盏儿】你道是"三条计决难逃";一句话不相饶[52],使不的武官粗懆文官狡。(鲁云)关公酒性[53]如何?(末唱)那汉酒中劣性显英豪,圪塔的[54]揪住宝带,没揣的[55]举起钢刀。(鲁云)我把岸边战船拘了。(末唱)你道是岸边厢拘了战船,(云)他若要回去呵,(唱)你则索水面上搭座浮桥!

(鲁云)老相公不必转转[56]议论,小官自有妙策神机。乘此机会,荆州不可不取也。(末云)大夫,你这三条计,比当日曹公在灞陵桥上三条计如何?到了[57]出不的关云长之手。

(鲁云)小官不知。老相公试说一遍我听咱。(末唱)

【尾声】曹丞相将送路酒手中擎,饯行礼盘中托,没乱杀[58]侄儿和嫂嫂。曹孟德心多能做小[59],关云长善与人交。早来到灞陵桥,险唬杀许褚、张辽[60]。他勒着追风骑,轻轮动偃月刀。曹操有千般计较[61],则落的一场谈笑。(云)关云长道:"丞相勿罪!某不下马了也。"(唱)他把那刀尖儿斜挑锦征袍。(下)

(鲁云)黄文,你见乔公说关公如此威风,未可深信。俺这江下,有一贤士,复姓司马,名徽[62],字德操。此人与关公有一面之交,就请司马先生为伴客[63],就问关公平昔智勇谋略,酒中德性如何。黄文,就跟着我去司马庵[64]中相访一遭去。(下)

注释

[1]《单刀会》是关汉卿最优秀的历史剧。作品调动各种艺术手段,集中塑造了三国时蜀将关羽的英雄形象。在主角关羽登场之前,作品精心安排了两折戏,反复渲染铺垫,从而达到先声夺人的艺术效果。第三、四折,关羽正面出场,演出了一幕威武雄壮,动人心魄的活剧。关大王:指

关羽。字云长,河东解县(今山西省临猗西南)人。初封汉寿亭侯,刘备为汉中王,拜他为前将军,假节钺,督荆州事。吴将吕蒙袭取荆州,他兵败被杀,追谥壮缪侯。宋元时代曾加封"义勇武安王"。关大王是民间对关羽的敬称。

〔2〕鲁肃:三国时吴将,字子敬,临淮东城(今安徽定远东南)人。曾助周瑜大破曹军于赤壁,瑜死后,任奋武校尉,继续与刘备保持同盟关系。

〔3〕三尺龙泉:剑的代称。三尺,语本《史记·高祖本纪》:"吾以布衣,持三尺剑取天下。"龙泉,事见《晋书·张华传》:雷焕为豫章丰城县令,掘监狱屋基,得一石匣,内有宝剑两柄,一曰"龙泉",一曰"太阿",精芒炫日。后因以"三尺"、"龙泉"作为宝剑的代称。

〔4〕"山东"句:《汉书·赵充国辛庆忌传赞》:"秦汉以来,山东出相,山西出将。"这里的山指华山,"山东"、"山西"非现在的山东省、山西省。元杂剧常以这两句话作为将相上场诗的一部分。

〔5〕彼丈夫兮我丈夫:语出《孟子·滕文公上》:"彼丈夫也,我丈夫也,吾何畏彼哉!"意思是说,他是一个人,我也是一个人,我为什么要怕他?

〔6〕见:即现。麾(huī挥)下:麾是古代指挥作战用的旗帜,麾下也就是将帅的大旗下。此处指在孙权手下供职。中大夫:官名,在上大夫之下。中央政府中的文官。

〔7〕孙仲谋:孙权字仲谋。江东:三国时吴地,长江下游南岸地区。

〔8〕荆州:州名,旧治在今湖北省襄阳。

〔9〕四冲:四通八达的交通要地。冲,纵横相交的大道。

〔10〕无虞:无须戒备,没有危险。

〔11〕江陵:地名,毗邻荆州。

〔12〕以妹妻刘备:把妹妹嫁给刘备为妻。

〔13〕外亲内疏:表面亲密,内心疏远。

〔14〕益州:州名,旧治在今四川省成都一带。

〔15〕汉中:地名,在今陕西省南郑县。

〔16〕黄文:这个人物史书无记载。

〔17〕唇齿:比喻彼此相依,关系密切。

〔18〕淹留:停留。

〔19〕壁衣:帷幕。

〔20〕股肱(gōng宫)之臣:股肱是人的大腿和胳膊,股肱之臣就是辅佐君主的大臣。

〔21〕乔公:亦即桥公,有二女,一嫁孙策,一嫁周瑜。

〔22〕"兴心闹"二句:这是个倒装句,意思是"惹起那五处兵刀,兴心闹"。五处兵刀指董卓、袁绍与刘备、曹操、孙权。兴心闹,有意起哄。

〔23〕不付能:好容易。河清海晏:黄河清,海浪平,比喻天下太平。

〔24〕阵云高:战争之云远离地面,谓战事少。

〔25〕虎潜竿:卷起战旗。虎,画有虎形的军旗。潜竿,伏在旗竿上。

〔26〕龙归鞘:收起刀剑,龙即龙泉。

〔27〕博望烧屯:指三国时曹、刘之间的一场战事,诸葛亮用计烧了曹军的粮草。博望,地名,在今河南省新野县境内。

〔28〕赤紧的:实在是,确实是。

〔29〕隔江斗智:赤壁大战前,曹操派蒋干去周瑜营中刺探虚实,周瑜将计就计,智赚蒋干,使曹操杀了两个水军将领。又用苦肉计使黄盖诈降去向曹操献粮草。此言"诸葛施韬略",疑与后来小说情节有异。

〔30〕赤壁鏖(áo熬)兵:指三国时孙、刘联合在赤壁击败曹操的一场大战。赤壁,地名,在今湖北省蒲圻(qí祁)县长江南岸。鏖兵,激战。

〔31〕半明半暗花腔鼓:被火光照耀,若明若暗的军鼓。花腔鼓,指鼓框有花纹装饰。

〔32〕伏兽牌:画有兽形的盾牌。

〔33〕三停:十分之三。

〔34〕僭(jiàn箭)窃:指董卓、袁绍。二人都在东汉末年自己称帝,这在当时被称为僭位。

〔35〕永安宫:刘备的皇宫,在今四川省奉节县境内。

〔36〕铜雀春深锁二乔:用唐杜牧《赤壁》诗句。二乔,即大乔和小乔。

大乔是孙策的妻子,小乔是周瑜的妻子。

〔37〕这三朝恰定交:指魏、蜀、吴三国战事才停止,刚刚安定下来。

〔38〕不争:若是。

〔39〕收西川一事:下文《那吒令》所说收西川情节,与后世小说不同。

〔40〕当着:挡着。

〔41〕听的闹:听到你胡闹。

〔42〕乱下风雹:形容脾气发作的样子。

〔43〕枭(xiāo 逍):斩、杀。

〔44〕相看的是好:看起来关系很好。

〔45〕"幸然"二句:天没有降下灾祸,人倒把祸招来了。

〔46〕南阳诸葛:指诸葛亮。他本是琅琊人,随叔父避乱至南阳。

〔47〕赤力力:形容胡须飘动的样子。

〔48〕六丁神:道教神名,火神。神道:神仙、天神。

〔49〕腾(shèng 胜):多的意思。

〔50〕不剌剌:形容马急驰时的声音。

〔51〕偃月三停刀:半月形的长柄刀。三停,刀身占整个刀的三分之一长。

〔52〕一句话不相饶:意为不客气地说一句。

〔53〕酒性:指饮酒的脾气、德性。下文"酒中德性"同。

〔54〕圪塔的:一下子,突然地。

〔55〕没揣的:突然的、想不到。

〔56〕转转:拟声词,同啭啭,此指说话的声音。

〔57〕到了:到末了,始终。

〔58〕没乱杀:又作"没乱煞",烦愁、慌乱。

〔59〕心多能做小:心计多,能佯装低三下四。

〔60〕许褚、张辽:曹操的两员大将。

〔61〕计较:计策、办法。

〔62〕司马徽:字德操,汉末隐士,曾向刘备推荐过诸葛亮、庞统。

〔63〕伴客:陪客。

〔64〕庵：小草屋。古代隐士、文人多称自己的居处为"庵"。

第 二 折

（正末扮司马徽领道童上，末云）贫道复姓司马，名徽，字德操，道号水鉴先生。想汉家天下，鼎足三分。贫道自刘皇叔[1]相别之后，又是数载。贫道在此江下结一草庵，修行办道，是好悠哉也呵！（唱）

【正宫端正好】本是个钓鳌人[2]，到做了扶犁叟；笑英布、彭越、韩侯[3]。我如今紧抄定两只拿云手[4]，再不出麻袍[5]袖。

【滚绣球】我则待要聚村叟，会诗友，受用的活鱼新酒，问甚么瓦钵磁瓯，推台不换盏，高歌自捆手[6]。任从他阴晴昏昼，醉时节衲被蒙头。我向这矮窗睡彻三竿日，端的是傲煞人间万户侯，自在优游。

（云）道童，门首觑者，看有甚么人来。（道童云）理会的。（鲁肃上，云）可早来到也，接了马者。（见道童科，鲁云）道童，先生么？（童云）俺师父有。（鲁云）你去说：鲁子敬特来相访。（童云）你是紫荆[7]？你和那松木在一答里[8]。我报师父去。（见末，云）师父弟子孩儿……（末云）这厮怎么骂我！（童云）不是骂，师父是师父，弟子是徒弟，就是孩儿一般。师父弟子孩儿……（末云）这厮泼说[9]！有谁在门首？（童云）有鲁子敬特来相访。（末云）道有请。（童云）理会的。（童出见鲁，云）有请！（鲁见末科）（末云）稽首。（鲁云）区区俗冗[10]，久不听教。（末云）数年不见，今日何往？（鲁云）小官无事不来，特请先生江下一会。（末云）贫道在此江下修行，方外之

士[11],有何德能,敢劳大夫置酒张筵?(唱)

【倘秀才】我又不曾垂钓在磻溪岸口[12],大夫也,我可也无福吃你那堂食[13]玉酒;我则待溪山学许由[14]。(云)大夫请我呵,再有何人?(鲁云)别无他客,只有先生故友寿亭侯[15]关云长一人。(末唱)你道是旧相识寿亭侯,和咱是故友。

(云)若有关公,贫道风疾[16]举发,去不的!去不的!(鲁云)先生初闻鲁肃相邀,慨然许诺;今知有关公,力辞不往,是何故也?想先生与关公有一面之交,则是筵间劝几杯酒。(末唱)

【滚绣球】大夫,你着我筵前劝几瓯,那汉劣性怎肯道折了半筹[17]。(鲁云)将酒央人,终无恶意。(末唱)你便休题安排着酒肉,他怒时节目前见鲜血交流。你为汉上[18]九座州,我为筵前一醉酒,(云)大夫,你和贫道,(唱)咱两个都落不的完全尸首。(鲁云)先生是客,怕做甚么?(末唱)我做伴客的少不的和你同病同忧。(鲁云)我有三条计索取荆州。(末唱)只为你千年勋业三条计,我可甚[19]一醉能消万古愁,提起来魂魄悠悠。

(鲁云)既是先生故友,同席饮酒何妨?(末云)大夫既坚意要请云长,若依的贫道两三桩儿,你便请他;若依不得,便休请他。(鲁云)你说来,小官听者。(末云)依着贫道说,云长下的马时节,(唱)

【倘秀才】你与我躬着身将他来问候。(云)你依得么?(鲁云)关云长下的马来,我躬着身问候。不打紧,也依得。(末唱)大夫,你与我跪膝着连忙的劝酒;饮则饮、吃则吃、受则受。道东呵随着东去,说西去随着西流。(云)这一桩儿最要紧也!(唱)他醉了呵你索与我便走。

(鲁云)先生,关公酒后德性如何?(末唱)

【滚绣球】他尊前有一句言,筵前带二分酒[20]。他酒性躁不中撩斗[21],你则绽口儿[22]休提着索取荆州。(鲁云)我便索荆州有何妨?(末云)他听的你索荆州呵,(唱)他圆睁开丹凤眸,轻舒出捉将手;他将那卧蚕眉紧皱,五蕴山[23]烈火难收。他若是玉山低趄[24],你安排着走;他若是宝剑离匣,你则准备着头。枉送了你那八十一座军州!

(鲁云)先生不须多虑,鲁肃料关公勇有馀而智不足。到来日我壁间暗藏甲士,擒住关公,便插翅也飞不过大江去。我待要先下手为强。(末云)大夫,量你怎生近的那关云长?(唱)

【倘秀才】比及你东吴国鲁大夫仁兄下手,则消得[25]西蜀国诸葛亮先生举口,奏与那有德行仁慈汉皇叔。那先生抚琴霜雪降,弹剑鬼神愁,则怕你急难措手。

(鲁云)我观诸葛亮也小可[26],除他一人,也再无用武之人。
(末云)关云长他弟兄五个,他若是知道呵,怎肯和你甘罢!
(鲁云)可是那五个?(末唱)

【滚绣球】有一个黄汉升猛似彪;有一个赵子龙胆大如斗;有一个马孟起[27],他是个杀人的领袖;有一个莽张飞,虎牢关力战[28]了十八路诸侯,骑一匹闭月乌[29],使一条丈八矛,他在那当阳坂有如雷吼,喝退了曹丞相一百万铁甲貔貅[30]。他瞅一瞅漫天尘土桥先断,喝一声拍岸惊涛水逆流,那一伙[31]怎肯干休!

(鲁云)先生若肯赴席呵,就与关公一会何妨?(末云)大夫,不中,不中!休说贫道不曾劝你。(唱)

【尾声】我则怕刀尖儿触抹着轻撁[32]了你手,树叶儿提防打破我头。关云长千里独行觅二友,匹马单刀镇九州;人似巴山越岭彪,马跨翻江混海兽;轻举龙泉杀车胄[33],怒扯昆吾[34]坏文丑;麾盖下颜良剑标了首,蔡阳英雄立取头。这一个躲是非的先生决应了口[35],那一个杀人的云长,(云)稽首[36]!(唱)我更怕他下不得手!(末下)

(道童云)鲁子敬,你愚眉肉眼,不识贫道。你要索取荆州,他不来问我;关云长是我酒肉朋友,我交他两只手送与你那荆州来。(鲁云)道童,你师父不去,你去走一遭去罢。(童云)我下山赴会走一遭去,我着老关两手送你那荆州。(唱)

【隔尾】我则待拖条藜杖家家走,着对麻鞋处处游。(云)我这一去,(唱)恼犯云长歹事头[37],周仓[38]哥哥快争斗,轮起刀来劈破了头,唬的我恰便似缩了头的乌龟则向那汴河[39]里走。(下)

(鲁云)我听那先生说了这一会,交我也怕上来了。——我想三条计已定了,怕他怎的!黄文,你与我持这一封请书,直至荆州请关公去来,着我知道,疾去早来者。(下)

注释

〔1〕刘皇叔:指刘备。他是汉景帝子刘胜之后,论辈分是献帝之叔,故称"皇叔"。

〔2〕钓鳌人:抱负远大的人。

〔3〕英布、彭越、韩侯:三人皆汉初名将,曾协助高祖刘邦打天下,后来分别被刘邦处死。韩侯是淮阳侯韩信。

〔4〕拿云手:拿云之手,比喻志气远大,有高强的本领。

〔5〕麻袍:指平民的服装。

〔6〕"问甚么瓦钵磁瓯"三句:谓任何闲心都不操,任何闲事都不管,只一杯一杯喝酒,拍着手高声唱歌。掴(guó 国)手,拍手。

〔7〕紫荆:"子敬"的谐音。这一段是剧本插科打诨处。紫荆和松木同为树木,故有下句"和那松木在一答里"。

〔8〕一答里：一块儿。

〔9〕泼说：胡乱说。

〔10〕区区俗冗：自谦的说法。区区，小、微。俗冗，平庸。

〔11〕方外之士：隐居在世俗之外的人。

〔12〕垂钓在磻溪岸口：传说周太公望未遇文王时曾垂钓磻溪。磻溪在今陕西宝鸡市东南。

〔13〕堂食：唐代宰相的公膳叫堂食，后也泛指一般官员的宴会。

〔14〕许由：上古高士，隐于箕山。相传尧让以天下，许由不受，尧又召为九州长，许由不愿听，到颍水洗耳。

〔15〕寿亭侯：汉寿亭侯之讹简。汉寿，旧县名，故城在今湖南省常德县东北。

〔16〕风疾：中风的病症。

〔17〕折了半筹：一筹莫展，无计可施。

〔18〕汉上：汉水沿岸。

〔19〕可甚：说什么。

〔20〕"他尊"二句：意为在关云长饮酒时多说一句话，便添了他二分酒性。尊前，即樽前。

〔21〕不中撩斗：禁不起撩拨、挑逗。

〔22〕绽口儿：开口讲话。

〔23〕五蕴山：禅宗、全真教均以"五蕴山"指人的思想感情，王喆诗："五蕴山头阐五门，气神交结碧桃浑。"此指关羽性格刚烈，感情如火。

〔24〕玉山低趄：酒醉身体歪斜的样子。玉山，指身体。

〔25〕则消得：只须是。

〔26〕小可：尚可，还可以。

〔27〕"有一个黄汉升"三句：黄汉升即黄忠，赵子龙即赵云，马孟起即马超，三人均为蜀国大将。

〔28〕力战：元刊本作"立伏"，指讨伐董卓时与吕布作战，《关张双赴西蜀孟》杂剧第四折"虎牢关酣战温侯"一语可证。

〔29〕闭月乌：指黑色的战马。

〔30〕貔貅(pí xiū 皮休)：原为猛兽名,古人多用以比喻勇猛之士。

〔31〕那一伙：指关、张、赵、马、黄等人。

〔32〕剺(lí 离)：割,拉。

〔33〕车胄：三国时魏将。

〔34〕昆吾：宝刀。据《山海经》,昆吾山产赤铜,以之作刃,切玉如泥,后人遂用"昆吾"作刀剑代称。

〔35〕这一个躲是非的先生决应了口：若是我说到做到,一定避开是非。决应了口,一定说到做到。

〔36〕稽首：行礼。这是司马徽对关羽表示尊敬,在唱词中夹带的道白。

〔37〕歹事头：冤家,不好惹的人。

〔38〕周仓：相传是关羽的忠实部将,古典戏曲小说中常见这个人物。

〔39〕汴河：也称汴水,古时的一条河流,流经今河南省开封、商丘等地区。

第 三 折

(正末扮关公领关平、关兴〔1〕、周仓上,云)某姓关,名羽,字云长,蒲州解良〔2〕人也。见随刘玄德为其上将。自天下三分,形如鼎足：曹操占了中原；孙策占了江东；我哥哥玄德公占了西蜀。着某镇守荆州,久镇无虞。我想当初楚汉争锋,我汉皇仁义用三杰,霸主英雄凭一勇。三杰者,乃萧何、韩信、张良；一勇者,喑鸣叱咤〔3〕,举鼎拔山。大小七十馀战,逼霸王自刎乌江〔4〕。后来高祖登基,传到如今,国步艰难,一至于此！

(唱)

【中吕粉蝶儿】那时节天下荒荒,恰周、秦早属了刘、项〔5〕,分君臣先到咸阳〔6〕。一个力拔山〔7〕,一个量容海,他两个一时开创。想当日黄阁乌江,一个用了三杰,一个诛了八将[8]。

【醉春风】一个短剑下一身亡,一个静鞭三下响[9]。祖宗传授与儿孙,到今日享、享。献帝又无靠无依,董卓又不仁不义,吕布又一冲一撞[10]。

(云)某想当日,俺弟兄三人,在桃园中结义,宰白马祭天,宰乌牛祭地,不求同日生,只愿同日死。(唱)

【十二月】那时节兄弟在范阳[11],兄长在楼桑[12],关某在蒲州解良,更有诸葛在南阳;一时出英雄四方,结义了皇叔、关、张。

【尧民歌】一年三谒卧龙冈,却又早鼎分三足汉家邦。俺哥哥称孤道寡世无双,我关某匹马单刀镇荆襄。长江,今经几战场,却正是后浪催前浪。

(云)孩儿,门首觑者,看甚么人来。(关平云)理会的。(黄文上,云)某乃黄文是也。将着这一封请书,来到荆州,请关公赴会。早来到也。左右,报复去:有江下鲁子敬,差上将拖地胆黄文,持请书在此。(平云)你则在这里者,等我报复去。(平见正末,云)报的父亲得知:今有江东鲁子敬,差一员首将,持请书来见。(正云)着他过来。(平云)着你过去哩。(黄文见科)(正末云)兀那厮甚么人?(黄慌云)小将黄文。江东鲁子敬,差我下请书在此。(正云)你先回去,我随后便来也。(黄文云)我出的这门来。看了关公英雄一相个神道[13]。鲁子敬,我替你愁哩!小将是黄文,特来请关公。髯长一尺八,面如挣枣[14]红。青龙偃月刀,九九八十斤;脖子里着一下,那里寻黄文?来便吃筵席,不来豆腐酒吃三钟。(下)(正末云)孩儿,鲁子敬请我赴单刀会,走一遭去。(平云)父亲,他那里

筵无好会,则怕不中么?(正云)不妨事。(唱)

【石榴花】两朝相隔汉阳江,上写着道"鲁肃请云长"。安排筵宴不寻常,休想道是"画堂别是风光"[15],那里有凤凰杯满捧琼花酿,他安排着巴豆、砒霜[16]!玳筵前摆列着英雄将,休想肯"开宴出红妆"。

【斗鹌鹑】安排下打凤牢龙[17],准备着天罗地网;也不是待客筵席,则是个杀人、杀人的战场。若说那重意诚心更休想,全不怕后人讲。既然谨谨相邀,我则索亲身便往。

(平云)那鲁子敬是个足智多谋的人,他又兵多将广,人强马壮。则怕父亲去呵,落在他彀中。(正唱)

【上小楼】你道他"兵多将广,人强马壮";大丈夫敢勇当先,一人拚命,万夫难当。(平云)许来大[18]江面,俺接应的人,可怎生接应?(正唱)你道是隔着江起战场,急难亲傍[19];我着那厮鞠躬、鞠躬送我到船上。

(平云)你孩儿到那江东,旱路里摆着马军,水路里摆着战船,直杀一个血胡同[20]。我想来,先下手的为强。(正唱)

【幺】你道是先下手强,后下手殃。我一只手揪住宝带,臂展猿猱,剑擎秋霜[21]。(平云)父亲,则怕他那里有埋伏。(正唱)他那里暗暗的藏,我须索紧紧的防。都是些狐朋狗党!(云)单刀会不去呵,(唱)小可如千里独行,五关斩将[22]。

(云)孩儿,量他到的哪里?(平云)想父亲私出许昌一事,您孩儿不知,父亲慢慢说一遍。(正唱)

【快活三】小可如我携亲侄访冀王[23],引阿嫂觅刘皇,灞陵桥上气昂昂,侧坐在雕鞍上。

【鲍老儿】俺也曾挝鼓三咚斩蔡阳[24],血溅在沙场上。刀挑征袍出许昌,险唬杀曹丞相。向单刀会上,对两班文武,小可如三月襄阳[25]。

（平云）父亲,他那里雄赳赳排着战场。（正唱）

【剔银灯】折莫他雄赳赳排着战场,威凛凛兵屯虎帐,大将军智在孙、吴[26]上,马如龙、人似金刚;不是我十分强,硬主张,但提起我是三国英雄汉云长,端的是豪气有三千丈。厮杀呵磨拳擦掌。

【蔓青菜】他便有快对付,能征将,排戈戟,列旗枪,对仗。

（云）孩儿,与我准备下船只,领周仓赴单刀会走一遭去。（平云）父亲去呵,小心在意者!（正唱）

【尾声】须无那临潼会秦穆公[27],又无那鸿门会楚霸王[28],折么他满筵人列着先锋将,小可如百万军刺颜良时那一场攘[29]。（下）

（周仓云）关公赴单刀会,我也走一遭去。志气凌云贯九霄,周仓今日逞英豪。人人开弓并蹬弩,个个贯甲与披袍。旌旗闪闪龙蛇[30]动,恶战英雄胆气高。假饶[31]鲁肃千条计,怎胜关公这口刀!赴单刀会走一遭去也。（下）（关兴云）哥哥,父亲赴单刀会去了,我和你接应一遭去。大小三军,跟着我接应父亲去。到那里古剌剌彩磨旌旗[32],扑咚咚画鼓凯征鼙,齐臻臻[33]枪刀如流水,密匝匝人似朔月疾[34]。直杀的苦淹淹尸骸遍郊野,哭啼啼父子两分离;恁时节喜孜孜鞭敲金镫响,笑吟吟齐和凯歌回。（下）（关平云）父亲兄弟都去也,我随后接应走一遭去。大小三军,听吾将令:甲马不许驰骤,金鼓不许乱鸣,不许交头接耳,不许语笑喧哗,弓弩上弦,刀剑出鞘,人人敢勇,个个威风。我到那里:一刃刀,两刃剑,齐排雁翅;三股叉,四楞铜,耀日争光;五方旗[35],六沉枪[36],遮天映日;七稍弓[37],八楞棒[38],打碎天灵[39];九股索、红绵套[40],漫头[41]便起;十分战,十分杀,显耀高强。俺这里雄兵浩浩渡长江,汉阳两岸列刀枪,水军不怕江心浪,旱军岂惧铁衣郎[42]!关公杀入单刀会,显耀英雄战一场。匹马横枪诛鲁肃,胜如亲父刺颜良。大小三军,跟着我接应父亲走一遭去。(下)

注释

〔1〕关平、关兴:小说、戏曲中关羽的两个儿子。

〔2〕蒲州解良:古地名,在今山西省永济县。

〔3〕喑呜叱咤:发怒喝叫声,又作喑恶叱咤。《史记·淮阴侯列传》:"项王喑恶叱咤,前人皆废。"

〔4〕自刎乌江:项羽与刘邦作战兵败,最后在乌江自刎。事见《史记·项羽本纪》。

〔5〕恰:正。

〔6〕分君臣先到咸阳:秦末,刘邦和项羽曾经约定,谁先打到秦国的都城咸阳,谁就可以称王于关中。

〔7〕力拔山:项羽自言力气极大。语出项羽《垓下歌》:"力拔山兮气盖世。"

〔8〕"想当日黄阁乌江"三句:按曲意是说刘邦在黄阁用了三杰,项羽在乌江诛了八将。黄阁是宰相办事的厅堂,因以黄色涂门,故称。

〔9〕一个静鞭三下响:是说刘邦做了皇帝。静鞭,皇帝的一种仪仗,甩响它好让官员们肃静,以表示皇帝的威严。

〔10〕吕布:东汉九原人,字奉先。初事董卓为义父,因卓暴虐无道,布与王允共诛除之,后依袁术、袁绍,终为曹操所杀。一冲一撞:冒冒失失,瞎碰乱撞。

〔11〕兄弟在范阳:兄弟,指张飞。范阳,古县名,故址在今河北省定兴县南,张飞的原籍。

〔12〕兄长在楼桑:兄长,指刘备。楼桑,河北涿县的一个村子,刘备

即生于此。

〔13〕一相个神道:一派神道相。神道即神仙。

〔14〕挣枣:或作"重枣",形容关羽脸色红得像枣子一样。

〔15〕画堂别是风光:此句和结句"开宴出红妆",都是苏轼《满庭芳》词句。

〔16〕巴豆、砒霜:毒药名。这里指鲁肃宴请不怀好意。

〔17〕打凤牢龙:安排圈套,使人中计的意思。

〔18〕许来大:如此大,这般大。

〔19〕亲傍:接近。

〔20〕直杀一个血胡同:杀出一条血路来。

〔21〕剑掣秋霜:拔出剑来,寒光似秋霜一般。

〔22〕"小可如千里独行"二句:意说比之我千里独行,五关斩将,是微不足道的。小可,微不足道。

〔23〕携亲侄访冀王:冀王指袁绍。刘备兵败投袁绍,关羽辞了曹操前去找他。"携亲侄"情节未见有记载。

〔24〕挝鼓三咚斩蔡阳:关羽要到袁绍处找刘备,曹操部将蔡阳前来追杀关羽,张飞擂三通鼓助关羽斩蔡阳。

〔25〕三月襄阳:刘备在荆州投刘表时,刘表部下蒯越、蔡瑁想在宴会上谋害他,他假装出去解手,骑马跳过襄阳城西的檀溪脱险。

〔26〕孙、吴:指孙武、吴起。二人都是春秋战国时著名的军事家。

〔27〕临潼会秦穆公:春秋时秦穆公发起在临潼斗宝,楚国伍子胥胜了秦国人,穆公恼羞成怒,擒拿十七国诸侯,伍子胥仗剑捉住秦穆公,他才不得不放了诸侯,答应与各方修好。

〔28〕鸿门会楚霸王:楚汉战争时,项羽在鸿门宴请刘邦,想在宴会上把他杀掉。这二句是说,鲁肃并没有当年的秦穆公、楚霸王厉害。

〔29〕攘:侵夺,这里意为冲杀。

〔30〕龙蛇:指旌旗上的图像。

〔31〕假饶:任凭。

〔32〕古剌剌彩磨旌旗:古剌剌,拟声词,旌旗飘动的声音。此句和下

句"扑咚咚画鼓凯征鼙"对文,"彩"字下当脱一字。

〔33〕齐臻臻:整整齐齐。

〔34〕密匝匝:密密实实。朔月疾:黑压压一片。农历每月初一为朔日,人们看不见月亮,故也称"朔月"。道家称这一天为"合朔,月疾而日迟"(《道德真经广圣义》)。

〔35〕五方旗:标明东西南北中五个方向的旗号。

〔36〕六沉枪:即绿沉枪。杆上涂有绿漆,故名。六与绿同音假借。

〔37〕七稍弓:即漆稍弓。漆与七同音假借。

〔38〕八楞棒:一种有八个棱角的兵器。

〔39〕天灵:亦称天灵盖,人的头盖骨。

〔40〕九股索、红绵套:古兵器,用皮、麻等坚韧东西编制成,用以绊人或套人。

〔41〕漫头:迎头。

〔42〕铁衣郎:指身穿铁甲的战士。

第 四 折

(鲁肃上,云)欢来不似今朝,喜来那逢今日。小官鲁子敬是也。我使黄文持书去请关公,欣喜许今日赴会,荆襄地合归还俺江东。英雄甲士已暗藏壁衣之后,令人江上相候,见船到便来报我知道。

(正末关公引周仓上,云)周仓,将到哪里也?(周云)来到大江中流也。(正云)看了这大江,是一派好水也呵!(唱)

【双调新水令】大江东去浪千叠[1],引着这数十人驾着这小舟一叶。又不比九重龙凤阙[2],可正是千丈虎狼穴。大丈夫心别[3],我觑这单刀会似赛村社[4]。

(云)好一派江景也呵!(唱)

【驻马听】水涌山叠,年少周郎何处也?不觉的灰飞烟灭,可怜黄盖转伤嗟。破曹的樯橹[5]一时绝,鏖兵的江水由然[6]热,好教我情惨切!(带云)这也不是江水,(唱)二十年流不尽的英雄血!

(云)却早来到也,报复去。(卒报科)(做相见科)(鲁云)江下小会,酒非洞里之长春,乐乃尘中之菲艺[7]。猥劳[8]君侯屈高就下,降尊临卑,实乃鲁肃之万幸也!(正云)量某有何德能,着大夫置酒张筵?既请必至。(鲁云)黄文,将酒来。二公子满饮一杯。(正云)大夫饮此杯。(把盏科)(正云)想古今咱这人过日月好疾也呵!(鲁云)过日月是好疾也。光阴似骏马加鞭,浮世似落花流水。(正唱)

【胡十八】想古今立勋业,那里也舜五人、汉三杰[9]?两朝相隔数年别,不付能见者,却又早老也。开怀的饮数怀,(云)将酒来。(唱)尽心儿待醉一夜。

(把盏科)(正云)你知"以德报德,以直报怨"[10]么?(鲁云)既然将军言"以德报德,以直报怨",借物不还者谓之怨。想君侯文武全材,通练兵书,习《春秋》、《左传》,济拔颠危,匡扶社稷[11],可不谓之仁乎?待玄德如骨肉,觑曹操若仇雠,可不谓之义乎?辞曹归汉,弃印封金[12],可不谓之礼乎?坐服于禁,水淹七军[13],可不谓之智乎?且将军仁义礼智俱足,惜乎止少个"信"字,欠缺未完。若再得全个"信"字,无出君侯之右也。(正云)我怎生失信?(鲁云)非将军失信,皆因令兄玄德公失信。(正云)我哥哥怎生失信来?(鲁云)想昔日玄德公败于当阳之上,身无所归,因鲁肃之故,屯军三江夏口。鲁肃又与孔明同见我主公,即日兴师拜将,破曹兵于赤壁之间。江东所费巨万,又折了首将黄盖。因将军贤昆玉[14]无尺寸地,暂借荆州以为养军之资;数年不还。今日鲁肃低情曲意,暂取荆州,以为救民之急;待仓廪丰盈,然后再献与将军掌领。鲁肃不敢自专,君侯台鉴[15]不错。(正云)你请我吃筵席来哪,是索荆州来?(鲁云)没、没、没,我则这般道。孙、刘结亲,以为唇齿,两国正好和谐。(正唱)

【庆东原】你把我真心儿待,将筵宴设,你这般攀今览古,分甚枝叶[16]?我根前使不着你"之乎者也"、"诗云子曰",早该豁口截舌!有意说孙,刘,你休目下番成吴、越[17]!

(鲁云)将军原来傲物轻信!(正云)我怎么傲物轻信?(鲁云)当日孔明亲言:破曹之后,荆州即还江东。鲁肃亲为代保。不思旧日之恩,今日恩变为仇,犹自说"以德报德,以直报怨"。圣人道:"信近于义,言可复也。"[18]去食去兵,不可去信[19]。"大车无輗,小车无軏,其何以行之哉?"[20]今将军全无仁义之心,枉作英雄之辈。荆州久借不还,却不道"人无信不立"!(正云)鲁子敬,你听的这剑界[21]么?(鲁云)剑界怎么?(正云)我这剑界,头一遭诛了文丑,第二遭斩了蔡阳,鲁肃呵,莫不第三遭到你也?(鲁云)没、没,我则这般道来。(正云)这荆州是谁的?(鲁云)这荆州是俺的。(正云)你不知,听我说。(唱)

【沉醉东风】想着俺汉高皇图王霸业,汉光武秉正除邪,汉王允将董卓诛,汉皇叔把温侯[22]灭,俺哥哥合情受汉家基业。则你这东吴国的孙权,和俺刘家却是甚枝叶?请你个不克己[23]先生自说!

(鲁云)那里甚么响?(正云)这剑界二次也。(鲁云)却怎么说?(正云)这剑按天地之灵,金火之精,阴阳之气,日月之形;藏之则鬼神遁迹,出之则魑魅[24]潜踪;喜则恋鞘沉沉而不动,怒则跃匣铮铮而有声。今朝席上,倘有争锋,恐君不信,拔剑施呈。吾当摄剑[25],鲁肃休惊。这剑果有神威不可当,庙堂之器岂寻常;今朝索取荆州事,一剑先交[26]鲁肃亡。(唱)

【雁儿落】则为你三寸不烂舌,恼犯我三尺无情铁。这剑饥餐上将头,渴饮仇人血。

【得胜令】则是条龙向鞘中蛰[27],唬得人向座间躲。今日故友每才相见,休着俺弟兄每相间别[28]。鲁子敬听者,你心内休乔怯[29],畅好是随邪[30],休怪我十分酒醉也。

(鲁云)藏宫[31]动乐。(藏宫上,云)天有五星,地攒[32]五岳,人有五德,乐按五音。五星者,金、木、水、火、土;五岳者,常、恒、泰、华、嵩;五德者,温、良、恭、俭、让;五音者,宫、商、角、徵、羽。(甲士拥上科)(鲁云)埋伏了者。(正击案,怒云)有埋伏也无埋伏?(鲁云)并无埋伏。(正云)若有埋伏,一剑挥之两段!(做击案科)(鲁云)你击碎菱花[33]。(正云)我特来破镜!(唱)

【搅筝琶】却怎生闹炒炒军兵列,上来的休遮当,莫拦截。(云)当着我的,呵呵!(唱)我着他剑下身亡,目前流血。便有那张仪口、蒯通舌[34],休那里躲闪藏遮。好生的送我到船上者,我和你慢慢的相别。

(鲁云)你去了倒是一场伶俐[35]。(黄文云)将军,有埋伏哩。(鲁云)迟了我的也。(关平领众将上,云)请父亲上船,孩儿每来迎接哩。(正云)鲁肃,休惜殿后。(唱)

【离亭宴带歇指煞】我则见紫袍银带公人列,晚天凉风冷芦花谢。我心中喜悦。昏惨惨晚霞收,冷飕飕江风起,急飐飐[36]云帆扯。承款待、承款待,多承谢、多承谢。唤梢公慢者,缆解开岸边龙,船分开波中浪,棹搅碎江心月。正欢娱有甚进退,且谈笑不分明夜。说与你两件事先生记者:百忙里趁[37]不了老兄心,急切里倒不了俺汉家节[38]。

  题目 孙仲谋独占江东地 请乔公言定三条计
  正名 鲁子敬设宴索荆州 关大王独赴单刀会

注释

  〔1〕大江东去浪千叠:化用苏轼《念奴娇·赤壁怀古》词"大江东去,浪淘尽千古风流人物"及"樯橹灰飞烟灭"句。

  〔2〕九重龙凤阙:指皇宫。

  〔3〕心别:性格倔强。

  〔4〕赛村社:民间"社火"每于节日进行演出竞赛,谓之"赛社"。

  〔5〕樯橹:樯,桅杆。橹,行舟的工具。此处连用借指船只。

  〔6〕由然:同犹然。

  〔7〕"酒非洞里之长春"二句:意说我这里没有好酒,也没有好的歌舞技艺。长春,酒名。菲艺,菲薄的技艺。

  〔8〕猥劳:猥系谦辞,犹言辱。这句意说,有劳大驾光临我们这小地方。

  〔9〕舜五人、汉三杰:舜五人,指舜手下的五个贤臣:禹、弃、契、皋陶、垂。汉三杰,指辅佐刘邦定天下的张良、萧何、韩信。

  〔10〕"以德报德"二句:语见《论语·宪问》,意为应该用恩德、公正的态度对待别人的怨恨。

  〔11〕匡扶:匡正扶助。社稷:指国家。

  〔12〕弃印封金:关羽在许昌得到刘备的消息后,把曹操所授"汉寿亭侯"印留在原处,并封存曹操所赠金银,而后离去,以示清白。

  〔13〕"坐服于禁"二句:曹操派于禁统领七支部队攻樊城,庞德为先锋。关羽决襄江水淹了七军,生擒庞德。

  〔14〕贤昆玉:昆玉指弟兄,贤昆玉是对别人弟兄的敬称。

  〔15〕台鉴:台,对人的敬称。鉴,观察。

〔16〕枝叶：枝和叶互相依存，用以喻吴蜀两国的关系。此句意说，像你这样琐细计较，对原来密切的吴蜀关系很不利。下文"和俺刘家却是甚枝叶"，犹"和俺刘家有什么关系？"

〔17〕吴、越：春秋时吴、越世为敌国，后人用以喻敌对关系。

〔18〕"信近于义，言可复也"：语见《论语·学而》，意为守信用和"义"接近，守信用的人说出来的话可以用行动来印证。

〔19〕去食去兵，不可去信：语出《论语·颜渊》，意说宁可不吃饭，不要武装，也不能没有信用。

〔20〕"大车无輗（ní泥）"三句：《论语·为政》："子曰：人而无信，不知其可也。大车无輗，小车无軏，其何以行之哉？"輗、軏（yuè月）都是车辕与车衡衔接处的销钉，缺少它车就不能走。这里比喻人无信用就难以在社会上生存下去。

〔21〕剑界：当为"剑戛"之误。剑戛即剑响。

〔22〕温侯：指吕布，他曾进封温侯。

〔23〕不克己：不肯吃亏，不肯克制自己。

〔24〕螭魅（chī mèi吃昧）：古代传说中害人的山林精怪。这句说宝剑可以辟邪。

〔25〕摄剑：拔剑。

〔26〕先交：先教。

〔27〕蛰（zhé折）：藏。

〔28〕间别：离别，分别。

〔29〕乔怯：伪装害怕。

〔30〕随邪：不正经。

〔31〕臧宫：不见史载，可能是编造出来的人物，掌管音乐。

〔32〕攒（zǎn）：积累。

〔33〕菱花：原是镜上的图饰，借指镜子。下文关羽说"我特来破镜"，"镜"与"子敬"的"敬"同音，语带双关。

〔34〕张仪口、蒯（kuǎi快上声）通舌：张仪，战国时魏人，曾游说六国以连横事秦。蒯通，谋士，韩信用其计平定齐地。两人都是著名的说客、

辩士。

〔35〕伶俐:干净利索。

〔36〕急飐飐:船只顺风疾行貌。

〔37〕趁:同称。趁心即称心。

〔38〕急且里:急迫之间。汉家节:汉朝的政权。节,本是古代使者代表国家出使时的凭证,这里借用作政权。

包待制智斩鲁斋郎[1]

楔　子

(冲末扮鲁斋郎[2]引张龙上,诗云)花花太岁为第一,浪子丧门再没双;街市小民闻吾怕,则我是权豪势要鲁斋郎。小官鲁斋郎是也。方今圣人在位,四海晏然,八方无事。小官随朝数载,谢圣恩可怜,除授[3]今职。小官嫌官小不做,嫌马瘦不骑,但行处引的是花腿闲汉[4],弹弓粘竿[5],鹎儿小鹞[6]。每日价飞鹰走犬,街市闲行。但见人家好的玩器,怎么他倒有我倒无,我则借三日玩看了,第四日便还他,也不坏了他的;人家有那骏马雕鞍,我使人牵来则骑三日,第四日便还他,也不坏了他的。我是个本分的人,自离了汴梁,来到许州[7],因街上骑着马闲行,我见个银匠铺里一个好女子,我正要看他,那马走的快,不曾得仔细看。张龙,你曾见来么?(张龙云)比及[8]爹有这个心,小人打听在肚里了。(鲁斋郎云)你知道他是甚么人家?(张龙云)他是个银匠,姓李,排行第四。他的个浑家生的风流,长的可喜。(鲁斋郎云)我如今要他,怎么能够……(张龙云)爹要他也不难,我如今将着一把银壶瓶去他家整理,多与他些钱钞,与他几钟酒吃,着他浑家也吃几钟,扶上马就走。(鲁斋郎云)此计大妙。则今日收拾鞍马,跟着我银匠铺里整理壶瓶走一遭去。(诗云)推整壶瓶生巧计,拐他妻子忙逃避;总饶赶上焰摩天[9],教他无处相寻觅。(下)

(外扮李四同旦、二俫[10]上,云)小可许州人氏,姓李,排行第四,人口顺唤做银匠李四。嫡亲的四口儿,浑家张氏,一双儿女,厮儿叫做喜童,女儿叫做娇儿。全凭打银过其日月。今日早间开了这铺儿,看有甚么人来。(鲁斋郎引张龙上,云)小官鲁斋郎,因这壶瓶跌漏,去那银匠铺整理一整理。左右接了马者,将交床[11]来。(张龙云)理会的。(坐下科)(鲁斋郎云)张龙,你与我叫那银匠出来。(张龙做唤科,云)兀那银匠,鲁爷在门首叫你哩!(李四慌出跪科,云)大人唤小人有何事干?(鲁斋郎云)你是银匠么?(李四云)小人是银匠。(鲁斋郎云)兀那李四,你休惊莫怕,你是无罪的人,你起来。(李四云)大人唤我做甚么?(鲁斋郎云)我有把银壶瓶跌漏了,你与我整理一整理,与你十两银子。(李四云)不打紧,小人不敢偌多银子。(鲁斋郎云)你是个小百姓,我怎么肯亏你?与我整理的好,着银子与你买酒吃。(李四接壶整理科,云)整理的复旧如初。好了也,大人试看咱。(鲁斋郎云)这厮真个好手段,便似新的一般。张龙,有酒么?(张龙云)有。(鲁斋郎云)将来赏他几杯。(做筛酒[12],李四连饮三杯科,云)够了。(鲁斋郎云)你家里再有甚么人?(李四云)家里有个丑媳妇,叫出来见大人。大嫂[13],你出来拜大人。(旦出拜科)(鲁斋郎云)一个好妇人也,与他三钟酒吃。我也吃一钟。张龙,你也吃一钟。兀那李四,这三钟酒是肯酒[14],我的十两银子与你做盘缠;你的浑家,我要带往郑州去也,你不拣那个大衙门里告我去!(同旦下)(李四做哭科,云)清平世界,浪荡乾坤,拐了我浑家

去了,更待干罢[15]?不问那个大衙门里,告他走一遭去。(下)

(贴旦引二俅上,云)妾身姓李;夫主姓张,在这郑州做着个六案孔目[16],嫡亲的四口儿家属,一双儿女,小厮唤做金郎,女儿唤做玉姐。孔目衙门中去了,这早晚敢待来也。(李四慌上,云)一心忙似箭,两脚走如飞。自家李四的便是。因鲁斋郎拐了我的浑家往郑州来了,我随后赶来到这郑州,我要告他,不认的那个是大衙门。来到这长街市上,不觉一阵心疼,我死也,却教谁人救我这性命咱?(正末扮张珪引祗候上,云)自家姓张名珪,字均玉,郑州人氏,幼习儒业,后进身为吏;嫡亲的四口儿,浑家李氏,是华州华阴县人氏,他是个医士人家女儿,生下一双儿女金郎、玉姐。我在这郑州做着个六案都孔目,今日衙门中无甚事,回家里去,见一簇人闹。祗候,你看是甚么人?(祗候问云)你是甚么人,倒在地上?(李四云)小人害急心疼,看看至死。哥哥可怜见,救小人一命咱!(祗候见末科,云)是一个人,害急心疼,倒在地上。(正末云)我试看咱。兀那君子,为甚么倒在地下?(李四云)小人急心疼看看至死,怎么救小人一命!(正末云)那里不是积福处?我浑家善治急心疼,领他到家中,与他一服药吃,怕做甚么!祗候人,扶他家里来。大嫂那里?(贴旦见末科,云)孔目来了也,安排茶饭你吃。(正末云)且不要茶饭。我来狮子店门首,见一人害急心疼,我领将来,你与他一服药吃,救他性命,那里不是积福处!(贴旦云)待我调药去。(做调药科,云)君子,你试吃这药。(李四吃药科,云)我吃了这药,哎哟,无事了也!多谢官人、娘子!若不是官人、娘子,那里得我这性命来!(正末云)我问君子,那里人氏,姓甚名谁?(李四云)小人姓李,排行第四,人口顺都叫李四,许州人氏,打银为生。(贴旦云)你也姓李,我也姓李,有心要认你做个兄弟,未知孔目心中肯不肯?我问孔目咱。(做问末科,云)这人也姓李,我也姓李,我有心待认他做个兄弟,孔目意下如何?(正末云)大嫂,你主了[17]便罢。兀那李四,你近前来,我浑家待认你做个兄弟,你意下如何?(李四云)你救了我性命,休道是做兄弟,在你家中随驴把马[18]也是情愿。(正末云)你便是我舅子,我浑家就是你亲姐姐一般。兄弟,你为甚么到这里?(李四云)你便是我亲姐姐、姐夫,有人欺负我来,你与我做主。(正末云)谁欺负你来,我便着人拿去,谁不知我张珪的名儿!(李四云)不是别人,是鲁斋郎强夺了我浑家去了。姐姐、姐夫,与我做主。(末做掩口科,云)哎哟,唬杀我也!早是[19]在我这里,若在别处,性命也送了你的。我与你些盘缠,你回许州去罢,这言语你再也休题。(唱)

【仙吕端正好】被论人有势权,原告人无门下[20],你便不良会可跳塔轮铡[21],那一个官司敢蹅把勾头[22]押?提起他名儿也怕。

【幺篇】你不如休和他争,忍气吞声罢;别寻个"家中宝"[23],省力的浑家。说那个鲁斋郎胆有天来大,他为臣不守法,将官府敢欺压,将妻女敢夺拿,将百姓敢蹅踏[24]。赤紧的他官职大的忒稀诧[25]!(下)

(李四云)我这里既然近不的他,不如仍还许州去也。(下)

注释

〔1〕《鲁斋郎》是一出包公戏。但作品的主要关目是写中层官吏张珪一家的悲欢离合。严格说来,这并不是一幕历史题材的公案戏,而是元代社会现实的真实写照。作品中的鲁斋郎比《窦娥冤》中的张驴儿、《望江亭》中的杨衙内、《救风尘》中的周舍都要骄横得多,连立朝刚毅的包公也

不敢直判鲁斋郎之罪,可见其后台之硬。作品的主人公张珪是个中间人物,毫无作为,懦弱可怜。第四折的大团圆结局,落入了俗套。

〔2〕斋郎:本唐宋时侍候皇帝祭祀宗庙社稷的执事人员,此剧中的鲁斋郎是个极有特权的官僚。

〔3〕除授:授予新官。

〔4〕花腿闲汉:腿上刺有花纹,专为贵族做帮闲的浮浪子弟。

〔5〕粘竿:捕捉小鸟的猎具,竿上涂有胶粘液体。

〔6〕鹔(sōng 松)儿小鹞(yào 要):鹔儿是一种捕雀的鸟类,似鹰而小。鹞即老雕,一种凶猛的猎禽。

〔7〕许州:州名。旧治在今河南省许昌市。

〔8〕比及:等到。

〔9〕总饶:纵使,即使。焰摩天:佛家谓欲界有六重天,焰摩天即其中之一。此句意谓极远的地方。

〔10〕俫(lái 来):元杂剧中的小孩叫俫或俫儿。

〔11〕交床:即交椅,一种可以折叠的椅子。

〔12〕筛酒:斟酒。

〔13〕大嫂:这里是对妻子的称呼。呼妻为"嫂",可能是古代兄弟共妻婚俗的遗迹。

〔14〕肯酒:允亲的酒。

〔15〕干罢:善罢干休。

〔16〕六案孔目:地方政府中的吏员头目。六案即吏、户、礼、兵、刑、工六房。

〔17〕主了:做主。

〔18〕随驴把马:赶驴牵马,比喻最低下的劳役。

〔19〕早是:幸好是。

〔20〕门下:门第。

〔21〕不良会可跳塔轮铡:不顾一切后果地干。不良会,即会,能。跳塔轮铡,指从高处下跳和从车轮下轧过,都指有勇气干冒险的事。

〔22〕勾头:古时捕人的拘票。

〔23〕家中宝：指不漂亮的妻子。俗语有云："丑妇家中宝"，是说丑媳妇不会惹出麻烦。

〔24〕蹅踏：践踏，凌辱。

〔25〕赤紧的：真个是，实在是。稀诧：稀奇，可怪。

第 一 折

（鲁斋郎上，云）小官鲁斋郎，自从许州拐了李四的浑家，起初时性命也似爱他，如今两个眼里不待见[1]他。我今回到这郑州，时遇清明节令，家家上坟祭扫，必有生得好的女人，我领着张龙一行步从，直到郊野外踏青[2]走一遭去来。（下）

（正末引贴旦上，云）自家张珪，时遇寒食[3]，家家上坟，我今领着妻子上坟走一遭去。想俺这为吏的多不存公道，熬的出身[4]，非同容易也呵！（唱）

【仙吕点绛唇】则俺这令史[5]当权，案房里面关[6]文卷，但有半点儿牵连，那刁蹬[7]无良善。

【混江龙】休想肯与人方便，衔一片害人心，勒揣[8]了些养家缘。（带云）听的有件事呵，（唱）押文书心情似火，写帖子[9]勾唤如烟，教公吏勾来衙院里，抵多少笙歌引至画堂前。冒支国俸，滥取人钱；那里管爷娘冻馁，妻子熬煎。经旬间不想到家来，破工夫则在那娼楼串，则图些烟花[10]受用，风月留连[11]。

【油葫芦】只待置下庄房买下田，家私积有数千；那里管三亲六眷尽埋冤。逼的人卖了银头面，我戴着金头面；送的人典了旧宅院，我住着新宅院。有一日限满时，便想得重迁[12]。怎知他提刑司[13]刷出三宗卷，恁时节带铁锁纳赃钱。

【天下乐】那其间敢卖了城南金谷园[14],百姓见无权,一昧里掀[15],泼家私[16]如败云风乱卷;或是流二千,遮莫徒一年[17],恁时节则落的几度喘。

（云）早来到坟所也,是好春景也呵。（唱）

【金盏儿】觑郊原,正晴暄,古坟新土都添遍,家家化钱烈纸痛难言。一壁厢黄鹂声恰恰[18],一壁厢血泪滴涟涟,正是"莺啼新柳畔,人哭古坟前"。

（贴旦云）孔目,咱慢慢耍一会家去。（鲁斋郎引张龙上,云）你都跟着我闲游去来。这一所好坟也! 树木上面一个黄莺儿,小的,将弹弓来。（做打弹科）（俫儿哭云）奶奶,打破头也!
（贴旦云）那个弟子孩儿[19]闲着那驴蹄烂爪,打过这弹子来!
（正末云）这个村弟子孩儿无礼,我家坟院里打过弹子来。你敢是不知我的名儿! 我出去看波。（唱）

【后庭花】是谁人墙外边,直恁的没体面[20]? 我擦擦的[21]望前去,（鲁斋郎云）张珪,你骂谁哩?（正末唱）唬的我行行的往后偃[22]。（鲁斋郎云）你这弟子孩儿作死也! 我是谁,你骂我?（正末唱）我恰便似坠深渊,把不定心惊胆战,有这场死罪愆。我今朝遇禁烟[23],到先茔[24]来祭奠,饮金杯,语笑喧;他弓开时似月圆,弹发处又不偏,刚落在我面前。

（鲁斋郎云）张珪,你骂我呵,不是寻死哩!（正末唱）

【青哥儿】你教我如何、如何分辨?（贴旦云）是那一个不晓事弟子孩儿,打破我孩儿的头?（正末唱）省可里[25]乱语胡言。（俫儿云）打破我头也!（正末唱）哎,你个不识忧愁小孽冤[26]! 唬的我魂魄萧然,言语狂颠,谁敢迟延,我只得破步躧衣[27]走到根前,少不的把屎做糕糜咽[28]。

(正末做跪科)(鲁斋郎云)张珪,你怎敢骂我!你不认的我?觑我一觑该死,你骂我该甚么罪过?(正末云)张珪不知道大人,若知道是大人呵,张珪那里死的是!(鲁斋郎云)君子千言有一失,小人千言有一当。他不知是我,若知是我,怎么敢骂我!不和你一般见识。这座坟是谁家的?(正末云)是张珪家的。(鲁斋郎云)消不的[29]你请我坟院里坐一坐,教你祖宗都得升天!(正末云)只是张珪没福消受[30],请大人到坟院里坐一坐。(鲁斋郎云)倒好一座坟院也。我听的有女人言语,是谁?(正末云)是张珪的丑媳妇儿。(鲁斋郎云)消不得拜我一拜?(正末云)大嫂,你来拜大人。(贴旦云)我拜他怎地?(正末云)你只依着我。(贴旦出拜)(鲁斋郎还礼科,云)一个好女子也!他倒有这个浑家,我倒无。张珪!你这厮该死,怎敢骂我?这罪过且不饶你!近前将耳朵来:把你媳妇明日送到我宅子里来!若来迟了,二罪俱罚。小厮,将马来,我回去也。(下)(贴旦云)孔目,他是谁,你这等怕他?(正末云)大嫂,咱快收拾回家去来!(唱)

【赚煞】哎,只被你巧笑倩[31]祸机藏,美目盼灾星现;也是俺连年里时乖运蹇[32],可可的与那个恶那吒打个撞见[33],唬的我似没头鹅[34],热地上蚰蜒[35],恰才个马头边,附耳低言,一句话似亲蒙帝主宣。(做拿弹子拜科,唱)这弹子举贤荐贤,他来的扑头扑面,明日个你团圆、却教我不团圆。(下)

注释

〔1〕不待见:看不惯,不喜欢。今河南一带尚习用。

〔2〕踏青:春天郊游。《秦中岁时纪》谓三月三日为踏青节,今谓清明节郊游叫踏青。

〔3〕寒食:节令名,在清明节前一日或两日。相传晋文公悼念介子推被焚死,故定是日禁火寒食。

〔4〕出身:旧指做官的资历。

〔5〕令史:衙门里的书吏,这里与"孔目"同。

〔6〕关:审阅,处理。

〔7〕刁蹬:刁难,无理纠缠。

〔8〕勒掯(kèn肯去声):敲诈勒索。

〔9〕帖子:拘人的传票。

〔10〕烟花:指妓女。

〔11〕留连:留恋不愿离开。

〔12〕"有一日限满时"二句:任期满时希望调职升官。

〔13〕提刑司:提刑按察司的简称。

〔14〕金谷园:本是晋石崇所修园林名,这里借指官僚们的豪华宅院。

〔15〕一昧里掀:一个劲儿地揭发。

〔16〕泼家私:泼天似的家私,形容家私甚多。

〔17〕遮莫:或者。徒一年:监禁一年。

〔18〕一壁厢:一边,一面。恰恰:拟声词,黄鹂的叫声。

〔19〕弟子孩儿:骂人的话,犹今"婊子养的"。

〔20〕没体面:骂人的话,犹今"不要脸"。

〔21〕擦擦的:急行时发出的响声。

〔22〕后偃:后退。偃,倒,仰。

〔23〕禁烟:指寒食节令。

〔24〕先茔:祖坟。

〔25〕省可里:休得要。

〔26〕小孽冤:作孽的小冤家。

〔27〕破步撩衣:迈大步,撩起衣服。

〔28〕屎做糕糜咽:把屎当做糕糜咽下去,形容无可奈何,忍气吞声。

〔29〕消不的:值不得,不配。这里有反问口气,意为"难道不配"。

〔30〕消受:承受,享受。

〔31〕巧笑倩:与下句"美目盼"皆出自《诗经·硕人》,全句为:"巧笑倩兮,美目盼兮。"指笑时和眼珠转动时的美态。

〔32〕时乖运蹇(jiǎn 简):时运不好。乖,背,错。蹇,艰难。

〔33〕可可:恰巧,刚好。那(né 讷阳平)吒:佛教传说中的护法神,很有威力。这里喻鲁斋郎之凶狠。

〔34〕没头鹅:形容恐惧慌张,六神无主的样子。

〔35〕蚰蜒(yóu yán 尤延):一种小的节肢动物,见阳光或受热时到处乱藏。这里形容张珪焦急难受的心情。

第 二 折

(鲁斋郎引张龙上,诗云)着意[1]栽花花不发,等闲[2]插柳柳成阴。谁识张珪坟院里,倒有风流可喜活观音[3]。小官鲁斋郎,因赏玩春景,到于郊野外张珪坟前,看见树上歇着个黄莺儿,我拽满弹弓,谁想落下弹子来,打着张珪家小的,将我千般毁骂,我要杀坏了他,不想他倒有个好媳妇。我着他今日不犯[4],明日送来。我一夜不曾睡着。他若来迟了,就把他全家尽行杀坏。张龙,门首觑者[5],若来时,报复我知道。(正末同贴旦上,云)大嫂,疾行动些!(贴旦云)才五更天气,你敢风魔九伯[6],引的我那里去?(正末云)东庄里姑娘家有喜庆勾当[7],用着这个时辰,我和你行动些。大嫂,你先行。(贴旦先行科)(正末云)张珪怎了也?鲁斋郎大人的言语:"张珪,明日将你浑家,五更你便送到我府中来。"我不送去,我也是个死;我待送去,两个孩儿久后寻他母亲,我也是个死。怎生是好也呵!(唱)

【南吕一枝花】全失了人伦天地心,倚仗着恶党凶徒势,活支刺[8]娘儿双拆散,生各扎夫妇两分离。从来有日月交蚀[9],几曾见夫主婚、妻招婿?今日个妻嫁人、夫做媒,自取些奁房断送陪随,那里也羊酒、花红、段匹?

【梁州第七】他凭着恶狠狠威风纠纠,全不怕碧澄澄天网恢恢[10],一夜间摸不着陈抟睡[11],不分喜怒,不辨高低。弄的我身亡家破,财散人离!对浑家又不敢说是谈非,行行里只泪眼愁眉。你、你、你,做了个别霸王自刎虞姬[12],我、我、我,做了个进西施归湖范蠡[13],来、来、来,浑一似嫁单于出塞明妃[14]。正青春似水,娇儿幼女成家计,无忧虑,少萦系,平地起风波二千尺,一家儿瓦解星飞。

(贴旦云)俺走了这一会,如今姑娘家在那里?(正末云)则那里便是。(贴旦云)这个院宅便是?他做甚么生意,有这等大院宅?(正末唱)

【牧羊关】怕不"晓日楼台静,春风帘幕低",没福的怎生消得[15]!这厮强赖人钱财,莽夺人妻室,高筑座营和寨,斜搠面杏黄旗,梁山泊贼相似,与蓼儿洼争甚的[16]!

(云)大嫂,你靠后。(正末见张龙科,云)大哥,报复一声,张珪在于门首。(张龙云)你这厮才来,你该死也!你则在这里,我报复去。(鲁斋郎云)兀那厮做甚么?(张龙云)张珪两口儿在于门首。(鲁斋郎云)张龙,我不换衣服罢,着他过来见。(末、旦叩见科)(鲁斋郎云)张珪,怎这早晚才来?(正末云)投到安伏[17]下两个小的,收拾了家私,四更出门,急急走来,早五更过了也。(鲁斋郎云)这等也罢,你着那浑家近前来我看。(做看科,云)好女人也,比夜来增十分颜色。生受你[18],将酒来吃三杯。(正末唱)

【四块玉】将一杯醇糯酒十分的吃[19]。(贴旦云)张孔目少吃,则怕你醉了。(正末唱)更怕我酒后疏狂失了便宜[20]。扭回身刚咽的口长吁气,我乞求得醉似泥,唤不归。(贴旦云)孔目,你怎么要吃的这等醉?(正末云)大嫂,你那里知道!(唱)我则图别离时,不记得。

(贴旦云)孔目,你这般烦恼,可是为何?(正末云)大嫂,实不相瞒:如今大人要你做夫人,我特地送将你来。(贴旦云)孔目,这是甚么说话?(正末云)这也由不的我,事已至此,只得随顺他便了。(唱)

【骂玉郎】也不知你甚些儿看的能当意[21]?要你做夫人,不许我过今日,因此上急忙忙送你到他家内。(贴旦云)孔目,你这般下的也!(正末唱)这都是我缘分薄,恩爱尽,受这等死临逼[22]。

(贴旦云)你在这郑州做个六案都孔目,谁人不让你一分?那厮甚么官职,你这等怕他,连老婆也保不的?你何不拣个大衙门告他去?(正末云)你轻说些!倘或被他听见,不断送了我也?(唱)

【感皇恩】他、他、他,嫌官小不为,嫌马瘦不骑,动不动挑人眼、剔人骨、剥人皮。(云)他便要我张珪的头,不怕我不就送去与他;如今只要你做个夫人,也还算是好的。(唱)他少甚么温香软玉[23],舞女歌姬!虽然道我灾星现,也是他的花星照[24],你的福星催。

(贴旦云)孔目,不争[25]我到这里来了,抛下家中一双儿女,着谁人照管他?兀的不痛杀我也!

(正末唱)

【采茶歌】撇下了亲夫主不须提,单是这小孽种好孤恓,从今后谁照觑他饥时饭、冷时衣?虽然个留得亲爷没了母,只落的一番思想一番悲。

（正末同旦掩泪科）（鲁斋郎云）则管里说甚么[26]，着他到后堂中换衣服去。（贴旦云）孔目，则被你痛杀我也！（正末云）苦痛杀我也，浑家！（鲁斋郎云）张珪，你敢有些烦恼，心中舍不的么？（正末云）张珪不敢烦恼，则是家中有一双儿女，无人看管。（鲁斋郎云）你早不说！你家中有两个小的，无人照管。张龙，将那李四的浑家梳妆打扮的赏与张珪便了。（张龙云）理会的。（鲁斋郎云）张珪，你两个小的无人照管，我有一个妹子，叫做娇娥，与你看觑两个小的。你与了我你的浑家，我也舍的个妹子酬答你。你醉了骂他，便是骂我一般；你醉了打他，便是打我一般。我交付与你，我自后堂去也。（下）（正末云）这事可怎了也？罢，罢，罢！（唱）

【黄钟尾】夺了我旧妻儿，却与个新佳配，我正是弃了甜桃绕山寻醋梨[27]。知他是甚亲戚！教喝下庭阶，转过照壁[28]，出的宅门，扭回身体，遥望着后堂内养家的人，贤惠的妻！非今生是宿世，我则索寡宿孤眠过年岁，几时能够再得相逢，则除是南柯梦儿里[29]！（下）

注释

〔1〕着意：有意，存心。

〔2〕等闲：随便，轻易。

〔3〕活观音：观音是佛教中救苦救难的菩萨，貌美。活观音比喻张珪妻子李氏的美貌。

〔4〕不犯：不必。一说是鲁斋郎不许张珪当晚侵犯李氏。

〔5〕觑（qù 去）者：看着。

〔6〕风魔九伯：形容疯疯癫癫，神态失常的样子。

〔7〕喜庆勾当：喜事。勾当，此指事情。

〔8〕活支剌：活生生地。下文"生各扎"意同。

〔9〕日月交蚀：日食和月食同时发生。这是罕见的，但偶尔还可以遇到。

〔10〕天网恢恢：语出《老子》"天网恢恢，疏而不失。"意思是上天的法网是很广大的，虽然很宽疏，却不会漏掉坏人。

〔11〕一夜间摸不着陈抟(tuán 团)睡：意为一夜不曾睡。陈抟，五代时的隐士，传说他一睡就是一百多天。

〔12〕别霸王自刎虞姬：秦末项羽自称西楚霸王，兵败时其妾虞姬为他起舞辞别，自杀而死。

〔13〕进西施归湖范蠡(lǐ 李)：民间传说越王勾践令范蠡献西施给吴王，后来越国打败了吴国，范蠡就带着西施泛舟五湖去了。

〔14〕嫁单于出塞明妃：汉元帝时以宫人王嫱出嫁匈奴呼韩邪单于，后人称王嫱为明妃。

〔15〕怎生消得：怎能享受。

〔16〕与蓼儿洼争甚的：与梁山泊没什么区别。蓼儿洼是梁山泊的根据地，这里把鲁斋郎强抢民妻的行为和梁山盗贼等同起来看。

〔17〕投到：等到。安伏：安顿。

〔18〕生受你：有劳你。

〔19〕十分的吃：拼命吃、狠狠吃。

〔20〕疏狂：放浪、不拘小节。失了便宜：吃亏的意思。

〔21〕当意：中意。

〔22〕死临逼：严酷地逼迫。

〔23〕温香软玉：形容少女的温柔美好。

〔24〕花星：主男女婚事的星宿。迷信认为，它照准谁，谁就走桃花运。

〔25〕不争：若是。

〔26〕则管里说什么：只管说什么。

〔27〕弃了甜桃绕山寻醋梨：当时成语，意为丢掉好的，找个坏的。

〔28〕照壁：宅院里遮隔门户的短墙。

〔29〕南柯梦儿里：唐代李公佐的传奇小说《南柯记》，写淳于棼梦为

槐安国驸马,官至南柯太守,醒后见树下有大蚁穴。南柯原来是槐树的南枝,后来常用"南柯"代指梦境。

第 三 折

(李四上,云)自家李四,因鲁斋郎夺了我浑家,赶到郑州不告的他,又回许州来,一双儿女,不知去向。那里也难住,我且往郑州投奔我姐姐、姐夫去也。(下)

(俫儿上,云)我是张孔目的孩儿金郎,妹子玉姐。父亲、母亲人情[1]去了,这早晚敢待来也。(正末上,云)好是苦痛也!来到家中,且看两个孩儿,说些甚么?鲁斋郎,你好狠也呵!(唱)

【中吕粉蝶儿】倚仗着恶党凶徒,害良民肆生淫欲,谁敢向他行挟细拿粗[2]?逗刁顽全不想他妻我妇,这的是败坏风俗,那一个敢为敢做!

【醉春风】空立着判黎庶受官厅,理军情元帅府,父南子北各分离,端的是苦、苦!俺夫妻千死千生,百伶百俐,怎能够一完一聚?

(俫儿云)爹爹,你来家也,俺奶奶在那里?(正末云)孩儿,你母亲便来。(叹科,云)嗨,可怎了也!(唱)

【红绣鞋】怕不待打迭起[3]千忧百虑,怎支吾这短叹长吁?(俫儿云)俺母亲怎生不见来了?(正末唱)他可便一上青山化血躯[4]。将金郎眉甲[5]按,把玉姐手梢扶,兀的不痛杀人也儿共女!

(俫儿云)爹爹,俺母亲端的在那里?(正末云)你母亲被鲁斋郎夺去了也!(俫儿云)兀的不气杀我也!(俫气倒科)(正末救科,云)孩儿,你苏醒者!则被你痛杀我也!(张龙引旦上,云)自家张龙便是。奉着鲁斋郎大人言语,着我送小姐到这里。张珪在家么?(正末云)谁在门外?待我开门看咱。(做看科,云)呀,你来怎么?(张龙云)我奉大人言语,着我送小姐与你,休说甚么。小姐,你也休说甚么。我回去也。(下)(正末云)小姐,请进家来。两个孩儿,来拜你母亲。小姐,先前浑家,止有这两个孩儿,小姐早晚看觑咱。(旦云)孔目,你但放心,都在我身上。(正末唱)

【迎仙客】你把孩儿亲觑付,厮抬举[6]。这两个不肖孩儿也有甚么福?便做道忒贤达,不狠毒。(旦云)孔目,你放心,就是我的孩儿一般看成。(正末唱)看成的似玉颗神珠[7],终不似他娘肠肚。

(李四上,云)我来到郑州,这是姐姐、姐夫,我叫门咱。(做叫门科)(正末云)谁叫门哩?我看去。(见科)(正末云)原来是舅子,你的症候我如今也害了也!(李四云)姐姐有好药。(正末云)不是那个急心疼症候,用药医得;是你那整理银壶瓶的症候,你姐姐也被鲁斋郎夺将去了也!(李四云)鲁斋郎,你早则要了俺家两个人儿也!(正末云)舅子,我可也强似你,他与了我一个小姐,叫做娇娥。(李四云)鲁斋郎,你夺了我的浑家,草鸡[8]也不曾与我一个。姐夫既没了姐姐,我回许州去罢。(正末云)舅子,这个便是你姐姐一般,厮见[9]一面,怕做甚么?(李四云)既如此,待我也见一面,我就回去。姐夫,你可休留我。(做相见各留意科)(正末云)舅子,你敢要回去么?(李四云)姐夫,则这里住倒好。(正末云)好奇怪也!(唱)

【红绣鞋】他两个眉来眼去,不由我不暗暗踌躇,似这般哑谜儿教咱怎猜做?那一个心犹豫,那一个口支吾,莫不你两个有些儿曾面熟?

（祗候上，云）张孔目,衙门中唤你趱文书[10]哩。（正末云）舅子,你和你姐姐在家中,我衙门中趱文书去也。（下）（旦与李四打悲科）（李四云）娘子,你怎么到得这里？（俫儿上,云）奶奶,俺爹爹那里去了？（旦云）衙门中趱文书去了。（俫儿云）这等,俺两个寻俺爹爹去。（下）（李四云）则被你想杀我也！（正末冲上,见科,喝云）你两个待怎么！（李四同旦跪科）（正末云）你早招了也。（唱）

【石榴花】早难道"君子断其初"[11],今日个亲者便为疏。人还害你待何如？我是你姐夫,倒做了姨夫[12]。当初我医可了你病症还乡去,把你似太行山倚仗[13]做亲属；我一脚的出宅门,你待展污俺婚姻簿[14],我可便负你有何辜！

【斗鹌鹑】全不似管鲍分金[15],倒做了孙庞刖足[16];把恩人变做仇家,将客僧翻为寺主。自古道无毒不丈夫,他将了你的媳妇,不敢向鲁斋郎报恨雪冤,则来俺家里殢云殢雨[17]。

（李四云）姐夫,实不相瞒：则他便是我的浑家,改做鲁斋郎的妹子与了姐夫。（正末云）谁这般道来？（唱）

【上小楼】谁听你花言巧语,我这里寻根拔树[18]。谁似你不分强弱,不识亲疏,不辨贤愚。纵是你旧媳妇、旧丈夫,依旧欢聚,可送的俺一家儿灭门绝户！

（云）我一双孩儿在那里？（旦云）你去趱文书,他两个寻你去了。（正末云）眼见的所算[19]了我那孩儿,兀的不气杀我也！（唱）

【幺篇】我一时间不认的人,您两个忒做的出,空教我乞留乞良[20]、迷留没乱[21]、放声啼哭。这郑孔目拿定了萧娥胡做,知他那里去了赛娘、僧住[22]?

（云）罢,罢,罢!浑家被鲁斋郎夺将去了,一双儿女又不知所向;甫能[23]得了个女人,又是银匠李四的浑家。我在这里,怎生存坐[24]?舅子,我将家缘家计,都分付与你两口儿;每月斋粮道服[25],休少了我的。我往华山出家去也!（李四云）姐夫,你怎生弃舍了铜斗儿家缘、桑麻地土?我扯住你的衣服,至死不放你去!（正末唱）

【十二月】休把我衣服扯住,情知咱冰炭不同炉。（李四云）姐夫,这桑麻地土、宝贝珍珠怎生割舍的?（正末唱）管甚么桑麻地土,更问甚宝贝珍珠!（李四云）姐夫,把我浑家与你罢。（正末唱）呸!不识羞闲言长语,他须是你儿女妻夫。

（旦云）孔目,你与我一纸休书[26]咱。（正末唱）

【尧民歌】索甚么恩绝义断写休书!（李四云）鲁斋郎知道,他不怪我?（正末唱）鲁斋郎也不是我护身符[27]。（李四云）俺姐姐不知在那里?（正末唱）他两行红袖醉相扶,美女终须累其夫[28]。嗟吁,嗟吁!教咱何处居?则不如趁早归山去。

（李四云）姐夫,许多家缘家计、田产物业,你怎下的都抛撇了?（正末唱）

【耍孩儿】休道是东君去了花无主[29],你自有莺俦燕侣[30]。我从今万事不关心,还恋甚衾枕欢娱?不见浮云世态纷纷变,秋草人情日日疏,空教我泪洒遍湘江竹[31]!这其间心灰卓氏,干老了相如[32]。

（李四云）俺姐姐不知在那里?（正末云）你那姐姐呵!（唱）

【二煞】这其间听一声金缕歌[33],看两行红袖舞,常则是笙箫缭绕丫鬟簇,三杯酒满金鹦鹉[34],六扇屏开锦鹧鸪[35],反倒做他心腹。那厮有拐人妻妾的器具[36],引人妇女的方术。

（李四云）这一年四季斋粮道服都不打紧。姐夫,你怎么出的家？还做你那六案都孔目去！（正末唱）

【尾煞】再休提掌刑名都孔目,做英雄大丈夫,也只是野人[37]自爱山中宿。眼看那幼子娇妻,我可也做不的主？（下）

（李四云）姐夫去了也。娘子,我那知道还有完聚的日子！如今我两个掌着他这等家缘家计,许他的斋粮道服,须按季送去与他,不要少了他的。（诗云）我李四今年大利,全不似整壶瓶这般晦气,平空的还了浑家,又得他许多家计。（同旦下）

注释

〔1〕人情:应酬、交往。此处指走亲戚。

〔2〕挟细拿粗:寻事生非。

〔3〕怕不待:岂不想。打迭起:收拾起。

〔4〕一上青山化血躯:用古代望夫石的故事。意说张珪的妻子被夺走,一定会很想念他。

〔5〕眉甲:额头。

〔6〕厮:相。抬举:抚养。

〔7〕玉颗神珠:指珠玉般的珍宝。

〔8〕草鸡:母鸡。

〔9〕厮见:相见。

〔10〕趱(zǎn 赞上声)文书:赶办文书。趱,赶,加快。

〔11〕早难道君子断其初:早难道,岂不闻。君子断其初,当时成语,意为君子从开初就能判断出来。张珪搭救李四时,称他为"君子"。这里有懊悔之意。

〔12〕姨夫:元人以两男共狎一妓称做"姨夫",借指为两男共有一女。

〔13〕似太行山倚仗：像太行山那样可以倚靠。

〔14〕展污：玷污，损坏。婚姻簿：注定人间婚姻的册子，相传为月下老人掌管。这里指张珪与李四妻的姻缘。

〔15〕管鲍分金：春秋时管仲和鲍叔牙是好朋友，两人同做生意，鲍叔牙知道管仲家穷，总多分些钱给他。后来用"管鲍分金"形容朋友间的义气。

〔16〕孙庞刖（yuè 月）足：春秋时孙膑和庞涓是同学，后来庞涓做了魏国的相，因妒忌孙膑的才能，把他骗去砍断了双脚。后来用"孙庞"比喻不忠实的朋友。刖足，即砍掉脚，古代的一种酷刑。

〔17〕尤（yóu 尤）云殢（tì 替）雨：对云雨事留恋不舍。云雨指男女之事，本宋玉《高唐赋》。

〔18〕寻根拔树：盘根问底的意思。

〔19〕所算：暗算。

〔20〕乞留乞良：悲痛时抽泣的声音。

〔21〕迷留没乱：形容人着急时昏头转向的样子。

〔22〕"这郑孔目拿定了萧娥胡做"二句：元代流传故事，郑州府衙孔目郑嵩，娶妓女萧娥为后妻，前妻之子僧住、女赛娘受尽虐待折磨。详见杨显之《郑孔目风雪酷寒亭》杂剧。

〔23〕甫能：刚才。

〔24〕存坐：存身，过日子。

〔25〕斋粮道服：出家人需用的粮食、衣物。

〔26〕休书：封建时代丈夫凭借夫权离弃妻子的文书。李四之妻是鲁斋郎赏配给张珪的，本不合法，但惧于鲁斋郎的权势，只好承认其合法，因而才向张珪要"休书"。

〔27〕护身符：迷信的说法，一种可以给人免灾除害的符箓，此处喻有势力的靠山。

〔28〕"美女"句：是说漂亮的妻子一定会给丈夫带来不幸。

〔29〕东君去了花无主：此句说不要认为我走之后这里就没有主人了。东君，春神。

〔30〕莺俦（chóu仇）燕侣：指李四夫妻相聚。

〔31〕泪洒遍湘江竹：古代神话传说，舜死之后，他的两个妃子娥皇、女英哭得悲切，泪洒在青竹上，变成了竹上的斑点，后称这种竹叫湘妃竹。

〔32〕心灰卓氏，干老了相如：这是承上句"浮云世态纷纷变，秋草人情日日疏"说的，意思是任凭我司马相如干熬到老，怎奈卓文君她已心灰意冷。

〔33〕金缕歌：歌曲曲牌名，即金缕衣曲。这里泛指一般的欢乐歌曲。

〔34〕金鹦鹉：华丽讲究的酒杯。

〔35〕锦鹧鸪：屏风上画的彩色的鹧鸪鸟。

〔36〕器具：这里指权势，手段。

〔37〕野人：指隐士。

第 四 折

（外扮包待制引从人上，诗云）咚咚衙鼓响，公吏两边排；阎王生死殿，东岳摄魂台[1]。老夫姓包名拯，字希文，庐州[2]金斗郡四望乡老儿村人氏。官封龙图阁待制[3]，正授开封府尹[4]。奉圣人的令，差老夫五南[5]采访。来到许州，见一儿一女，原来是银匠李四的孩儿，他母亲被鲁斋郎夺了，他爷不知所向。这两个孩儿，留在身边。行到郑州，又收得两个儿女，原来是都孔目张珪的孩儿，他母亲也被鲁斋郎夺了，他爷不知所向。我将这两个孩儿，也留在家中，着他习学文章。早是十五年光景，如今都应过举，得第了也。老夫将此一事，切切于心，拳拳在念。想鲁斋郎恶极罪大，老夫在圣人前奏过：有一人乃是"鱼齐即"，苦害良民，强夺人家妻女，犯法百端。圣人大怒，即便判了斩字，将此人押赴市曹，明正典刑。到得次日，宣鲁斋郎。老夫回奏道："他做了违条犯法的事，昨已斩了。"圣人大惊道："他有甚罪斩了？"老夫奏道："他一生掳掠百姓，强夺人家妻女，是御笔亲判斩字，杀坏了也。"圣人不信，"将文书来我看。"岂知"鱼齐即"三字，鱼字下边添个日字，齐字下边添个小字，即字上边添一点。圣人见了，道："苦害良民，犯人鲁斋郎，合该斩首。"被老夫智斩了鲁斋郎，与民除害。只是银匠李四，孔目张珪，不知所向。我如今着他两家孩儿，各带他两家女儿，天下巡庙烧香，若认着他父母，教他父子团圆，也是老夫阴骘[6]的勾当。张千，你分付他两个孩儿，同两个女儿，明日往云台观烧香去，老夫随后便来。(诗云)他不遵王法太疏狂，专要夺人妇女做妻房，被我中间改做"鱼齐即"，用心智斩鲁斋郎。(下)

(净扮观主上，云)"道可道，非常道；名可名，非常名。"[7]小道姓阎，道号双梅，在这云台观做着个住持[8]。今日无事，看有甚么人来。(李四同旦儿上，云)自家李四是也。自从与俺那儿女失散了十五年光景，知他有也无？来到这云台观里，与俺姐姐、姐夫，并两家的孩儿，做些好事[9]咱。(做见观主科，云)兀那观主，我是许州人氏，一径的[10]来做些好事。(观主云)你做甚么好事？超度谁？(李四云)超度姐夫张珪，姐姐李氏，一双儿女金郎、玉姐；还有自己一双儿女喜童、娇儿。与你这五两银子，权做经钱[11]。(观主云)我出家人，要他怎么？是好银子，且收下一边。看斋食，请吃了斋，与你做好事。(贴旦道扮上，云)贫姑李氏，乃张珪的浑家，被鲁斋郎夺了我去，可早十五年光景，一双儿女不知去向，连张珪也不知有无。鲁斋郎被包待制斩了，我就舍俗出家。今日去这云台观，与张珪做些好事咱。早来到也。(做见观主科)(观主云)一个好道姑也！道姑，你从那里来？(贴旦云)我一径的来与丈夫张珪，孩儿金郎、玉姐，做些好事。(李四云)谁与张珪做好事？(贴旦云）我与张珪做好事。（李四云）兀的不是姐姐李氏！（相见打悲科）（贴旦云）兄弟，这妇人是谁？（李四云）这个便是你兄弟媳妇儿。姐姐，你怎生得出来？（贴旦云）包待制斩了鲁斋郎，俺都无事释放。今日来云台观，追荐你姐夫并孩儿金郎、玉姐。（李四云）我也为此事来，咱和你一同追荐者。（李倈冠带同小旦上，云）小官李喜童，妹子娇儿。我母亲被鲁斋郎夺将去了，父亲不知所向。亏了包待制大人，收留俺兄妹二人，教训成人。今应过举，得了头名状元。奉着包待制言语，着俺去云台观里，追荐我父母去。早来到了也。兀那住持那里？（观主云）早知相公到来，只合远接；接待不着，勿令见罪。呀，怎生带着个小姐走？（李倈云）我一径的来做些好事。（观主云）相公要追荐何人？（李倈云）追荐我父亲银匠李四。（李四云）是谁唤银匠李四？（李倈云）兀的不是我父亲？（李四云）你是谁？（李倈云）则我便是您孩儿喜童，妹子娇儿。（旦云）孩儿也，你在那里来？（李倈再说前事，悲科）（李四云）孩儿，拜你姑姑者。（做拜科）（贴旦云）这两人是谁？（李四云）这两个便是我的孩儿。（贴旦悲科，云）你一家儿都完聚了，只是俺那孔目并两个孩儿，不知在那里！（张珪冠带同小旦上，云）小官是张孔目的孩儿金郎，妹子玉姐。我母亲被鲁斋郎夺去，父亲不知所向。多亏了包待制大人，收留俺兄妹二人，教训成人，应过举，得了官也。包待制着俺云台观追荐父母去，可早来到也。住持那里？（观主云）又是一个官人，他也带着小娘子走。相公到此只甚[12]？（张珪云）特来做些好事。（观主云）追荐那一个？（张珪云）追荐我父亲张珪，母亲李氏。（贴旦云）谁唤张珪、李氏？（张珪云）我唤来。（贴旦云）你敢是金郎么？（张珪云）妹子，兀的不是母亲？（做悲科）（贴旦云）这十五年，你在那里来？（张珪云）自从母亲去了，父亲不知所向。多亏了包待制大人,将我兄妹二人教训,应过举,得了官也。今日奉包待制言语,着俺云台观追荐父母,不想得见母亲;不知俺父亲有也无!(做悲科)(李四云)姐姐,这个既是你的儿子,我把女儿娇儿,与外甥做媳妇罢。(张珪云)母亲,将妹子玉姐,与兄弟为妻,做一个交门亲眷[13],可不好那?(贴旦云)俺两家子母怕不完聚,只是孔目不知在那里,教我如何放的下!(做悲科)(正末愚鼓、简板[14]上,诗云)身穿羊皮百衲衣[15],饥时化饭饱时归;虽然不得神仙做,且躲人间闲是非。想俺出家人,好是清闲也呵!(唱)

【双调新水令】想人生平地起风波,争似我乐清闲支着个枕头儿高卧!只问你炼丹砂唐吕翁[16],何如那制律令汉萧何[17]?我这里醉舞狂歌,繁华梦已参破。

【风入松】利名场上苦奔波,因甚强夺?蜗牛角上争人我[18],梦魂中一枕南柯。不恋那三公华屋,且图个五柳婆娑[19]。

(云)俺这出家人,一年四季,春夏秋冬,好是快活也呵!(唱)

【甜水令】俺这里春夏秋冬,林泉兴味,四时皆可。常则是日夜宿山阿[20],有人相问,静里工夫,炼形打坐[21],笑指那落叶辞柯[22]。

【折桂令】想当初向清明日共饮金波[23],张孔目家世坟茔,须不是风月鸣珂[24]。他将俺儿女夫妻,直认做了云雨巫娥[25]。俺自撇下家缘过活,再无心段匹绫罗。你休只管信口开合,絮絮聒聒[26]。俺张孔目怎还肯缘木求鱼[27],鲁斋郎他可敢暴虎冯河[28]。

【雁儿落】鲁斋郎忒太过,(带云)他道:"张珪,将你媳妇,则明日五更送将来,我要。"(唱)不是张孔目从来懦。他在那云阳市[29]剑下分,我去那华山顶峰头卧。

（云）我则道他一世儿荣华富贵，可怎生被包待制斩了，人皆欢悦。（唱）

【得胜令】今日个天理竟如何？黎庶尽讴歌。再不言宋天子英明甚，只说他包龙图智慧多。鲁斋郎哥哥，自惹下亡身祸；我舍了个娇娥，早先寻安乐窝[30]。

（云）今日我去云台观散心咱。（贴旦云）李四，你看那道人，好似你姐夫，你试唤他一声咱！（李四叫科，云）张孔目！（正末回头科，云）是谁叫张孔目？（做见科，云）兀的不是我浑家李氏？（贴旦云）你怎生撇了我出了家？劝你还俗罢！（正末诗云）你待散时我不散，悲悲切切男儿汉；从前经过旧恩情，要我还俗呵，有如曹司翻旧案[31]。（众云）你还了俗罢！（正末云）我修行到这个地步，如何肯再还俗！（众拜科）（正末唱）

【川拨棹】不索你闹镬铎[32]，磕着头礼拜我。（李四云）姐夫，今日咱两家夫妇儿女都完聚了，你可怎生舍的出家去？你依着我，只是还了俗者！（正末唱）谁听你语话喧聒，嚷似蜂窝，甜似蜜钵！我若是还了俗，可未可！

（贴旦云）孔目，平素你是受用的人，你为何出家？你怎生受得那苦？（正末唱）

【七弟兄】你那里问我为何受寂寞，我得过时且自随缘过，得合时且把眼来合，得卧时侧身和衣卧。

【梅花酒】不是我自间阔[33]，趁浪逐波，落落拓拓[34]，大笑呵呵。夫共妻、任摘离，儿和女、且随他，我这里自磨陀[35]，饮香醪[36]，醉颜酡[37]，拚沉睡在松萝[38]。

【收江南】呀！抵多少南华庄子鼓盆歌[39]。乌飞兔走疾如梭[40]，猛回头青鬓早皤皤[41]。任傍人劝我，我是个梦醒人，怎好又着他魔？

（包待制冲上，云）事不关心，关心者乱。老夫包拯，来到这云台观，见一簇人闹，不知为甚么？（李四云）爷爷，小的是许州人银匠李四。俺姐姐被鲁斋郎强夺为妻，幸得爷爷智斩鲁斋郎，如今俺姐姐回家来了。争奈姐夫张珪出了家，不肯认他，因此小的每和他儿女，在此相劝，只望爷爷做主咱！（包待制云）兀那张珪，你为何不认他？（正末云）我因一双儿女，不知所在，已是出家多年了，认他做甚么！（包待制云）张珪，你那儿女和李四的儿女，都在跟前，这十五年间，我都抬举的成人长大，都应过举，得了官也。如今将李四的女儿，与张珪的孩儿为妻；张珪的女儿，与李四的孩儿为妻：你两家做个割不断的亲眷。张珪，你快还了俗者！（词云）则为鲁斋郎苦害生民，夺妻女不顾人伦，被老夫设智斩首，方表得王法无亲[42]。你两家夫妻重会，把儿女各配为婚。今日个依然完聚，一齐的仰荷天恩[43]。（正末同众拜谢科，唱）

【收尾】多谢你大恩人救了咱全家祸，抬举的孩儿每双双长大，莫说他做亲的得成就好姻缘，便是俺还俗的也不误了正结果[44]。

  题目 三不知[45]同会云台观
  正名 包待制智斩鲁斋郎

注释

  〔1〕东岳摄魂台：相传东岳大帝为执掌幽冥地府之神，凡一应生死转化，俱从东岳勘对，方许施行。
  〔2〕庐州：州名，旧治在今安徽省合肥市。
  〔3〕龙图阁待制：龙图阁为宋代官署名，掌御文集及典籍、图书等事，待制与学士等同为龙图阁官名，但常常是一种荣誉官衔，非正式官职。所以这句说"官封龙图阁待制"，下句说"正授开封府尹"。

〔4〕正授:正式授予官职。府尹:一府的最高行政长官。

〔5〕五南:皇帝居住有五门,五南即五门之南。这里指京城以南地区。

〔6〕阴骘(zhì 质):暗地里保护。骘,安定。

〔7〕"道可道"四句:语见老子《道德经》第一章。道家以此书为重要经典,故剧中道士出场时常念此数语以表示身份。

〔8〕住持:僧寺之主。

〔9〕做些好事:迷信的说法,为死去的人诵经祝福,也叫"超度"或"追荐"。

〔10〕一径的:径直的。

〔11〕经钱:付给僧、道念经的报酬。

〔12〕只甚:做什么。

〔13〕交门亲眷:指两家互通姻亲,即两家互相娶对方的女儿做媳妇。

〔14〕愚鼓、简板:皆为道士唱道情用的乐器。愚鼓即渔鼓,又叫木鱼。简板是打拍用的木片。

〔15〕百衲衣:僧道徒们为了表示苦行修身,用零碎布缝制成衣,叫百衲衣。

〔16〕唐吕翁:指传说中的道教八仙之一,即唐代吕洞宾。

〔17〕制律令汉萧何:萧何,汉初丞相,曾协助高祖刘邦制定各种法律条令。

〔18〕蜗牛角上争人我:《庄子·则阳》:"有国于蜗之左角者曰触氏,有国于蜗之右角者曰蛮氏,时相于争地而战,伏尸数万。"后用以比喻为小利而争斗。

〔19〕五柳婆娑:晋代陶潜辞官归隐,其宅旁有五棵柳树,遂自号"五柳先生"。婆娑,形容柳树在微风中舞姿摇曳。

〔20〕山阿:山中曲处,古代寺观多建筑于此。

〔21〕炼形打坐:道士们用静坐默思来修炼自己的形体和意志。

〔22〕落叶辞柯:落叶从树枝上掉下来。柯,树枝。

〔23〕金波:指酒。

〔24〕风月鸣珂(kē科)：指男女玩乐的地方。古时贵族骑马,在马上悬玉板叫"珂"。马一走起来,珂碰撞出响声叫"鸣珂"。这些人骑着马,经常到妓院去,唐时长安妓女聚居的地方就叫"鸣珂曲"。

〔25〕云雨巫娥：借用巫山神女故事,见宋玉《高唐赋序》。此处代指妓女。

〔26〕絮絮聒(guō郭)聒：絮絮叨叨,话语多的样子。

〔27〕缘木求鱼：爬到树上去捉鱼,比喻白费力气。

〔28〕暴虎冯(píng平)河：比喻有勇无谋,冒险行事,这里指肆无忌惮,胡作非为。暴虎,赤手空拳打老虎。冯河,不用船只去渡河。

〔29〕云阳市：指刑场。

〔30〕安乐窝：宋邵雍隐居苏门山中,自名所住的地方为"安乐窝"。此指逍遥自在的住所。

〔31〕曹司翻旧案：意为不可能的事。曹司,办案官员。

〔32〕镬铎(huò duó获夺)：闹嚷嚷的嘈杂声音。镬是无足的鼎,铎是乐器,二者都是金属制品。

〔33〕间阔：远远离开。

〔34〕落落拓拓：性情放浪,不拘小节。

〔35〕磨陀：无拘无束,逍遥自在。

〔36〕香醪(láo劳)：醇厚的香酒。

〔37〕酡(tuó驮)：饮酒脸红貌。

〔38〕松萝：指山间林下。松,松树。萝,爬蔓的植物。

〔39〕南华庄子鼓盆歌：战国时庄周所著书名《庄子》,唐代称为《南华经》,书中说"庄子妻死,惠子吊之,庄子则方箕踞,鼓盆而歌"。

〔40〕乌飞兔走疾如梭：谓光阴很快。乌指太阳,传说太阳中有三足金乌。兔指月亮,传说月亮中有玉兔。

〔41〕青鬓早皤皤：黑色的头发早已变白了。皤皤,头发白的样子。

〔42〕无亲：不分亲疏。

〔43〕仰荷天恩：承受皇帝的恩德。仰,尊崇的意思。

〔44〕正结果：佛教谓修行有了好的结果为成正果,这里指张珪还俗,

合家团圆。

〔45〕三不知:这里指意料不到,突然。

包待制三勘蝴蝶梦[1]

楔　子

(外扮孛老,同正旦引冲末扮王大、王二,丑扮王三上,诗云)月过十五光明少,人到中年万事休;儿孙自有儿孙福,莫为儿孙作远忧。老汉姓王,是这开封府中牟县人氏,嫡亲的五口儿家属。这是我的婆婆[2]。生下三个孩儿,都不肯做农庄生活,只是读书写字。孩儿也,几时是那峥嵘发迹的时节也呵!(王大云)父亲、母亲在上,做农庄生活有甚么好处?您孩儿"一举首登龙虎榜,十年身到凤凰池"[3]。(孛老同旦云)好儿,好儿!(王二云)父亲、母亲,你孩儿"十年窗下无人问,一举成名天下知"。(孛老同旦云)好儿,好儿!(王三云)父亲在上,母亲在下。(孛老云)胡说!怎么母亲在下?(王三云)我小时看见俺爷在上头,俺娘在底下,一同床上睡觉来。(孛老云)你看这厮!(王大云)父亲、母亲,从古道"文章可立身",这不是读书的好处?(孛老云)孩儿,你说的是。(正旦云)老的,虽然如此,你还替孩儿寻一个长久立身之计。(唱)

【仙吕赏花时】且休说"文章可立身",争奈家私时下窘[4]!

枉了寒窗下受辛勤,却被那愚民暗哂[5],多咱是宜假不宜真。

【幺篇】他只敬衣衫不敬人,我言语从来无向顺[6]。若三个儿到开春,有甚么实诚定准[7],怎生便都能够跳龙门[8]?(同下)

注释

〔1〕《蝴蝶梦》是关汉卿的又一出公案戏。与《鲁斋郎》一样,其主旨不在于渲染案情本身,而是力图作出一种道德上的评判。王婆舍弃亲子、保全丈夫前妻之子的场面尤其令人感动,正是在这种精神的感召下,包待制才宣布王三无罪,而让一个盗马贼糊里糊涂地送了性命。明传奇《琼林宴》,以及据此改编的近代京剧中包公铡死葛登云、书生范仲禹一家团圆的故事,当受到关汉卿《蝴蝶梦》的影响。

〔2〕婆婆:宋元时中原一带对年老妻子的称呼。

〔3〕一举首登龙虎榜,十年身到凤凰池:指科举及第,获得高官厚禄。唐时欧阳詹和韩愈、李观等人一起考中进士,时称"龙虎榜",见《新唐书·欧阳詹传》;魏晋时,中书省接近皇帝,权势很大,称凤凰池。

〔4〕"争奈"句:言自己家中贫寒,根本不可能去应试。

〔5〕哂(shěn 审):讥笑。

〔6〕无向顺:不好听,不顺着别人说。

〔7〕实诚定准:可靠的把握。

〔8〕跳龙门:民间传说,黄河中的鲤鱼,能跳过龙门口那一段,就可以成龙。科举时代,把读书人考进士比喻为鲤鱼跳龙门。

第 一 折

(孛老上,云)老汉来到这长街市上,替三个孩儿买些纸笔,走的乏了,且坐一坐歇息咱。(净扮葛彪上,诗云)有权有势尽着使,见官见府没廉耻;若与小民共一般,何不随他带帽子[1]。自家葛彪是也。我是个权豪势要之家,打死人不偿命,时常的则是坐牢。今日无甚事,长街市上闲耍去咱。(做撞亽老科,云)这老子是甚么人,敢冲着我马头?好打这老驴!(做打。亽老死科,下)(葛彪云)这老子诈死赖我,我也不怕,只当房檐上揭片瓦相似,随你那里告来。(下)

(副末扮地方[2]上,云)王大、王二、王三在家么?(王大兄弟上,云)叫怎的?(地方云)我是地方,不知甚么人打死你父亲在长街上哩!(王大兄弟云)是真实?母亲,祸事了也!(哭科)(王三云)我那儿也,打死俺老子。母亲快来!(正旦上,云)孩儿,为甚么大惊小怪的?(王三云)不知是谁打死了俺父亲也。(正旦云)呀!可是怎地来?(唱)

【仙吕点绛唇】仔细寻思,两回三次,这场蹊跷事。走的我气咽声丝,恨不的两肋生双翅。

【混江龙】俺男儿负天何事?拿住那杀人贼,我乞个罪名儿。他又不曾身耽疾病,又无甚过犯公私[3]。若是俺软弱的男儿有些死活,索共那倚势的乔才打会官司。我这里急忙忙过六街、穿三市,行行里挠腮撧[4]耳,抹泪揉眵[5]。

(做行见尸哭科,唱)

【油葫芦】你觑那着伤处一埚儿[6]青间紫,可早停着死尸。你可便从来忧念没家私,昨朝怎晓今朝死,今日不知来日事。血模糊污了一身,软答剌[7]冷了四肢,黄甘甘面色如金纸,干叫了一炊时[8]!

【天下乐】救不活将咱没乱死[9]!咱家私、自暗思,到明朝若是出殡时,又没他一陌纸,空排着三个儿,这正是家贫也显孝子。

（王大兄弟云）母亲，人都说是葛彪打杀了俺父亲来。俺如今寻见那厮，扯到官偿命来。（下）（正旦唱）

【那吒令】他本是太学中殿试[10]，怎想他拳头上便死，今日个则落得长街上检尸！更做道见职官，俺是个穷儒士、也索称词[11]。

（葛彪上，云）自家葛彪，饮了几杯酒，有些醉了也，且回家中去来。（王大兄弟上，云）兀的不是那凶徒？拿住这厮！（做拿住科，云）是你打死俺父亲来？（葛彪云）就是我来，我不怕你！（正旦唱）

【鹊踏枝】若是俺到官时，和您去对情词，使不着国戚皇亲、玉叶金枝；便是他龙孙帝子，打杀人要吃官司！

（王大兄弟打葛死科，兄弟云）这凶徒妆醉不起来。（正旦云）我试问他。（问科，云）哥哥，俺老的怎生撞着你，你就打死他？你如何推醉睡在地下不起来？则这般干罢了？你起来，你起来！呀！你兄弟可不打杀他也！（王三云）好也，我并不曾动手。（正旦云）可怎了也！（唱）

【寄生草】你可便斟量着做，似这般甚意儿？你三人平昔无瑕疵，你三人打死虽然是，你三人倒惹下刑名事。则被这清风明月两闲人，送了你玉堂金马三学士[12]。

（做指葛彪科，唱）

【金盏儿】想当时，你可也不三思，似这般逞凶撒泼干行止[13]，无过恃着你有权势、有金赀。则道是长街上装好汉，谁想你血泊内也停尸！正是"将军着痛箭，还似射人时"。

（王大兄弟云）这事少不的要吃官司，只是咱家没有钱钞，使些甚么？（正旦唱）

【醉中天】咱每日一瓢饮、一箪食[14]，有几双箸、几张匙；若到官司使钞时,则除典当了闲文字。(带云)便这等也不济事。(唱)你合死呵今朝便死,虽道是杀人公事[15],也落个孝顺名儿。

(净扮公人上,云)休教走了,拿住这杀人贼者!(正旦唱)

【金盏儿】苦孜孜,泪丝丝,这场灾祸从天至,把俺横拖倒拽怎推辞!一壁厢碜可可[16]停着老子,一壁厢眼睁睁送了孩儿。可知道"福无重受日,祸有并来时"。

(公人云)杀人事不同小可,咱见官去来。(正旦悲科,云)儿也!(唱)

【后庭花】再休想跳龙门、折桂枝[17],少不得为亲爷、遭横死。从来个人命当还报,料应他天公不受私[18]。(带云)儿也!(唱)不由我不嗟咨,几回家看视,现如今拿住尔到公庭,责口词,下脑箍[19],使拶子[20],这其间,痛怎支?

【柳叶儿】怕不待的一确二[21],早招承死罪无辞。(带云)儿也!(唱)你为亲爷雪恨当如是,便相次[22]赴阴司,也得个孝顺名儿。

(祗候云)快见官去罢。(正旦云)儿也!你每做下这事,可怎了也?(王大兄弟云)母亲!可怎了也?(正旦唱)

【赚煞】为甚我教你看诗书、习经史?俺待学孟母三移教子[23]。不能够金榜[24]上分明题姓氏,则落得犯由牌书写名儿。想当时,也是不得已为之。便做道审得情真,奏过圣旨,只不过是一人处死,须断不了王家宗祀,那里便灭门绝户了俺一家儿!(同下)

注释

〔1〕带帽子:即戴帽子。此句说如果与百姓一样,就要像他们一样

戴便帽。宋代官员一般头戴幞头,硬翅展其两角,与一般百姓所戴帽子式样不同。

〔2〕地方:相当于地保。

〔3〕过犯公私:触犯过公罪或私罪。元代条律有公罪、私罪之分。

〔4〕挠腮撧(jué绝)耳:抓耳挠腮,形容心神不宁。

〔5〕眵(chī吃):眼屎。

〔6〕一埚(guō锅)儿:一片,一块。

〔7〕软答剌:无力下垂的样子。答剌在口语中作搭拉或耷拉,现在北方地区尚习用。

〔8〕一炊时:一顿饭的时间。

〔9〕没乱死:形容心情极其悲痛,到了迷离恍惚,心神无主的地步。

〔10〕太学中殿试:太学即国子学,太学生中成绩优异者可参加殿试,见《宋史·选举三》。

〔11〕也索称词:也需要呈上讼词。称词,即呈上状子,打官司。

〔12〕"则被这"两句:《渑水燕谈录》:"欧阳文忠公、赵少师、吕学士同燕集,作口号云:金马玉堂三学士,清风明月两闲人。"此处是借用,两闲人指葛彪,三学士指王氏三兄弟。玉堂为汉代宫殿名。金马即金马门,汉代宫门名。

〔13〕行止:行为。

〔14〕一瓢饮、一箪食:比喻清贫的生活,语出《论语·雍也》。

〔15〕公事:此处指官司。

〔16〕一壁厢:一面,一边。碜可可:见《救风尘》第二折注〔16〕,碜,同碜、瘆。

〔17〕折桂枝:比喻科举及第。旧时人们以为科举得中犹如到蟾宫(月宫)中折取桂枝,因以为喻。

〔18〕不受私:不循私情。

〔19〕下脑箍:旧时的一种酷刑,用绳子捆住头部,再加上木楔,使之越勒越紧。

〔20〕使拶(zǎn赞上声)子:旧时的一种酷刑,以绳穿小棍,套入手指

间用力紧收,叫拶指,简称拶。

〔21〕 的一确二:的的确确,确确实实。

〔22〕 相次:依次,一个挨着一个。

〔23〕 孟母三移教子:《列女传》记载,孟轲的母亲为了儿子避免受到坏的影响,三次搬家,避开不好的邻居。

〔24〕 金榜:科举时代殿试揭晓时将被录取者的名单写在黄纸上,叫做"金榜"。

第 二 折

(张千领祇候排衙[1]科,喝云)在衙人马平安,喏!(外扮包待制上,诗云)咚咚衙鼓响,公吏两边排;阎王生死殿,东岳摄魂台。老夫姓包名拯,字希文,庐州[2]金斗郡四望乡老儿村人也。官拜龙图阁待制学士,正授开封府府尹[3]。今日升厅,坐起早衙。张千,分付司房[4],有合金押[5]的文书,将来老夫金押。(张千云)六房吏典[6],有甚么合金押的文书?(内应科)(张千云)可[7]不早说?早是我问你。喏,酸枣县解到一起偷马贼赵顽驴。(包待制云)与我拿过来!(祇候押犯人跪科)(包待制云)开了那行枷[8]者。兀那小厮,你是赵顽驴?是你偷马来?(犯人云)是小的偷马来。(包待制云)张千,上了长枷,下在死囚牢里去[9]。(押下)(包待制云)老夫这一会儿困倦,张千,你与六房吏典,休要大惊小怪的,老夫暂时歇息咱。(张千云)大小属官,两廊吏典,休要大惊小怪,大人歇息哩。(包做伏案睡做梦科,云)老夫公事操心,那里睡的到眼里,待老夫闲步游玩咱。来到这开封府厅后,一个小角门[10],我推开这门,我试看者,是一个好花园也。你看那百花烂熳,春景融和。兀那花丛里一个攒角亭子[11],亭子上结下个蜘蛛罗网,花间飞将一个蝴蝶儿来,正打在网中。(诗云)包拯暗暗伤怀,蝴蝶曾打飞来;休道人无生死,草虫也有非灾。呀!蠢动含灵[12],皆有佛性。飞将一个大蝴蝶来,救出这蝴蝶去了。呀!又飞了一个小蝴蝶,打在网中,那大蝴蝶必定来救他。……好奇怪也!那大蝴蝶两次三番只在花丛上飞,不救那小蝴蝶,佯常[13]飞去了。圣人道:"恻隐之心,人皆有之。"[14]你不救,等我救。(做放科)(张千云)嗄!午时了也。(包待制做醒科,诗云)草虫之蝴蝶,一命在参差[15];撒然[16]梦惊觉,张千报午时。张千,有甚么应审的罪囚,将来我问。(张千云)两房吏典,有甚么合审的罪囚,押上勘问。(内应科)(张千云)嗄!中牟县解到一起犯人:弟兄三人,打死平人葛彪。(包待制云)小县百姓,怎敢打死平人!解到也未?(张千云)解到了也。(包待制云)与我一步一棍,打上厅来。(解子押王大兄弟上,正旦随上,唱)

【南吕一枝花】解到这无人情御史台[17],原来是有官法开封府。把三个未发迹小秀士,生扭做吃勘问死囚徒。空教我意下踌躇,把不定心惊惧,赤紧的贼儿胆底虚,教我把罪犯私下招承,不比那小去处官司孔目[18]。

【梁州第七】这开封府王条清正,不比那中牟县官吏糊涂。扑咚咚阶下升衙鼓,唬的我手忙脚乱,使不得胆大心粗;惊的我魂飞魄丧,走的我力尽筋舒。这公事不比寻俗,就中间担负公徒[19]。嗨、嗨、嗨,一壁厢老夫主在地停尸;更、更、更,赤紧地子母每坐牢系狱;呀、呀、呀,眼见的弟兄每受刑遭诛。早是怕怖,我向这屏墙边侧耳偷睛觑,谁曾见这官府!则今日当厅定祸福,谁实谁虚。

(正旦同众见官跪科)(张千云)犯人当面。(包待制云)张千,开了行枷,与那解子批回去。(做开枷科)(王三云)母亲,哥哥,咱家去来。(包待制云)那里去?这里比你那中牟县那!张千,这三个小厮是打死人的,那婆子是甚么人?必定是证见人;若不是呵,敢与这小厮关亲?兀那婆子,这两个是你甚么人?(正旦云)这两个是大孩儿。(包待制云)这个小的呢?(正旦云)是我第三的孩儿。(包待制云)嗏声!你可甚治家有法?想当日孟母教子,居必择邻;陶母教子,剪发待宾[20];陈母教子,衣紫腰银[21];你个村妇教子,打死平人。你好好的从实招了者!(正旦唱)

【贺新郎】孩儿每万千死罪犯公徒。那厮每情理难容,俺孩儿杀人可恕。俺穷滴滴寒贱为黎庶,告爷爷与孩儿每做主。这三个自小来便学文书,他则会依经典、习礼义,那里会定计策、厮亏图?百般的拷打难分诉。岂不闻"三人误大事,六耳不通谋"?[22]

(包待制云)不打不招。张千,与我加力打者!(正旦悲科,唱)

【隔尾】俺孩儿犯着徒流绞斩萧何律[23],枉读了恭俭温良孔圣书[24]。拷打的浑身上怎生觑!打的来伤筋动骨,更疼似悬头刺股[25]。他每爷饭娘羹[26],何曾受这般苦!

(包待制云)三个人必有一个为首的,是谁先打死人来?(王大云)也不干母亲事,也不干两个兄弟事,是小的打死人来。(王二云)爷爷,也不干母亲事,也不干哥哥、兄弟事,是小的打死人来。(王三云)爷爷,也不干母亲事,也不干两个哥哥事,是他肚儿疼死的,也不干我事。(正旦云)并不干三个孩儿事,当时是皇亲葛彪先打死妾身夫主,妾身疼忍不过,一时乘忿争斗,将他打死。委的是妾身来!(包待制云)胡说!你也招承,我也招承,想是串定的。必须要一人抵命。张千,与我着实打者!(正旦唱)

【斗虾蟆】静巉巉[27]无人救,眼睁睁活受苦,孩儿每索与他招伏。相公跟前拜复:那厮将人欺侮,打死咱家丈夫。如今监收媳妇,公人如狼似虎,相公又生嗔发怒。休说麻槌[28]脑箍,六问三推,不住勘问,有甚数目,打的浑身血污。大哥声冤叫屈,官府不由分诉;二哥活受地狱,疼痛如何担负;三哥打的更毒,老身牵肠割肚。这壁厢那壁厢由由伫伫[29],眼眼厮觑,来来去去,啼啼哭哭。则被你打杀人也待制龙图!可不道"儿孙自有儿孙福"!难吞吐,没气路[30],短叹长吁,愁肠似火,雨泪如珠。

(包待制云)我试看这来文咱。(做看科,云)中牟县官好生糊涂,如何这文书上写着王大、王二、王三打死平人葛彪?这县里就无个排房吏典?这三个小厮,必有名讳;便不呵,也有个小名儿。兀那婆子,你大小厮叫做甚么?(正旦云)叫做金和。(包待制云)第二的小厮叫做甚么?(正旦云)叫做铁和。(包待制云)这第三个呢?(正旦云)叫做石和。(王三云)尚。(包待制云)甚么尚?(王三云)石和尚。(包待制云)嗨,可知打死人哩!庶民人家,取这等刚硬名字!敢是金和打死人来?(正旦唱)

【牧羊关】这个是金呵,有甚么难镕铸?(包待制云)敢是石和打死人来?(正旦唱)这个是石[31]呵,怎做的虚?(包待制云)敢是铁和打死人来?(正旦唱)这个便是铁呵,怎当那官法如炉?(包待制云)打这赖肉顽皮!(正旦唱)非干是孩儿每赖肉顽皮,委的衔冤负屈。(包待制云)张千,便好道:"杀人的偿命,欠债的还钱",把那大的小厮,拿出去与他偿命。(正旦唱)眼睁睁难搭救,簇拥着下阶除。教我两下里难顾瞻,百般的没是处。

(云)包待制爷爷好葫芦提也!(包待制云)我着那大的儿子偿

命,兀那婆子说甚么?(张千云)那婆子手扳定枷梢,说包待制爷爷葫芦提。(包待制云)那婆子他道我葫芦提,与我拿过来!(正旦跪科)(包待制云)着你大儿子偿命,你怎生说我葫芦提?(正旦云)老婆子怎敢说大人葫芦提,则是我孩儿孝顺,不争[32]杀坏了他,教谁人养活老身?(包待制云)既是他母亲说大小厮孝顺,又多邻家保举,这是老夫差了。留着大的养活他。张千,着第二的偿命。(正旦唱)

【隔尾】一壁厢大哥行牵挂着娘肠肚,一壁厢二哥行关连着痛肺腑。要偿命,留下孩儿,宁可将婆子去。似这般狠毒,又无处告诉,手扳定枷梢叫声儿屈。

(云)包待制爷爷好葫芦提也!(包待制云)又做甚么大惊小怪的?(张千云)那婆子又说老爷葫芦提。(包待制云)与我拿过来!(正旦跪科)(包待制云)兀那婆子,将你第二的小厮偿命,怎生又说我葫芦提?(正旦云)怎敢说爷爷葫芦提,则是第二的小厮会营运生理,不争着他偿命,谁养活老婆子?(包待制云)着大的偿命,你说他孝顺;着第二的偿命,你说他会营运生理;却着谁去偿命?(王三自带枷科)(包待制云)兀那厮做甚么?(王三云)大哥又不偿命,二哥又不偿命,眼见的是我了,不如早做个人情。(包待制云)也罢,张千,拿那小的出去偿命。(做推转科)(包待制云)兀那婆子,这第三的小厮偿命可中么?(正旦云)是了,可不道"三人同行小的苦",他偿命的是。(包待制云)我不葫芦提么?(正旦云)爷爷不葫芦提。(包待制云)嗦声!张千,拿回来!争些着婆子瞒过老夫。眼前放着个前房后继,这两个小厮必是你亲生的;这一个小厮,必是你乞养来的螟蛉之子[33],不着疼热,所以着他偿命。兀那婆子,说的是呵,我自有个主意;说的不是呵,我不道饶了你哩!(正旦云)三个都是我的孩儿,着我说些甚么?(包待制云)你若不实说,张千,与我打着者!(正旦云)大哥、二哥、三哥,我说则说,你则休生分[34]了。(包待制云)这大小厮是你的亲儿么?(正旦唱)

【牧羊关】这孩儿虽不曾亲生养,却须是咱乳哺。(包待制云)这第二的呢?(正旦唱)这一个偌大小是老婆子抬举。(包待制云)兀那小的呢?(正旦打悲科,唱)这一个是我的亲儿,这两个我是他的继母。(包待制云)兀那婆子近前来,你差了也!前家儿[35]着一个偿命,留着你亲生孩儿养活,你可不好那?(正旦云)爷爷差了也!(唱)不争着前家儿偿了命,显得后尧婆[36]忒心毒。我若学嫉妒的桑新妇[37],不羞见那贤达的鲁义姑[38]!

(包待制云)兀那婆子,你还着他三人心服,果是谁打死人来?(正旦唱)

【红芍药】浑身是口怎支吾,恰似个没嘴的葫芦。打的来皮开肉绽损肌肤,鲜血模糊,恰浑似活地狱。三个儿都教死去,你都官官相为倚亲属,更做道国戚皇族。

(做打悲科,唱)

【菩萨梁州】大哥罪犯遭诛,二哥死生别路,三哥身归地府,干闪下我这老孽身躯。大哥孝顺识亲疏,二哥留下着当门户,第三个哥哥休言语,你偿命正合去,常言道"三人同行小的苦",再不须大叫高呼。

(包待制云)听了这婆子所言,方信道"良贾深藏若虚,君子盛德,容貌若愚"[39]。这件事,老夫见为母者大贤,为子者至孝。为母者与陶、孟同列,为子者与曾、闵[40]无二。适间老夫昼寐,梦见一个蝴蝶,坠在蛛网中,一个大蝴蝶来救出;次者亦然;后来一小蝴蝶亦坠网中,大蝴蝶虽见不救,飞腾而去,老夫心存恻隐,救这小蝴蝶出离罗网。天使老夫预知先兆之事,救这小的之命。(词云)恰才我依条犯法分轻重,不想这分外却有别词讼。杀死平人怎干休?莫言罪律难轻纵。先教长男赴云阳,为言孝顺能供奉;后教次子去餐刀,又言营运充日用;我着那最小的幼男去当刑,他便欢喜紧将儿发送。只把前家儿子苦哀矜,倒是自己亲儿不悲痛。似此三从四德[41]可褒封,贞烈贤达宜请俸。忽然省起这事来,天使游魂预惊动,三个草虫伤蛛丝,何异子母官司向谁控!三番继母弃亲儿,正应着午时一枕蝴蝶梦。张千,把一干人都下在死囚牢中去!(正旦慌向前扯科,唱)

【水仙子】则见他前推后拥厮揪摔,我与你扳住枷梢高叫屈。眼睁睁有去路无回路,好教我百般的没是处。这窝儿便死待如何?好和弱随将去,死共活拦挡住,我只得紧撺住[42]衣服。

(张千推旦科,押三人下)(正旦唱)

【黄钟尾】包龙图往常断事曾着数[43],今日为官忒慕古[44]。枉教你坐黄堂[45]、带虎符,受荣华、请俸禄。俺孩儿、好冤屈,不睹事[46]、下牢狱。割舍了、待泼做[47];告都堂、诉省部[48];撅皇城、打怨鼓[49];见銮舆、便唐突[50]。呆老婆唱今古[51],又无人肯做主,则不如觅死处,眼不见鳏寡孤独,也强如没归着,痛煞煞、哭啼啼、活受苦。(下)

(包待制云)张千,你近前来。可是怎的……(张千云)可是中也不中?(包待制云)贼禽兽,我的言语可是中也不中!(诗云)我扶立当今圣明主,欲播清风千万古,这些公事断不开,怎坐南衙开封府!(同下)

注释

〔1〕排衙：旧时代官府开庭审案时，所属吏役依次参谒，叫做"排衙"。

〔2〕庐州：州名，旧治在今安徽省合肥市。

〔3〕正授：即正式任命。府尹：为一府之长官。

〔4〕司房：元朝政府中主管诉讼的部门。

〔5〕佥押：审阅批示。

〔6〕六房吏典：此处指衙门中全部副职官吏。

〔7〕可：何。

〔8〕行枷：押解犯人上路时所用的较小的枷。下文"长枷"指的是长而重的枷，用于重刑犯人。

〔9〕下在死囚牢里去：据《元史·刑法志》，"盗马一二匹者，即论死。"可见元代对盗马者处罚极严，可能与元蒙统治者是游牧民族有关。

〔10〕角门：边门，侧门。

〔11〕撺角亭子：檐角向上翘起的亭子。

〔12〕蠢动含灵：有生命力的动物都有灵性。

〔13〕佯常：即扬长。

〔14〕恻隐之心，人皆有之：语出《孟子·公孙丑上》。恻隐，怜悯，同情。

〔15〕参差：此处意为几乎、差一点儿。

〔16〕撒然：突然惊醒的样子。

〔17〕御史台：官署名，负责监察、肃政纲纪的衙门。

〔18〕小去处官司孔目：指小地方的官司衙门。

〔19〕公徒：触犯官家刑律的囚徒。

〔20〕陶母教子，剪发待宾：晋代陶侃年幼时家贫，其母剪头发卖钱沽酒待客。

〔21〕陈母教子，衣紫腰银：宋代陈良资、良叟、良佐三兄弟得到母亲冯氏的教育，皆成状元。第三折提到的"陈婆婆"，即指冯氏。

〔22〕六耳不通谋：意为密谋大事只能在两个人之间进行，不能有第

三人在场。这是说三兄弟不会预谋打死人。

〔23〕萧何律:萧何,汉初丞相,汉代法律多出自他手,后以萧何律泛指法律。

〔24〕恭俭温良孔圣书:泛指儒家经典。《论语·学而》:"子贡曰:'夫子温、良、恭、俭、让以得之。'"

〔25〕悬头刺骨:汉代孙敬读书勤奋,为防止困倦废读,用绳子系住头发,另一头悬在屋梁上;战国时苏秦,读书困倦时,就用锥子扎一下大腿,不使自己睡着。

〔26〕爷饭娘羹:意为在父母的养育下生活。

〔27〕静巉(chán 蝉)巉:与下文"无人救"相应,形容静寂的样子。

〔28〕麻槌:旧时酷刑之一,用生麻绞成鞭子,蘸着凉水打人。

〔29〕由由忬(yù 预)忬:犹犹豫豫的借字,此处形容心神不定的样子。

〔30〕没气路:喘不过气来。

〔31〕石:谐"实"音。所以下文说"怎做的虚"。

〔32〕不争:如果。

〔33〕螟蛉(míng líng 明伶)之子:非亲生的义子。螟蛉原是一种绿色的小虫,《诗经·小雅·小宛》:"螟蛉有子,蜾蠃(guǒ luǒ 果裸)负之。"蜾蠃常捕螟蛉喂它的幼虫,古人错认为蜾蠃养螟蛉为子,故将"螟蛉"作为养子的代称。

〔34〕生分:疏远。

〔35〕前家儿:丈夫前妻的儿子。

〔36〕后尧婆:继母。

〔37〕桑新妇:传说庄子一次在路上碰见一个女人用扇子扇她丈夫的坟,原来她丈夫生前告诉她要等他的坟干了才能改嫁,她等不及,就去扇坟。元杂剧中称这个女人为"桑新妇",是品德不好的女人的代称。

〔38〕鲁义姑:春秋时齐兵攻打鲁国,一女子携家逃难,她舍弃了儿子而保存了侄子。事见《列女传》。

〔39〕"良贾深藏若虚"三句:大意是会做生意的人善于把宝货保藏

起来,好像什么也没有一样;有道德和学问的人,从外表看来,好像什么也不懂的样子。语见《史记·老子列传》。

〔40〕曾、闵:指孔子的学生曾参、闵子骞,都以孝道而闻名。

〔41〕三从四德:旧社会束缚妇女的道德准则。三从即在家从父,出嫁从夫,夫死从子;四德即妇德、妇言、妇容、妇功。

〔42〕揝(zuàn 攥)住:用手扯住。

〔43〕着数:犹算数。谓包公以往判案清明,说一不二。

〔44〕慕古:糊涂。

〔45〕黄堂:古时太守衙中的正堂,此处指开封府尹包拯的办公大厅。

〔46〕不睹事:不懂事,糊涂。

〔47〕待泼做:与上句"割舍了"都是不顾一切、豁出去的意思。

〔48〕告都堂、诉省部:要到都堂、省部去告状。都堂,唐代尚书省正厅;省,即尚书省;部,指六部;以上均指政府最高行政机关。

〔49〕撅皇城、打怨鼓:意思是到京城去告御状。撅,有击打的意思。怨鼓,旧时帝王为了表示爱民,在朝堂外面设有"登闻鼓",有冤枉可去敲鼓鸣冤。

〔50〕见銮舆、便唐突:见了皇帝,便冲上前去告状。銮舆,皇帝乘坐的车,这里代指皇帝。唐突,冲犯。

〔51〕呆老婆:王婆自指。唱今古:即讲唱古今小说平话。这是说王婆婆向包拯诉说冤情,讲了那么多话,就像讲唱古今小说平话一样。

第 三 折

(张千同李万上,诗云)手执无情棒,怀揣滴泪钱;晓行狼虎路,夜伴死尸眠。自家张千便是。有王大、王二、王三,下在死囚牢中,与我拿将他三个出来。(王大、王二上,云)哥哥可怜见!(张千云)别过枷梢来,打三下杀威棒!(打三下科,云)那第三个在那里?(王三上,云)我来了!(张千云)李万,抬过枷床[1]来,丢过这滚肚索去扯紧着。(做扯科,三人叫科)(张千云)李万,你家去吃饭,我看着,则怕提牢官来[2]。(李万下)(正旦上,云)我三个孩儿都下在死囚牢中,我叫化了些残汤剩饭,送与孩儿每吃去。(唱)

【正宫端正好】遥望着死囚牢,恰离了悲田院[3],谁敢道半步俄延!排门儿叫化都寻遍,讨了些泼剩饭和杂面。

【滚绣球】俺孩儿本思量做状元,坐琴堂[4]、请俸钱,谁曾遭这般刑宪,又不曾犯"五刑之属三千"[5];我不肯吃、不肯穿,烧地卧、炙地眠[6],谁曾受这般贫贱!正按着陈婆婆古语常言[7],他须"不求金玉重重贵,却甚儿孙个个贤",受煞熬煎。

(做到牢门科,云)这里是牢门首,我拽动这铃索者。(张千云)则怕是提牢官来。我开开这门,看是谁拽动铃索来?(正旦云)是我拽来。(张打科,云)老村婆子!这是你家里?你来做甚么?(正旦云)我与三个孩儿送饭来。(张千云)灯油钱[8]也无,冤苦钱也无,俺吃着死囚的衣饭,有钞将些来使。(正旦云)哥哥可怜见!一个老的被人打死了,三个孩儿又在死囚牢内;老身吃了早晨,无了晚夕,前街后巷,叫化了些残汤剩饭,与孩儿每充饥。哥哥只可怜见!(唱)

【倘秀才】叫化的剩饭重煎再煎,补衲的破袄儿翻穿了正穿。(云)哥哥,则这件旧衣服送你罢!(唱)有这个旧褐袖[9],与哥哥且做些冤苦钱。(张千云)我也不要你的。(正旦唱)谢哥哥相觑当[10],厮周全,把孩儿每可怜。

(张千云)罪已问定也,救不的了。(正旦唱)

【脱布衫】争奈一家一计,肠肚萦牵;一上一下,语话熬煎;一左一右,把孩儿顾恋;一捋一把,雨泪涟涟。

【醉太平】数说起罪愆[11],委实的衔冤,我这里烦烦恼恼怨青天,告哥哥可怜。他三个足丢没乱眼脑剔抽秃刷转[12],依柔乞煞手脚滴羞笃速战[13];迷留没乱[14]救他叫破俺喉咽,气的来前合后偃。

(张千云)放你进来,我掩上这门。(正旦进见科,云)兀的不是我孩儿!(做悲科)(王大云)母亲,你做甚么来?(正旦云)我与你送饭来。(正旦向张千云)哥哥,怎生放我孩儿吃些饭也好。(张千云)你没手?兀那婆子,喂你那孩儿。(正旦喂王大、王二科,唱)

【笑和尚】我、我、我,两三步走向前,将、将、将,把饭食从头劝;我、我、我,一匙匙都抄遍[15]。你、你、你,胡噎饥[16];你、你、你,润喉咽。(王三云)娘也,我也吃些儿。(正旦唱)石和尚好共歹一口口刚刚咽。

(旦做倾饭科,云)大哥,这里有个烧饼,你吃,休教石和看见。二哥,这里有个烧饼,你吃,休教石和看见。(唱)

【叨叨令】叫化的些残汤剩饭,那里有重罗面[17]!你不想堂食玉酒琼林宴[18],想当初长枷钉出中牟县,却不道布衣走上黄金殿。兀的不苦杀人也么哥!兀的不苦杀人也么哥!告你个提牢押狱行方便。

(云)大哥,我去也,你有甚么说话?(王大云)母亲,家中有一本《论语》,卖了替父亲买些纸烧。(正旦云)二哥,你有甚么话说?(王二云)母亲,我有一本《孟子》,卖了替父亲做些经忏[19]。(王三哭云)我也没的分付你,你把你的头来我抱一抱。(正旦出科)(张千云)兀那婆子,你要欢喜么?(正旦云)我可知要欢喜哩!(张千入牢科,云)那个是大的?(王大云)小人是大的。(张千云)放水火[20]!(王大做出科)(张千云)

兀那婆子,你这大的孝顺,保领出去养活你,你见了这大的儿子,你欢喜么?(正旦云)我可知欢喜哩!(张千云)我着你大欢喜。(做入牢科,云)那个是第二的?(王二云)小人便是。(张千云)起来,放水火!(做放出科)(张千云)兀那婆子,再与你这第二的,能营运养活你。(正旦云)哥哥,那第三个孩儿呢?(张千云)把他盆吊[21]死,替葛彪偿命去。明日早墙底下来认尸。(正旦悲科,唱)

【上小楼】将两个哥哥放免,把第三的孩儿推转;想着我咽苦吞甘,十月怀耽[22],乳哺三年。不争教大哥哥、二哥哥身遭刑宪,教人道桑新妇不分良善。

【幺篇】你本待冤报冤,倒做了颠倒颠,岂不闻杀人偿命,罪而当刑,死而无怨。(做看王三科,唱)若是我两三番将他留恋,教人道后尧婆两头三面。

(王大、王二云)母亲,我怎舍得兄弟也!(正旦云)大哥、二哥家去来,休烦恼者!(唱)

【快活三】眼见的你两个得生天,单则你小兄弟丧黄泉。(做觑王三悲科,唱)教我扭回身,忍不住泪涟涟。(王大、王二悲科)(正旦云)罢,罢,罢!但留的你两个呵,(唱)他便死也我甘心情愿。

【朝天子】我可便可怜孩儿忒少年,何日得重相见?不争将前家儿身首不完全,枉惹得后代人埋怨。我这里自推自搠[23]到三十馀遍,畅好是苦痛也么天!到来日一刀两段,横尸在市廛[24],再不见我这石和面。

【尾煞】做爷的不曾烧一陌纸钱,做儿的又当了罪愆,爷和儿要见何时见?若要再相逢一面,则除是梦儿中咱子母团圆。(王大、王二随下)

（王三云）张千哥哥,我大哥、二哥都那里去了?（张千云）老爷的言语,你大哥、二哥都饶了,着养活你母亲去,只着你替葛彪偿命。（王三云）饶了我两个哥哥,着我偿命去,把这两面枷我都带上。只是我明日怎么样死?（张千云）把你盆吊死,三十板高墙[25]丢过去。（王三云）哥哥,你丢我时放仔细些,我肚子上有个疖子哩。（张千云）你性命也不保,还管你甚么疖子。（王三唱）

【端正好】腹揽五车书[26],（张千云）你怎么唱起来?（王三云）是曲尾。（唱）都是些《礼记》和《周易》。眼睁睁死限相随,指望待为官为相身荣贵,今日个毕罢了名和利。

【滚绣球】包待制比问牛的[27]省气力,俺父亲比那教子的[28]少见识,俺秀才每比那题桥人无那五陵豪气[29]。打的个遍身家鲜血淋漓,包待制又葫芦提,令史[30]每装不知。两边厢列着祗候人役,貌堂堂都是一火洒[31]合娘的。隔牢撺彻[32]墙头去,抵多少平空寻觅上天梯。（带云）张千,（唱）等我合你奶奶歪屁。（张千随下）

注释

〔1〕枷(xiá 匣)床:古时牢狱中的刑具,使犯人躺在上面,再用绳子缚之,以防止其逃跑。

〔2〕提牢官:主管牢狱的吏、卒。下文"提牢押狱"同。

〔3〕悲田院:佛教徒创办的收养鳏寡孤独的贫民组织称"悲田院"。称"卑田"、"悲天"者,是同音误用。后来便成为乞丐收容所的代称。

〔4〕琴堂:县官官署。

〔5〕五刑之属三千:语见《孝经》。五刑为墨(在面上刺字染黑)、劓(yì 义,割鼻)、剕(fèi 废,断足)、宫(阉割生殖器)、大辟(死刑);三千指法律条文很多,不是实数。

〔6〕烧地卧、炙地眠：是说穷人没有热炕睡，冬天睡觉前先要用火把地面和墙角烘热，就睡在地上。

〔7〕古语常言：指陈母的话。下文"不求金玉"两句见关汉卿《陈母教子》头折正旦白："不求金玉重重贵，只愿儿孙个个贤。"

〔8〕灯油钱：狱卒敲诈犯人巧立的名目，下文"冤苦钱"同。

〔9〕褐(hè贺)袖：粗劣的衣服。

〔10〕觑(qù去)当：照顾。

〔11〕罪愆(qiān千)：过失，罪过。

〔12〕足丢没乱：惊慌不安。眼脑剔抽秃刷转：眼珠慌乱的转动。眼脑，即眼睛。

〔13〕依柔乞煞：可怜的样子。滴羞笃速战：谓手足发抖。象声词。

〔14〕迷留没乱：手足无措，心绪撩乱。

〔15〕抄遍：用匙把碗里的食物刮干净。

〔16〕胡噇饥：胡乱吃一点东西压饥。

〔17〕重罗面：用罗筛过多次的面粉，精细的面粉。

〔18〕琼林宴：琼林，园名，在开封城西。北宋时皇帝于此宴新科进士，后世就把皇帝赐新科进士宴饮叫"琼林宴"。

〔19〕经忏：指请和尚念诵经文、超度亡魂。

〔20〕放水火：原意是大小便，这里是借放犯人大小便为名，故意放他逃走。

〔21〕盆吊：古代酷刑之一。《水浒传》第二十八回，狱中犯人告诉武松说："他到晚，把两碗黄仓米饭和些臭鲞鱼来与你吃了，趁饱带你去土牢里去，把索子捆翻，着一床干蒿荐把你卷了，塞住了你七窍，颠倒竖在壁边，不消半个更次，便结果了你性命。这个唤做'盆吊'。"

〔22〕怀耽：即怀胎。

〔23〕自推自撇：反复考虑掂量。撇，同掂。

〔24〕市廛(chán缠)：集市。

〔25〕三十板高墙：指很高的墙。古时筑墙，一板约高二尺，三十板约为六丈高。

〔26〕五车书:比喻读书多,极有学问。《庄子·天下篇》:"惠施多方,其书五车。"

〔27〕问牛的:汉代宰相丙吉,出游时不过问人殴斗,反而过问牛为什么喘气。别人问他为什么重牛轻人,他说,人殴斗自有官员过问,牛在春天发喘,则是因为气候不正常,这才是影响全国人民生活的大事,应当过问。

〔28〕教子的:当指前文提到的陈母。一说指五代人窦禹钧,他教育五个儿子都相继登科。

〔29〕题桥人:汉代文学家司马相如,由蜀入京时经过登仙桥,在桥上题写:"不乘驷马高车,不过此桥。"后来果然得官而回。五陵豪气:富贵人家的豪迈气派。五陵,汉代皇帝的五个陵墓,富豪之家,多居于此。

〔30〕令史:官名。汉代设有兰台令史,尚书令史,掌文书案牍之事。此处指开封府府吏。

〔31〕一火洒:一伙人。洒是助词。

〔32〕撺彻:抛过去的意思。

第 四 折

(王三背赵顽驴尸上,伏定)(王大、王二上,云)咱同母亲寻三哥尸首去来,母亲行动些!(正旦上,云)听的说石和孩儿盆吊死了,他两个哥哥抬尸首去了,我叫化了些纸钱,将着柴火,烧埋[1]孩儿去呵!(唱)

【双调新水令】我从未拔白[2]悄悄出城来,恐怕外人知大惊小怪。我叫化的乱烘烘一陌纸,拾得粗垡垈[3]几根柴,俺孩儿落不得席卷椽抬,谁想有这一解[4]!

(打悲科,云)孩儿呵!(唱)

【驻马听】想着你报怨心怀,和那横死爷相逢在分界牌[5]。

（带云）若相见时呵，（唱）您两个施呈手策[6]，把那杀人贼推下望乡台。黑洞洞天色尚昏霾，静巉巉回野荒郊外，隐隐似有人来，觑绝时[7]教我添惊骇。

（王大、王二背尸上，云）母亲那里？这不是三哥尸首？（旦做认悲科，唱）

【夜行船】慌急列[8]教咱观了面色，血模糊污尽尸骸。我与你慌解下麻绳，急松开衣带，您疾忙向前来扶策[9]。

【挂玉钩】你与我揪住头心掐下颏，我与你高阜处招魂魄。石和哎！贪慌处将孩儿落了鞋[10]，你便叫煞他、怎得他瞅睬，空教我闷转加、愁无奈，只落得哭哭啼啼、怨怨哀哀。

（带云）石和孩儿呵！（唱）

【沽美酒】我将这老精神强打拍[11]，小名儿叫的明白，你个孝顺的石和安在哉？则被他抛杀您奶奶，教我空没乱[12]把地皮捆。

【太平令】空教我哭哭啼啼自敦自摔[13]，百般的唤不回来。也是我多灾多害，急煎煎不宁不耐。（云）石和孩儿！（王三上，应云）我在这里！（正旦唱）教我左猜右猜，不知是那里应来？呀！莫不是山精水怪？

（王三上，云）母亲，孩儿来了。（正旦慌科，云）有鬼！有鬼！

（王三云）母亲休怕，是石和孩儿，不是鬼。（正旦唱）

【风入松】我前行他随后赶将来，唬的我搊耳挠腮，教我战笃速[14]忙把孩儿拜，我与你收拾垒七修斋[15]。（王三云）母亲，我是人。（正旦唱）不是鬼疾言个皂白，怎免得这场灾？

（王三云）包爷爷把偷马贼赵顽驴盆吊死了，着我拖他出来，饶了你孩儿也。（正旦唱）

【川拨棹】这场灾,一时间命运衰;早则解放愁怀,喜笑盈腮。我则道石沉大海!(云)大哥、二哥,您两个管着甚么哩?(唱)这言语休见责。

(云)您两个好不仔细,抬这尸首来做甚?(唱)

【殿前欢】孩儿,你也合把眼睁开,却把谁家尸首与我背将来?也不是提鱼穿柳[16]欢心大,也不是鬼使神差。虽然道死是他命该,你为甚无妨碍?(王三云)孩儿知道没事,是包爷爷分付,教我背出来的。(正旦唱)常言道"老实的终须在"!把错抬的尸首,你与我土内藏埋。

(包待制冲上,云)你怎生又打死人?(正旦慌科)(包待制云)你休慌莫怕。他是偷马的赵顽驴,替你偿葛彪之命。你一家儿都望阙跪者,听我下断。(词云)你本是龙袖娇民[17],堪可为报国贤臣;大儿去随朝勾当,第二的冠带荣身,石和做中牟县令,母亲封贤德夫人。国家重义夫节妇,更爱那孝子顺孙,今日的加官赐赏,一家门望阙沾恩。(正旦同三儿拜谢科,云)万岁,万岁,万万岁!(唱)

【水仙子】九重天飞下纸赦书来,您三下里休将招状责,一齐的望阙疾参拜,愿的圣明君千万载。更胜如枯树花开,揩了些脓血债,受彻了牢狱灾,今日个苦尽甘来。

【鸳鸯煞】不甫能黑漫漫填满这沉冤海,昏腾腾打出了迷魂寨,愿待制位列三公,日转千阶[18]。唱道[19]娘加做贤德夫人,儿加做中牟县宰,赦得俺一家儿今后都安泰;且休提这恩德无涯,单则是子母团圆,大古里彩[20]!

  题目 葛皇亲挟势行凶横 赵顽驴偷马残生送
  正名 王婆婆贤德抚前儿 包待制三勘蝴蝶梦

注释

〔1〕烧埋:火葬。

〔2〕拔白:拂晓时,天色发白的时候。

〔3〕粗坌(bèn笨)坌:粗劣的样子。

〔4〕这一解:佛家谓人死于刀尖者曰"兵解",死于火者曰"火解"。这一解就是这样的死法。

〔5〕分界牌:迷信说法,阳世和阴间交界的地方。

〔6〕手策:手段。

〔7〕觑绝时:看完时。

〔8〕慌急列:惊慌的样子。

〔9〕扶策:扶持。

〔10〕落了鞋:谓丢掉性命。晋人阮孚好收集履鞋,一次当着众人面给木屐打蜡,并感叹道:"不知一生能穿几双鞋!"元曲中多称"与鞋履相别"为死亡。

〔11〕打拍:提起、振作。

〔12〕空没乱:形容精神极其不安,心神无着落的样子。

〔13〕自敦自摔:是说自己又顿脚又摔打,形容悲痛欲绝的心情。

〔14〕战笃速:浑身打颤、哆嗦的样子。

〔15〕坌七修斋:旧时风俗,人死后每隔七天祭奠一次,共祭奠七次,称"坌七修斋"。

〔16〕提鱼穿柳:提着用柳条穿腮的鱼儿,形容心情愉快的样子。

〔17〕龙袖娇民:指住在京城的良民百姓。宋代京城百姓可以受到许多特殊优待,故称。

〔18〕位列三公,日转千阶:官运亨通,当上朝廷中最高的官。三公,一般称太师、太傅和太保;西汉时称大司马、大司寇和大司空为三公。都是朝廷最高的官职。

〔19〕唱道:真正是,实在是。

〔20〕大古里彩:很幸运。大古里是特别的意思。彩,幸运。

钱大尹智勘绯衣梦[1]

第 一 折

(冲末扮王员外同姆姆[2]上)(王员外云)耕牛无宿料,仓鼠有馀粮;万事分已定,浮生空自忙。老夫姓王,双名得富,是这汴京人氏。家中颇有万贯资财,人口顺都唤我做王半州。在城有一人,也是个财主,姓李,唤做李十万。俺两个当初指腹成亲,我根前得了个女孩儿,唤做王闰香,年一十六岁也;他根前得了个儿孩儿,唤做李庆安。他当初有钱时,我便和他做亲家;他如今消乏[3]了也,都唤他做叫化李家,我怎生与他做亲家?老夫想来,怎生与他成亲?我心中欲要悔了这门亲事,姆姆,你意下如何?(姆姆云)老员外,咱如今有万贯家财,小姐又生的如花似玉,年方二八,怎生与这等人家做亲?不教傍人笑话也!(王员外云)姆姆,你也说的是。我如今与你十两银子,有闰香孩儿亲手与李庆安做了一双鞋儿,你将的去与李员外悔了这门亲事。等他不肯悔亲时,你便说:"你既不肯,俺员外说,着你选吉日良辰,下财置礼,娶的小姐去。"他那里得那钱钞来?必然悔了这门亲事。停当了呵,可来回我的话。

老夫无甚事,且回后堂中去也。(下)(姆姆云)老身将着银子、鞋儿去李员外悔亲走一遭去。堪笑乔才[4]家道贫,凄凉终日受辛勤;难成鸾凤双飞友,却向他家去悔亲。(下)

(外扮孛老儿薄篮[5]上)月过十五光明少,人到中年万事休。老汉汴梁人氏,姓李,双名荣祖,嫡亲的三口儿家属,婆婆早年下世,有个孩儿是李庆安,孩儿每日上学攻书。我当初也是巨富的财主来,唤我做李十万。我如今穷暴了也,我一贫如洗,人都唤我做叫化李家。庆安孩儿当初我曾与王员外家指腹成亲,他根前得了个女孩儿,我根前得了个儿孩儿,他见俺家穷暴了也,他数次家要悔了这门亲事。孩儿上学去了也,老汉在家闲坐,看有甚么人来。(姆姆上,云)老身是王员外家姆姆的便是。俺员外着我将着这十两银子、这双鞋儿,直至李庆安家悔亲走一遭去。来到门首也,无人报复,我自过去。(做见孛老儿拜科,云)老的,你爷儿每好么?(孛老儿云)姆姆,俺穷安乐。你今日来做甚么?(姆姆云)无事可也不来,俺员外的言语,要和你悔了这门亲事。与你这十两银子;这双鞋儿是罢亲的鞋儿,着庆安蹅断线脚儿[6],便罢了这门亲事也。(孛老儿云)姆姆,那里有这等道理来!等我孩儿来家与他商量。(姆姆云)我不管你,鞋儿银子交付与你,我回员外话去也。(下)(孛老儿云)嗨!似此怎了也?天哪!欺侮俺这穷汉。孩儿敢待来家也。(李庆安上,云)自家李庆安的便是。俺当初有钱时,唤俺做李十万家,今日穷暴了,都唤我做叫化李家。在城[7]有王半州和俺父亲指腹成亲来,他见俺穷暴了,他要悔了这门亲事。我是个读书人,量一个媳妇打甚么不紧!我上学去来,一般的学生每笑话我无个风筝儿放,我见父亲走一遭去。可早来到也,我自过去。父亲,您孩儿来家了也。你这哭怎的?(孛老儿云)孩儿,我啼哭哩。(李庆安云)父亲为甚么烦恼？(孛老儿云)孩儿也,王员外差姆姆来,拿着十两银子,一双鞋儿与你穿,踏断线脚,也就罢了这门亲事,因此上我烦恼也。(李庆安云)父亲,你休烦恼,量这媳妇打甚么不紧!将这鞋儿我穿的上学去。一般的学生每笑话我,道我无个风筝儿放,父亲有银子与我买一个风筝儿放着耍子。(孛老儿云)孩儿也,我与你二百钱,你买个风筝儿放耍子去。休要惹事,疾去早来,休着我忧心也!(李庆安云)有了钱也,我买风筝儿去也。(下)(孛老儿云)孩儿买风筝儿去了,老汉无甚事,隔壁人家吃疙疸茶儿[8]去也。(下)

(李庆安拿风筝儿上,云)自家李庆安的便是。买了个风筝儿放将起去,不想一阵大风刮在这家花园内梧桐树上抓住了。这花园墙较低,我跳过墙,取我那风筝儿去。(做跳墙科,云)我跳过这墙来,一所好花园也。我来到这梧桐树下,脱了我这鞋儿,我上树取这风筝儿咱。看有甚么人来。(正旦领梅香上,云)妾身是王半州的女孩儿,小字闰香。时遇秋间天道,梅香,咱后花园中闲散心走一遭去来。(梅香云)姐姐,时遇秋间天气,万花绽折,柳绿如烟,咱去后花园中闲散心去来。(正旦云)来到这后花园中,是好景致也呵!(唱)

【仙吕点绛唇】天淡云闲,几行征雁,秋将晚。衰柳凋残,飞绵后开青眼。

【混江龙】更和这玉芙蓉相间,你看那战西风疏竹两三竿。则他这一年四季,更和这每岁循环。则他这守紫塞[9]的征夫愁夜永,和俺这倚庭轩家妇怯衣单。消宝篆[10]、冷沉檀[11],珠帘卷、玉钩弯,纱窗静、绣闱闲。则我这倦身躯暂把绣针停,绕着这后花园独步雕栏看。则他那池塘中枯荷减翠,树梢头梨叶添颜。

（梅香云）姐姐，你每日家不曾穿这等衣服，今日姐姐这般打扮着，可是为何？（正旦唱）

【油葫芦】疑怪这老姆姆今朝这箱柜来翻，把衣服全套儿拣；换上这大红罗裙子绣鞋儿弯，拣的那大黄菊簪戴将时来按，拣的他这玉簪花直插学宫扮[12]。则今番临绣床有些儿不耐烦，则我这睡起来云鬓儿微偏弹[13]，插不定秋色玉钗环。

（梅香云）姐姐，你天生的花容月貌，这几日可怎生清减了，可端的为何也？（正旦唱）

【天下乐】想起俺那指腹的这成亲李庆安。（梅香云）姐姐，你想那穷弟子孩儿怎的？（正旦云）这妮子，你也嫌他穷！（唱）咱人这家也波寒，休将人小觑看，今日个穷暴了也是他无奈间。俺父亲是王半州，他父亲是李十万，（带云）人有七贫七富，人有且贫且富。（唱）天哪，偏怎生他一家儿穷暴难！

（梅香云）姐姐，比及[14]你这般想他，你可不好瞒着父亲母亲送与他些金银钱钞，倒换过来做他的财礼钱，教他来娶你可不好？（正旦云）梅香，多承你顾爱，我怕不也有此心，争奈我是女孩儿家，一时间耽不下[15]也！（梅香云）姐姐，放着梅香哩，不妨事。（正旦云）梅香，俺绕着这花园内是看咱。梅香，那树下不是一双鞋儿？你取将来看咱。（梅香云）理会的。姐姐，委的是双鞋儿，姐姐看！（正旦看科，云）这鞋不是我做与李庆安的，可怎生放在这里？梅香，树上不是个人影儿？（梅香云）姐姐，树上可知是个人哩。（正旦云）梅香，你唤他下树来，我问他咱。（梅香唤科，云）那小哥哥，你下来！俺姐姐唤你哩。（李庆安云）理会的。我下来这树，小娘子将我的鞋儿来，我见小姐去。（梅香云）我与你鞋，穿上见俺姐姐去。（李庆安做见正旦,云)小娘子支揖！小生不合擅入花园,望小娘子宽恕咱。(正旦云)万福。你哪里人氏,姓字名谁？(李庆安云)小生是李员外的孩儿,唤做李庆安,因放风筝儿耍子,不想落在你家梧桐树上抓住了,我来取风筝儿来,小娘子恕小人之罪。(正旦云)谁是李庆安？(李庆安云)则我便是李庆安。(正旦云)你认的那指腹成亲的王闰香么？(李庆安云)小生不认的。(正旦云)则我便是王闰香。(李庆安云)原来是王闰香小姐,天使其然在此相会。恕小生之罪也！(正旦云)你因何不来娶我？(李庆安云)小姐不知:俺家当初有钱时,唤俺做李十万；如今穷暴了,唤俺做叫化李家。我无钱,将甚么来娶你？如今人有钱的相看好,无钱的人小看。(正旦云)庆安,你休这般道。(唱)

【后庭花】你道是无钱的人小看,则俺这富豪家人见罕,则他这富贵天之数,端的是兴衰有往还。您穷汉每得身安,则俺这前程休怠慢！谁将你来小觑看？天着咱相会间,好将你来厮顾盼。我觑了你面颜,休忧愁,染病患。

(李庆安云)既然你家悔了亲,我又无钱,将甚么来娶你？(正旦唱)

【青哥儿】庆安也,我和你难凭、难凭鱼雁,我每日家枕冷、枕冷衾寒,则俺这夙世姻缘休等闲！(李庆安云)则是万望小姐怜悯小生也。(正旦云)庆安,我今夜晚间收拾一包袱金珠财宝,着梅香送与你,倒换过来做你的财礼钱,你可来娶我,你意下如何？(李庆安云)恁的呵,多谢姐姐！我到多早晚来？(正旦唱)你等到的夜静更阑,柳影花间。(李庆安云)我知道了也。姐姐,我回去也。(正旦云)你且回来。(唱)我则怕别时容易见时难,庆安,你则将这佳期盼。

（李庆安云）小姐之恩小生不敢有忘,今夜晚间在那些儿相等?
（正旦云）你则在太湖石边相等,是必早些儿来!（唱）

【尾声】你可也莫因循[16],休迟慢,天色儿真然[17]向晚。倚着那梧桐树,风筝儿遥望眼,你可便休忘了曲槛雕栏。那其间墙里无人看,墙外行人则要你厮顾盼。（李庆安云）小姐有顾盼之意,小生怎肯失了信也!（正旦唱）赴期的早些动惮[18],则我这呆心儿不惯[19]。休着我倚着他这太湖石,（正旦云）庆安也,你是必早些儿来!（李庆安云）理会的。（正旦唱）身化做望夫山。（同梅香下）

（李庆安云）姐姐回去了也。天色可也早哩,回我家中去也。
（下）

注释

〔1〕《绯衣梦》是关汉卿杂剧中一个比较纯粹的公案戏。和《鲁斋郎》、《蝴蝶梦》相比,此剧以曲折、动人的情节取胜,而较少道德内容。同时,也必然造成科白较多、曲词较少的情况。宋元南戏《林招得》演大致相同的故事,但剧本早已失传。明代无名氏有《血手印》传奇。二十世纪五十年代末与六十年代初,根据此剧改编而成的京戏和各地方剧种非常流行,有的还被拍成电影。

〔2〕姆姆:此处指女管家。

〔3〕消乏:破落。

〔4〕乔才:犹如说"无赖"、"坏蛋"等。

〔5〕薄篮:扁圆形竹篮。此处指乞丐所用的篮子。

〔6〕踏断线脚儿:踩断线脚,表示断绝来往。可能是旧时的一种风俗。

〔7〕在城:即本城。在,此处作"本"字解。

〔8〕疙疸茶儿:当时的一种用廉价茶饼冲泡出的茶。

〔9〕紫塞:指长城,也泛指边塞。

〔10〕消宝篆:谓熄灭盘香。

〔11〕沉檀:沉香与檀香。

〔12〕学宫扮:照宫里的式样梳洗打扮。

〔13〕軃(duǒ 朵):偏斜、下垂。

〔14〕比及:既然。

〔15〕耽不下:放不下架子,抹不开情面。

〔16〕因循:此处是拖延、迟慢的意思。

〔17〕真然:一到。

〔18〕动惮:即动弹。

〔19〕呆心儿不惯:等得不耐烦。

第 二 折

(王员外上,云)老夫王员外的便是。自从悔了这门亲事,老夫心中十分欢喜。今日开开这解典库[1],看有甚么人来。(裴炎上,云)两只脚穿房入户,一双手偷东摸西。自家姓裴,名个炎字,一生杀人放火,打家劫道,偷东摸西。但是别人的钱钞,我劈手的夺将来我就要;我则做这等本分的营生买卖,似别的那等歹勾当我也不做他。这两日无买卖,拿着这件衣服去王员外解典库里当些钱钞使用走一遭去。可早来到也。(做见王员外科,云)员外,我这件绵团袄值当些钱钞使用。(王员外云)这厮好无礼也,甚么好衣服拿来当钱!值的多少?我不当!(裴炎云)我好也要当,歹也要当!(做摔在王员外怀里科)(王员外云)这厮好大胆也!我根前你来我去的,你不知道我的行止?我大衙门中告下你来,拷下你那下半截来!你原是个旧境撒泼[2]的贼,还歇着案哩,你快去!(裴炎云)员外息怒息怒,不当则便了也。我出的这门来。便好道:"恨小非君子,无毒不丈夫。"一领绵团袄子你当不当便罢,他骂我是歇案的贼!便好道:"你妒我为冤,我妒你为仇。"今夜晚间,提短刀在手,越墙而过,将他一家儿都杀了,方称我平生愿足。员外没来由,骂我是贼头;磨的钢刀快,今宵必报仇。(下)(王员外云)裴炎去了也,着这厮恼了我这一场。无甚事,闭了解典库,后堂中饮酒去来。(下)

(裴炎上,云)短刀拿在手,专等夜阑时。自家裴炎的便是。颇奈王员外无礼,一领绵团袄当便当,不当便罢,骂我做歇案的贼!我今夜务要杀了他一家儿。天色晚也,来到这后花园中,我跳过这墙去。(做跳墙科,云)阿,可绰[3]我跳过这墙来,一所好花园也。我在这太湖石边等候,看有甚么人来。(梅香上,云)自家梅香的便是,俺家闰香姐姐着我将这一包袱金珠财宝送与李庆安去。来到这后花园中,等庆安来赴期时先与他,可怎生不见庆安来?庆安,赤、赤、赤[4]。(裴炎云)一个妇人来也,我先杀了他。(做拿住梅香杀科,云)黄泉做鬼休怨我。(梅香死科)(裴炎云)我杀便杀了,我是看咱:一包袱金珠财宝。罢、罢、罢,也够了我的也,不杀王员外了,背着这包袱,跳过这墙去,还家中去也。(下)

(李庆安上,云)自家李庆安的便是。天色晚了也,瞒着我父亲,来到这后花园中,有这苦墙[5]的柳枝,我跳过这墙去。(做跳墙科,云)这的不是太湖石?梅香,赤、赤、赤。(绊倒科,云)是甚么东西绊我一交?我是看咱:原来是梅香,他等不将我来,睡着了。我唤他咱:梅香姐姐,我来了。这个梅香原来贪酒,吐了一身。(唤摇科,云)可怎生粘挞挞的?有些胧胧的月儿,我是看咱:可怎么两手血?不知甚么人杀了他梅香,这事不中,我跳过这墙,望家中走、走、走。(下)(正旦上,云)妾

身王闰香,约下与李庆安赴期,先着梅香送一包金银去了。这梅香好不会干事也,这早晚可怎生不见来?好着我忧心也呵!(唱)

【南吕一枝花】去时节恰黄昏灯影中,看看的定夜钟声后。我可便本欲图两处喜,倒翻做满怀愁。心绪浇油,脚趔趄[6]家前后,身倒在门左右。觉一阵地惨天愁,遍体上寒毛抖擞。

【梁州】战速速肉如钩搭,森森的发似人揪。本待要铺谋定计[7]风也不教透,送的我有家难奔,有事难收。脚下的鹅榍涩道[8],身倚定亮隔虬楼[9],我一片心搜寻遍四大神州。不中用野走娇羞!俺、俺、俺,本是那一对儿未成就交颈的鸳鸯,是、是、是,则为那软兀剌误事的那禽兽,天哪!天哪!闪的我嘴碌都恰便似跌了弹的斑鸠[10]。我欲待问一个事头,昏天黑地,谁敢向花园里走?我从来又怯后[11]。则为那无用的梅香无去就[12],送的我泼水难收。

(正旦云)我来到这后花园中也。兀的不是风筝儿!(唱)

【四块玉】那风筝儿为记号,他可便依然有,咱两个相约在梧桐树边头。(带云)险不绊倒了我那!(唱)则我这绣鞋儿莫不踹[13]着那青苔溜,这泥污了我这鞋底尖,红染了我这罗裤口,可怎生血浸湿我这白那个袜头?

(正旦云)我道是谁?原来是梅香倒在这花园中。我是叫他咱:梅香!梅香!(做手摸科,云)这妮子兀的不吃酒来,更吐了那,摸了我两手,有些胧胧的月儿,我是看咱。(正旦做慌科,云)可怎生两手血?兀的不唬杀我也!不知甚么人杀了梅香,不中,我与你唤出姆姆来者。(叫科,云)姆姆!(姆姆上,云)姐姐,你叫我怎么?(正旦云)您孩儿不瞒姆姆说,我在后花园中见李庆安来,我道:因何不来娶我?他道,他家无了钱也。我便道:"今夜晚间收拾一包袱金珠财宝,我着梅香送与你倒换过做财礼,你来娶我。"相约在太湖石边等候。不知甚么人杀了梅香,似此怎了也?(姆姆云)不干别人事,这的就是李庆安杀了咱家梅香来。(正旦云)姆姆,敢不是[14]么。(姆姆云)不是他可是谁?(正旦唱)

【骂玉郎】这的也难同殴打相争斗,这的是人命事怎干休?怎当那绷扒吊拷难禁受。可若是取了招,审了囚,端的着谁人救?

(姆姆云)姐姐,这件事敢隐藏不住。(正旦唱)

【感皇恩】庆安也,你本是措大[15]儒流,少不的号令在街头。不想望至公楼春榜动,划的可便分秋[16]。你则为鸾交凤友,更和这燕侣莺俦,则为俺爷毒害,分缱绻、折绸缪[17]。

(姆姆云)姐姐,这愁烦何时是了?必要惊官动府也。(正旦唱)

【采茶歌】往常则为俺不成就,一重愁,到今日一重愁番做了两重愁。则俺那父母公婆记冤仇,则管里冤家相报可也几时休!

(姆姆云)此一桩事不敢隐讳,我叫将老员外来,我与他说。老员外,你出来!(王员外上,云)姆姆,这早晚你叫我有甚事?(姆姆云)不知甚么人杀了梅香,丢下一把刀子。(王员外云)嗨,有甚么难见处,则是李庆安这个小弟子孩儿!为我悔了亲事也,他杀了我家梅香,更待干罢!姆姆,将着刀子,我如今踏着脚踪儿直到李庆安家,试探他那虚实走一遭去。(正旦唱)姆姆,你看这刀子,则怕不是他么。(姆姆云)可怎生便知不是他?(正旦唱)

【尾声】这场人命则在这刀一口,量这个十四五的孩儿,姆姆也,他怎做的这一手?只不过伤了浮财,损了人口;若打这场官司再穷究,和父亲细谋,休惹那事头。(正旦云)常是[18]庆安无话说,久后拿住杀人贼呵,(唱)我则怕屈坏了他平人,姆姆也,咱可敢[19]倒罢手。(下)

(王员外云)姆姆,将着刀子,跟我直至李庆安家中,问此人这桩事走一遭去来。(同下)

(李老儿上,云)自家李员外的便是。俺孩儿李庆安上学来家吃了饭,不知那里去了;我关上这门,这早晚敢待来也。(李庆安上,做慌科,云)自家李庆安的便是。小姐约我赴期,不知甚么人将梅香杀了,我害慌也,家中见父亲去。来到门首也,父亲开门来!(李老儿云)孩儿来了也,我开开这门。(开门科,见云)孩儿也,你慌做甚么?(李庆安云)不瞒父亲说,我早晨间放风筝儿耍子,不想抓住在王员外家梧桐树上,我跳过花园墙取去,不想正撞着王闰香。他说道:"你为何不来娶我?"我道:"因为俺家穷暴了,无钱娶你,你父亲悔了这门亲事。"他便道:"你今夜晚间来我这后花园中太湖石边等着,我着梅香送一包袱金珠财宝与你,你倒换过来娶我。"投到[20]您孩儿去,不知甚么人把他梅香杀了,摸了我两手血,孩儿不敢隐讳,敬告父亲说知。(李老儿云)孩儿,你敢做下来[21]了也!(李庆安云)不干您孩儿事。(李老儿云)孩儿,你不要大惊小怪的,关上门,俺歇息罢。(王员外同姆姆上)(王员外云)来到也。姆姆,正是他杀了梅香来,门上两个血手印。开门来!开门来!(开门科)(李老儿云)我开开这门,老员外家里来,有甚么事,这早晚到俺这里?(王员外云)老畜生,你还说嘴哩,你家庆安做的好勾当!见俺悔了这门亲事,昨夜晚间把我家梅香杀了,你还推不知道哩!(李老儿云)俺孩儿是读书的人,他怎肯做这等的勾当?不干俺孩儿之事。(王员外云)不是他可是谁?你舒出手来。(李庆安云)父亲,不干您孩儿事。(王员外云)既然不是,你舒出手来。(李庆安做舒手科,云)兀的不是手。(王员外云)好啊,两手鲜血,还不是你哩!正是杀人贼,明有清官,我和你见官去来。(王员外扯李庆安科)(李庆安云)天哪,着谁人救我也?(同下)

(净扮官人贾虚同外郎〔22〕、张千上)(净官人云)小官身姓贾,房上去跑马,"聘胖"响一声,蹦破一路瓦。小官姓贾,名虚,字蓼然。幼习儒业,颇看《春秋》,《西厢》之记,念的滑熟。嗻〔23〕的饭饱,扒上城楼,望下一看,打个筋斗;撞破脑袋,鲜血直流,贴上膏药,撒上包头;疼的我战,冷汗浇流,忙叫外郎,与我就揉;疼了两日,害了一秋,不吃米饭,则咽骨头。我在这开封府祥符县做个理刑之官,但是那驴吃田,马吃豆,斗打相争,人命等事,都来我根前伸诉。今日坐起早衙,外郎,喝撺厢放告!(外郎云)张千喝撺厢!(张千云)理会的。撺厢放告!(王员外扯李庆安同李老儿上)(王员外云)老汉王员外的便是。李庆安杀了我家梅香,更待干罢,我扯他同这老子去衙门中告他去。可早来到也,大开着门哩,我是叫冤屈咱,冤屈也!(净官人云)甚么人吵闹?定是告状的。我说外郎,买卖来了,我则凭着你,与我拿将过来。(张千云)理会的。当面!(王员外扯李庆安同李老儿跪科)(净官人云)兀那厮!你告甚么人?(王员外云)大人可怜见!小人姓王,是王半州;这个老子姓李,是李十万。俺两个曾指腹成亲来,我根前生了个女孩儿,是王闰香,他生了这个小厮,唤做李庆安。他有钱时我便与他做亲,因他穷暴了,我悔了这门亲事;这小厮怀冤挟仇,越墙而过,图财致命,杀了我家梅香。大人可怜见,与小的每做主。

(净官人云)你来告状,此乃人命之事,我也不管你们是的不是的,将这厮拿下去打着者!(张千云)理会的。(做拿王员外科)(王员外舒三个指头科)(外郎云)那两个指头瘸?(王员外舒五个指头科)(外郎云)相公,既是这等,将就他罢,他是原告,不必问他,着他随衙听候。(净官人云)提控说的是。王员外,你是无事的人,随衙听候,唤你便来。(王员外云)理会的,我还家中云也。(下)(净官人云)张千,将李庆安拿近前来!(张千云)理会的。靠前说词因!(李庆安云)理会的。(净官人云)兀那李庆安,你是个穷汉家,怎么图财致命,杀了王员外的梅香来?从实的说!(李庆安云)大人可怜见,小人是个读书之人,把笔尚然腕劳,怎敢手持钢刀杀人?并不知此情。(外郎云)大人,这厮癞肉顽皮,不打不招。张千,与我打着者!(张千做打科)(外郎云)你招也不招?(李庆安云)大人,并不干小人之事。(外郎云)再与我打着者!(又做打科)(净官人云)你招也不招?(李庆安云)大人可怜见,打死小人并不知情。(外郎云)再与我打着者!(又做打科)(李庆安云)罢、罢、罢,父亲,我那里捱的这等打拷?我招了罢,是我杀了他家梅香来。(净官人云)可又来,这厮不打也不招。既是招了也,外郎着他画字,将枷来下在死囚牢里,等府尹相公下马,判个斩字,便是了手[24]。(外郎云)大人说的是。张千将枷来,将这小厮押赴牢中去!(张千做拿枷云)理会的。上枷,牢里收人!(李老儿同李庆安哭科,云)哎哟,兀的不屈杀人也!(下)(外郎云)大人,听知的新官下马,你慢在。张千,跟着我接新官去来。(外郎同张千下)(净官人云)外郎这厮无礼也,问了一日人命事,我也不知道怎么了了,他把银老[25]又挟了,又领的张千接新官去了。倘或新官下马,问我这桩公事,我可怎么了!(做打滚叫科,云)天也,兀的不欺负煞我也!他都去了,

桌儿也没人抬,罢、罢、罢,我自家收拾了家去。(顶桌儿云)炒豆儿,量炒米。(下)

(张千上排衙住,云)在衙人马平安,抬书案!(官人领外郎上)(官人云)诵《诗》知国政,讲《易》见天心;笔题忠孝子,剑斩不平人。老夫姓钱,名可,字可道,累任为官,今御笔亲除开封府府尹之职。为因老夫满面胡髯,貌类波斯,满朝中皆呼老夫波厮钱大尹。我平日所行正直公平,所断之事并无冤枉。今日升厅,坐起早衙,当该司吏,有甚么合金押的文书,决断的重囚,押上厅来。(外郎递文书科,云)有。(官人云)令史,这一宗是甚么文卷?(外郎云)在城有一人是李庆安,杀了王员外家梅香,招状是实,等大人判个"斩"字。(官人云)那罪囚有么?(外郎云)有。(官人云)与我拿将过来。(张千云)理会的。(李庆安带枷同李老儿上)(李老儿云)孩儿怎生是好?如今新官下马,如之奈何?(李庆安云)父亲,你看那蜘蛛罗网里打住一个苍蝇;父亲,你与我救了者。(李老儿云)孩儿,你的命也顾不的,且救他?(李庆安云)父亲依着你孩儿,替我救了者。(李老儿云)依着你,我与你救了者。(李庆安云)我救了你非灾,何人救我这横祸?(外郎云)拿过来!(张千云)当面!(李庆安见官人,跪下科)(官人云)令史,则这个小厮便是杀人贼?(外郎云)则他便是。(官人云)这个小厮他怎生行凶杀人?其中必有冤枉。兀那李庆安,是你杀了他家梅香来?有甚么不尽的词因,你说,老夫与你做主。(李庆安云)大人可怜见,我无了词因也。(官人云)既然无词因,令史,他有行凶的赃仗么?(外郎云)有这把行凶的刀子。(官人云)将来我看。(外郎递刀子科,云)则这个便是。(官人云)这小的便怎生拿的偌大一把刀子?这刀子必是个屠家使的,其中必然暗昧。(外郎云)大人,前官断定,请大人断个"斩"字,便去典刑。

（官人云）既然前官断定，将笔来，我判个"斩"字。（判字科，云）一个苍蝇落在笔尖上，令史赶了者！（外郎云）理会的。（做赶科）（官人又判字科，云）可怎生又一个苍蝇抱住笔尖？令史与我赶了者！（外郎赶科，云）理会的。（官人判字科，云）你看这个苍蝇，两次三番抱住这笔尖，令史与我拿住者！（外郎拿住科，云）大人，我捉住了也。（官人云）装在我这笔管里，将纸来塞住，看他怎生出来？（外郎拿住，入笔管塞住科）（官人又判字科）（爆破笔科）（官人云）好是奇怪也！我本是依条断罪钱大尹，又不是舞文弄法汉萧曹[26]；两次三番判"斩"字，可怎生苍蝇爆破紫霜毫？这事必有冤枉。令史将这小厮枷锁开了，拿他去狱神庙里歇息；将着一陌黄钱，烧了那纸，祈祷了，你倒拽上那狱神庙门，你将着纸笔，看那小厮睡中说的言语，你与我写将来。（外郎云）理会的。（开枷锁科，云）开枷！（李庆安见李老儿科）（李老儿云）孩儿，为什么开了枷？（李庆安云）可是那苍蝇救了我也。（李老儿云）既然这等，你若无了事，我替你盖个苍蝇菩萨庙儿。（外郎云）可早来到也，你入庙去。我倒拽上这门，我将着这纸笔，听他说甚么。（李庆安云）大人教我狱神庙里歇息去。我到这庙中也，我烧了纸，我歇息咱。（睡科，云）非衣两把火，杀人贼是我；赶的无处藏，走在井底躲。（外郎云）这小厮真个说睡话！我写在这纸上，见大人去。（外郎做见官人科，云）大人，那小厮到的庙中则说睡语，我都写将来了，大人是看。（官人云）你读，有杀人贼就与我拿住。（外郎云）"非衣两把火，杀人贼是我……"（官人云）原来是你杀人，与我拿下去！（张千拿外郎科）（外郎云）大人，是那小厮说的话！（官人云）这的是我差了。将来我看："非衣两把火，杀人贼是我……"（外郎拿官人科，云）哦？（官人云）嗯！你怎的？（外郎云）你恰才是这等来！（官人云）"赶的无处藏，走在井底躲。"——这四句诗内必有杀人贼！我再看咱。"非衣两把火",这名字则在这头一句里面。这"衣"字在上面,"非"字在下面,不成个字;"非"字在上,"衣"字在下,可不是个"裴"字！那"两把火":并着两个"火"字,可也不成个字;上下两个"火"字,不是炎热的"炎"字！这杀人贼人不是姓炎名裴,便是姓裴名炎。第二句"杀人贼是我",正是这前面的这个人。这第三句"赶的无处藏",拿的那厮慌也！第四句说"走在井底躲",莫不这杀人贼赶的慌,投井而死么？不是这等说;这城中街巷桥梁必有按着个"井"之一字的去处！可着谁人干这件事？则除是窦鉴、张弘方可知道。与我唤将窦鉴、张弘来者！（窦鉴同张弘上）（窦鉴云）手搭无情棒,怀揣滴泪钱;晓行狼虎路,夜伴死尸眠。自家窦鉴的便是,这个兄弟是张弘,俺二人在这开封府做着个五衙都首领。我这个兄弟为他能办事,唤他做"磨眼里鬼"。俺管的是桥梁道路,风火盗贼。有钱大尹大人呼唤;不知有甚事,须索走一遭去。（见科,云）大人唤窦鉴、张弘那里使用？（官人云）你两个管着甚么哩？（窦鉴云）小人每管的是风火贼盗。（官人云）既管的是风火贼盗,有李庆安人命之事,你怎么不捉拿？（窦鉴云）不曾得大人的言语,未敢擅便捉拿。（官人云）这街巷桥梁有按着个"井"之一字的么？（窦鉴云）大人,俺这里有个棋盘街井底巷。（官人云）你近前来,我分付你:李庆安这桩人命公事都在你二人身上！与你行凶的刀子,又四句诗;头一句,那杀人贼若不是姓炎名裴,便是姓裴名炎。你则去那棋盘街井底巷寻那杀人贼去,与你三日假限,拿将来有赏,拿不将来必然见罪！你听者:我平生心量最公直,堪与国家作柱石;我救那负屈衔冤忠孝子,问你要那图财致命的杀人贼。（同下）

注释

〔1〕解典库:当铺。

〔2〕旧境撒泼:谓有过前科、有案可查。下文"歇着案"意同。

〔3〕可绰:拟声词,同"可察"。

〔4〕赤、赤、赤:打口哨的声音。元杂剧中常用作男女私会时的暗号。

〔5〕苫(shān 山)墙:覆盖墙头。

〔6〕趔趄(lèi qiè 列窃):站立不稳,脚步踉跄。

〔7〕铺谋定计:设计谋、打主意。

〔8〕鹅楣涩道:难行的石级阶梯。鹅楣,即峨嵋。

〔9〕亮隔虬楼:指门窗。

〔10〕嘴碌都恰便似跌了弹的斑鸠:就像中了弹的斑鸠一样,嘟噜着嘴。

〔11〕怯后:走路时老觉得身后有人跟着,心中不安。

〔12〕无去就:不知去了哪里。

〔13〕跚(shān 珊):蹒跚,这里是一踩一滑的意思。

〔14〕敢不是:大概不是。敢,大概。

〔15〕措大:旧时对穷酸书生蔑视的称谓。

〔16〕"不想望至公楼"二句:意为没有去参加科举考试,却反而杀人犯罪。至公楼,考场。春榜动,即开选场,古代科举考试多在春天,故云。分秋,谓犯了大罪,该受到严厉制裁了。古代行刑多在秋天,《吕氏春秋·仲秋纪》:"命有司申严百刑,斩杀必当。"周时以秋官掌刑法,后来称刑部官为秋卿。

〔17〕分缱绻、折绸缪:将恩爱的情侣分开。

〔18〕常是:真正是。

〔19〕可敢:此处是商量、求告的语气,意为"是不是"、"最好是"。

〔20〕投到:待到。

〔21〕做下来:闯下祸的意思。

〔22〕外郎:主审官的助手,即下文所说的"提控"。

〔23〕噆(jiǎn剪):吃。

〔24〕了手:了结。

〔25〕银老:指王员外。

〔26〕汉萧曹:指汉代的萧何和曹参。萧何制定了许多律令,曹参忠实地执行,故成语有"萧规曹随"的说法。

第 三 折

(净扮茶博士[1]上,云)吃了茶的过去,吃了茶的过去。俺这里茶迎三岛客,汤送五湖宾,喝上七八盏,敢情去出恭[2]。自家茶博士的便是,在此棋盘街井底巷开着座茶房,但是那经商客旅做买做卖的都来俺这里吃茶。今日清早晨起来,烧的汤瓶儿热,开开这茶铺儿,看有甚么人来。(窦鉴、张弘各拿水火棍[3]上,云)自家窦鉴、张弘的便是,这里前后可也无人,俺二人奉大人的言语,着俺缉访杀人贼。来到这棋盘街井底巷,兄弟,咱去那茶房里吃茶去来。(张弘云)去来,去来。(二人入茶房科)(窦鉴云)茶博士,茶三婆有么?(茶博士云)有。(窦鉴云)你与我唤出茶三婆来。(茶博士唤科,云)茶三婆,有客官唤你哩!(正旦扮茶三婆上,云)来也,来也。好年光也!俺这里船临汴水休举棹,马到夷门[4]懒赠鞭;看了大海休夸水,除了梁园[5]总是天。俺这里惟有一塔[6]闲田地,不是栽花蹴气球。好京师也呵!(唱)

【越调斗鹌鹑】俺这里锦片也似夷门,蓬莱般帝城。端的是辏集[7]人烟,骈阗[8]市井,年稔时丰,太平光景。四海宁,乐业声。休夸你四百座军州,八十里汴京;俺这里千军聚会,万国来朝,五马攒营。

【紫花儿序】好茶也,汤浇玉蕊[9],茶点金橙[10]。茶局子提两个茶瓶,一个要凉蜜水,搭着味转胜,客来要两般茶名。南阁子里啜盏会钱[11],东阁子里卖煎提瓶[12]。

(茶博士云)三婆,有客官唤你哩。(正旦云)你看茶汤去。(茶博士云)理会的。(下)(正旦云)客官每敢在这阁子里,我觑咱。(做见科,云)我道是谁?原来是司公哥哥、"磨眼里鬼"哥哥[13]。你吃个甚茶?(窦鉴云)你说那茶名来我听。(正旦云)造两个建汤[14]来。(裴炎上,做卖狗肉科,云)卖狗肉,卖狗肉,好肥狗肉!自家裴炎的便是,四脚儿狗肉卖了三脚儿,剩下这一脚儿卖不出去,送与茶三婆去。可早来到也。(做见正旦,怒科,云)茶三婆,你今日怎生躲了我?(正旦云)我迎接哥哥来,怎敢躲了?这个是何物?(裴炎云)是肥狗肉。(正旦云)三婆吃七斋。(裴炎云)你吃八斋待怎的?收了者!(正旦云)三婆这些时没买卖。(裴炎怒云)我回来便要钱,你也知道我的性儿!我局子里扳了你那窗棂[15],茶阁子里摔碎你那汤瓶,我白日里就见个簸箕星[16]!我吃酒去也。(下)(正旦云)裴炎去了,被这厮欺负煞我也!(窦鉴云)三婆说谁哩?(正旦云)三婆不曾说哥哥,俺这里有一人是裴炎,他好生的欺负俺百姓每。(窦鉴云)那厮是裴炎?你这里是甚么坊巷?(正旦云)是棋盘街井底巷;有一人是裴炎,好生的方头不劣[17]也!(窦鉴云)您可怎生怕那厮?(正旦云)哥哥不知,听三婆说一遍咱。(窦鉴云)你说,俺是听咱。(正旦唱)

【金蕉叶】那厮他每日家吃的十分酩酊,(窦鉴云)他怎么方头不劣?(唱)他见一日有三十场斗争,他吃的来涎涎邓邓,(窦鉴云)他这等厉害,好是无礼也!(唱)他则待杀坏人的性命。

(窦鉴云)那厮这等凶泼,每日家做甚么买卖?(正旦云)他卖狗肉,他叫一声呵,(唱)

【寨儿令】那厮可便舒着腿脡,他可早叉着门桯,精唇泼口毁骂人。那厮他嘴脸天生,鬼恶人憎。他则要寻吵闹,要相争。

(窦鉴云)这等凶恶!您若恼着他呵,他敢怎的你?(正旦唱)

【幺篇】他去那阁子里扳了窗棂,茶局子里摔碎了汤瓶。他直挺挺的眉踢竖,骨碌碌的眼圆睁,叫一声:白日里要见簸箕星!

(张弘云)窦鉴哥,这厮好生无礼也!三婆,你看茶汤去。(正旦云)二位哥哥则在这里,三婆看茶客去也。(下)(窦鉴云)兄弟,你近前来:可是这般恁的……(张弘云)理会的。(下)(窦鉴云)兄弟这一去必有个主意。我且在此茶房里闲坐,看有甚么人来。(张弘扮货郎挑担子插刀子上科,云)自家是个货郎儿,来到这街市上,我摇动不郎鼓儿,看有甚么人来。(裴旦上,云)妾身是裴炎的浑家,我拿着这把刀鞘儿,去街上配一把刀子去。(做见张弘科)(裴旦云)肯分[18]的遇着个货郎儿,我叫他过来是看咱。(拿刀子入鞘儿科,云)这刀子不是俺家的来!(张弘背云)谁道"是俺家的来",这刀子是我卖的!(裴旦云)物见主必索取,是我的刀子!(张弘云)是我的!(闹科)(正旦上,云)街上吵闹,我是看咱。(见科,云)原来是裴嫂嫂,你闹做甚么?(裴旦云)这厮偷了我的刀子!(正旦云)茶房里有司公哥哥,你告去,他与你做个证见。(裴旦云)你说的是,我扯着他告去。(裴旦做见窦鉴科,云)哥哥,这厮偷了我刀子!(窦鉴云)怎么是你的刀子?(裴旦云)这刀子鞘儿见在我家里,怎么不是我的?(窦鉴云)我不信,将来我看!(裴旦云)哥哥,你看这鞘儿是也不是?(窦鉴云)真个是这刀子的鞘儿。兄弟,与我拿住这妇人者!(张弘云)理会的。(做拿住打科,

云)招了者！招了者！(裴旦云)哎约！他偷了我刀子,你着我招甚么？(正旦唱)

【鬼三台】则这贼名姓,劝姐姐休争竞,(裴旦云)这刀子委的是我的,你怎生打我？(正旦唱)走将来便把那头梢来自领[19],赃仗忒分明,不索你便折证[20]。小梅香死的来忒没影,李庆安险些儿当重刑！第一来恶孽相缠,第二来也是那神天报应。

(窦鉴云)兀那厮,你快招了者！(张弘脱衣打科,云)我打这厮,招了者！招了者！(裴旦云)打杀我也！本是我的刀子,可怎生屈棒打我？(张弘又打科,云)不打不招,你快招了者！(裴旦云)罢、罢、罢,我且屈招了。(正旦唱)

【调笑令】你可便悄声,察贼情；(正旦云)司公哥哥,你来！(张弘云)怎的？(唱)比及拿王矮虎,先缠住一丈青[21]。批头棍[22]大腿上十分楞,不由他怎不招承！向云阳闹市必典刑,(裴旦云)三婆,你救我咱！(唱)杀么娘七代先灵[23]。

(裴炎带酒上,云)问三婆讨我那狗肉钱去。(见正旦科,云)三婆,还我那狗肉钱来。(正旦云)哥哥,狗肉钱有；那阁子里有人唤你哩！(裴炎见裴旦跪着窦鉴科,云)大嫂,你为甚么跪在这里？(裴旦云)我招了也。(裴炎云)你既招了,咱死去来。(窦鉴云)兄弟,有了杀人贼也！将这厮绑缚定,往开封府见大人去来。(裴炎云)罢、罢、罢,好汉识好汉,跟着你去。(正旦唱)

【尾声】到来日裴炎不死呵教谁偿命？杀了这丑生呵天平地平！我想这人性命怎干休？我道来则他这瓦罐儿破终须离不了井[24]。(下)

(窦鉴云)拿着贼人见大人去来。大尹多才智,公事今完备；拿

住杀人贼,少不的依律定其罪。(同下)

注释

〔1〕茶博士:宋元时茶馆的老板或伙计。

〔2〕出恭:大小便。

〔3〕水火棍:古时衙役所用的木棍,半截红色,半截黑色。

〔4〕夷门:战国时魏国首都大梁(即北宋京城汴京)有夷门,这里代指开封。

〔5〕梁园:本为汉代梁孝王在汴梁所修建的一所园林,这里代指开封。

〔6〕一塔:一块。

〔7〕辏(còu 凑)集:车辐凑集在毂上,比喻人烟密集。

〔8〕骈阗(pián tián 偏阳平田):连接成片的意思。

〔9〕玉蕊:指茶叶的嫩芽,最为名贵。这里是一种上等茶叶名。

〔10〕金橙:本是金黄色的橙,这里也指一种讲究的茶叶名。

〔11〕啜(chuò 绰)盏会钱:喝茶付款。会钱,即付帐,今仍有此说法。

〔12〕卖煎提瓶:即提瓶卖煎,就是提着水壶为人添茶续水。煎,指开水。

〔13〕司公:对衙役的敬称。磨眼里鬼:用歇后语称呼衙役窦鉴,即"磨眼里鬼——窦见(鉴)"。

〔14〕建汤:茶名,即建溪(今福建南平)茶。

〔15〕窗棂:窗户上的格子。

〔16〕白日里就见个簸箕星:簸箕星,据说是灾星;白日见簸箕星就是有刀光之灾出现。

〔17〕方头不劣:这里是泼皮无赖、十分厉害的意思。

〔18〕肯分:恰巧、正好。

〔19〕把头梢来自领:心甘情愿地承认。

〔20〕折证:对证。

〔21〕比及拿王矮虎,先缠住一丈青:比及,未曾。王矮虎与一丈青都是《水浒传》中的人物,一丈青是王矮虎的妻子。这里用王矮虎喻裴炎,一丈青喻裴妻。可见水浒故事在元代已相当流行。

〔22〕批头棍:衙门里差役打人用的木棍。

〔23〕七代先灵:这里是骂人的话。全句意为杀你娘的祖宗八代。

〔24〕瓦罐儿破终须离不了井:当时谚语,意为瓦罐从井中打水,水打不上来罐已碰破。这里比喻裴炎作恶多端,终须受到制裁。

第 四 折

(官人领张千上,云)老夫钱大尹是也。因为李庆安这桩事,我着窦鉴、张弘察访杀人贼去了,这早晚不见来回话。张千,门首觑者,若来时,报复我知道。(张千云)理会的。(窦鉴同张弘拿裴炎上,云)自家窦鉴、张弘的便是,拿着这厮见大人去,可早来到也。张千报复去,道窦鉴、张弘拿的杀人贼来了也。(张千云)报的大人得知:有窦鉴、张弘拿的杀人贼来了也。(官人云)与我拿将过来!(张千云)理会的。拿过去!(窦鉴拿见科,云)当面!大人,俺二人拿住杀人贼,是裴炎。(官人云)果然是裴炎!兀那厮,是你杀了王员外的梅香来么?(裴炎云)大人,委的不干李庆安事,是我杀了王员外的梅香来;饶便饶,不饶便杀了罢。(官人云)张千,将李庆安一行人都与我取上厅来。(张千云)理会的。将李庆安一行人取上厅来!(张千拿李庆安上,见官人科,云)当面!(官人云)李庆安,有了杀人贼也。张千,开了他那枷锁。你无事了也,还你那家中去。(李庆安云)你孩儿知道。我出的这衙门来。(李老儿上,见科,云)孩儿也,为甚么开了你这枷锁?(李庆安云)父亲,有了杀人贼也;大人放俺还家中去。父亲,咱家中去来。(李老儿云）既然有了杀人贼,饶了你也;谢天地,欢喜煞我也!孩儿,那王员外告着你杀人;"告人徒得徒,告人死得死"[1]!早是[2]有了杀人贼,你便是无罪的人;若无杀人贼呵,你便与他偿命,我偌大年纪,谁人养活我?我告那大人去:冤屈?（官人云）兀那老的,为甚么叫冤屈!（李老儿云）大人可怜见!早是有了杀人贼,俺便无事了;若无那杀人贼呵,将我孩儿对了命可怎了?大人可怜见!常言道:"告人徒得徒,告人死得死",王员外妄告不实,大人与老汉做主!（官人云）这老的也说的是。张千,与我唤将王员外那老子来!（张千云）理会的。王员外,唤你哩!（王员外上,云）老汉王员外,衙门里唤我,不知有甚事,我见大人去。（见科）（官人云）王员外,是裴炎杀了你家梅香,见今有了杀人贼也。这老的说:"告人徒得徒,告人死得死",您与他外边商和去。（王员外云）理会的。（李老儿云）大人,我其实饶不过这老子!（同出衙门科）（王员外云）亲家,亲家,是我的不是了也,你饶了我罢!（李老儿云）甚么亲家!你怎生告我孩儿是杀人贼?我不和你商和。（王员外云）既然不肯商和,我唤出女孩儿闰香来,看他说甚么。（做唤科,云）闰香孩儿行动些!（正旦上,云）父亲,唤我做甚么?（王员外云）孩儿,如今李员外告我妄告不实,你央浼[3]他去:饶了我罢。（正旦云）既然有了杀人贼,他告父亲妄告不实,父亲放心,不妨事,我与庆安陪话去。（王员外云）孩儿,你上紧救我咱!我倒陪奁房断送孩儿与庆安成合了旧亲,则着他饶了我罢!（正旦唱）

【双调新水令】往常我绣帏中独坐洞房春,谁曾见勘平人但常推问?罪人受十八重活地狱,公人立七十二恶凶神。如今富汉入衙门,便有那欺公事[4]也不问。

（王员外云）孩儿也,那老的说:"告人徒得徒,告人死得死",

大人教俺商和哩。孩儿也,他若饶了俺呵,我倒陪三千贯奁房断送与他;你和他说去。(正旦云)理会的。(正旦见李老儿跪科,云)公公,怎生看闰香孩儿的面,饶过俺父亲咱!(李老儿云)闰香孩儿,我不饶过你那老子!(正旦见李庆安,云)庆安,看我之面,饶过俺父亲者!(李庆安云)小姐,早是有了杀人贼;若无呵,我这性命可怎了也?(正旦唱)

【乔牌儿】当日个悔亲呵是俺父亲,赤紧的俺先顺[5],耽饶[6]过俺便成秦晋,咱两个效绸缪夫妇情。

(李庆安云)我便将就了,俺父亲他可不肯哩。(正旦云)我去公公行陪话去。(正旦见李老儿科,云)公公可怜见俺父亲咱!(李老儿云)孩儿也,不干你事,我饶不过他!(正旦唱)

【雁儿落】我则是为夫呵受苦辛,告尊父言婚聘,访贤达尽孝顺,不索你相盘问。

(李老儿云)闰香孩儿,不干你事,我饶不过你那父亲。(正旦唱)

【得胜令】您孩儿须告老尊亲,不索你记冤恨;我与那庆安言婚聘,成合了两对门。也是俺前生,赤紧的俺两个心先顺。告你个公公:你则是耽饶过俺老父亲!

(正旦云)庆安,俺父亲说来:倒陪三千贯奁房断送,着我与你依旧配合成亲,你意下如何?(李庆安云)既是这等,我与父亲说去。父亲,俺丈人说来:若是俺饶了他,他倒陪三千贯奁房断送,将闰香依旧与我为妻。咱饶了他罢!(李老儿云)孩儿,当初他不告你来?(李庆安云)他告我,不曾告你。(李老儿云)大人将你三推六问,不打你来?(李庆安云)他打我,不曾打你。(李老儿云)若拿不住杀人贼呵,可不杀了你?(李庆安云)他杀我,可不曾杀你。(李老儿云)我把你个犟小弟子孩儿！罢、罢、罢，我饶了他罢。(王员外跪谢科,云)既然亲家饶了我也,咱见大人去来。(做同见官人科)(李老儿云)大人,我饶了他也。(官人云)既然你两家商和了也,一行人听我下断：裴炎图财致命,杀了王员外家梅香,市曹中明正典刑；窦鉴、张弘能办公事,每人赏花银十两。将老夫俸钱给与李员外做个庆喜的筵席,着李庆安夫妇团圆。您听者：则为他年少子衔冤负屈,泼贼汉致命图钱。梅香死本家超度,将前官罢职停宣。富嫌贫悔了亲事,倒陪与万贯家缘。窦鉴等封官赐赏,李庆安夫妇团圆。

题目　王闰香夜闹四春园[7]
正名　钱大尹智勘绯衣梦

注释

〔1〕告人徒得徒,告人死得死：意谓诬告别人也应反坐。徒,指徒刑,古代五刑之一。

〔2〕早是：幸亏。

〔3〕央浼(měi 每)：央告,请求。

〔4〕欺公事：不公平的事。

〔5〕赤紧的俺先顺：俺两个实在是早已一心一意了。赤紧的,实在是。

〔6〕耽饶：宽恕的意思。

〔7〕四春园：剧中王员外家的花园,梅香即在此处被杀。但除了题目正名外,四折戏中均未提及这一园名。估计是剧本删改造成的结果。

散　曲

小 令

仙吕·一半儿（四首）[1]

题 情

云鬟雾鬓胜堆鸦[2]，浅露金莲簌绛纱[3]，不比等闲墙外花[4]。骂你个俏冤家，一半儿难当[5]一半儿耍。

碧纱窗外静无人，跪在床前忙要亲。骂了个负心回转身。虽是我话儿嗔[6]，一半儿推辞一半儿肯。

银台灯灭篆烟[7]残，独入罗帏掩泪眼，乍孤眠好教人情兴懒。薄设设被儿单，一半儿温和一半儿寒。

多情多绪小冤家，迤逗[8]得人来憔悴煞，说来的话先瞒过咱。怎知他，一半儿真实一半儿假。

注释

〔1〕这几首小令写一个少女对情郎既爱又恨,恨爱交加的真挚情感,风格率直,辣味十足。

〔2〕云鬟雾鬓胜堆鸦:形容妇女头发乌黑蓬松,比盘堆的鸦髻还好看。鸦,指鸦髻,妇女的一种发式。

〔3〕浅露金莲簌绛纱:是说一双小脚从簌簌抖动的红色纱裙下浅浅显露出来。

〔4〕墙外花:比喻妓女。

〔5〕难当:赌气。

〔6〕嗔:生气、埋怨。

〔7〕篆烟:盘绕的烟缕。

〔8〕迤逗:挑逗、勾引。

双调·沉醉东风（五首）[1]

咫尺[2]的天南地北,霎时间月缺花飞。手执着饯行杯,眼阁[3]着别离泪,刚道得声"保重将息"[4],痛煞煞教人舍不得。"好去者望前程万里!"

忧则忧鸾孤凤单,愁则愁月缺花残,为则为俏冤家,害则害谁曾惯,瘦则瘦不似今番,恨则恨孤帏绣衾寒,怕则怕黄昏到晚。

伴夜月银筝凤闲[5],暖东风绣被鸳悭[6]。信沉了鱼,书绝了雁[7],盼雕鞍万水千山。本利对相思[8]若不还,则告与那能索债愁眉泪眼。

夜月青楼[9]凤箫,春风翠髻金翘[10]。雨云浓,心肠俏,俊庞儿玉软香娇。六幅湘裙一搦腰[11],间别[12]来十分瘦了。

面比花枝解语[13],眉横柳叶长疏。想着雨和云,朝还暮,但开口只是长吁。纸鹞儿[14]休将人厮应付,肯不肯怀儿里[15]便许。

注释

〔1〕这五首小令均写闺妇的离愁别绪。第一首写为情郎送行,以下四首写分别以后的凄凉心境。从第四首看,抒情主人公是个妓女,但她对情人确是一往情深。第一首以"好去者望前程万里"作结,充满乐观向上的精神。

〔2〕咫尺:言距离很近。

〔3〕阁:同"搁",存放的意思。阁泪,即含泪。

〔4〕将息:保重身体。

〔5〕银筝凤闲:筝、箫等乐器都闲起来了。凤,指凤箫,亦即排箫。

〔6〕绣被鸳悭:绣被中总是缺个人。鸳,借指远去的情人。悭,欠缺。

〔7〕信沉了鱼,书绝了雁:断绝了书信往来。鱼、雁,古代均代指书信。

〔8〕本利对相思:意思是,情人之间的相思,一方更胜过另一方,就像作生意本上加利一样。

〔9〕青楼:妓院。

〔10〕翠髻金翘:黑黑的发髻上饰以金色的翠翘。翠翘,古代妇女的一种首饰,状如翠鸟尾上的长羽,故云。

〔11〕六幅湘裙:对妇女所着裙的美称,语出唐李群玉《同郑相并歌姬小饮对赠》:"裙拖六幅湘江水,鬓耸巫山一段云。"一搦腰,一握粗细的腰,形容腰身极细。

〔12〕间别:分别,离别。

〔13〕花枝解语:花虽美丽,却不可解语。传说唐明皇曾赞许杨贵妃为"解语花",后世因以"解语花"称美丽的女人。

〔14〕纸鹞儿:即风筝。风筝是纸作的,比喻虚情假意,不诚实。

〔15〕怀儿里:心里。

南吕·四块玉(五首)[1]

别　情

自送别,心难舍,一点相思几时绝?凭阑袖拂杨花雪[2]。溪又斜,山又遮,人去也!

闲　适

适意行,安心坐,渴时饮呵醉时歌,困来时就向莎茵[3]卧。日月长,天地阔,闲快活。

旧酒投,新醅[4]泼,老瓦盆边笑呵呵,共山僧野叟闲吟和,他出一对鸡,我出一个鹅,闲快活。

意马收,心猿锁[5],跳出红尘恶风波。槐阴午梦[6]谁惊破?离了利名场,钻入安乐窝[7],闲快活。

南亩[8]耕,东山[9]卧,世态人情经历多;闲将往事思量过,贤的是他,愚的是我,争甚么!

注释

〔1〕这五首小令,前一首惜别,写来情真意切,黯然伤神;后四首赋闲,极写跳出红尘、回归自然的欣喜,有陶潜田园诗的痕迹,是元代散曲的主旋律之一。五首小令非作于一时。

〔2〕杨花雪:指柳絮。杨与柳同科,其实亦成白絮飞散,古诗文中杨柳常通用。

〔3〕莎茵:草地。

〔4〕醅(pēi胚):没有滤过的酒。

〔5〕意马收,心猿锁:"意马心猿"原是道家用语,比喻人的心思把握不定,这两句是收束名利之心的意思。

〔6〕槐阴午梦:唐李公佐传奇小说《南柯太守传》写书生淳于棼梦中作了大槐安国的驸马,尽享人间荣华富贵,醒来才知道大槐安国实际就是槐树下的蚁穴。

〔7〕安乐窝:宋代邵雍隐居于河南辉县境内的苏门山,名其居处为"安乐窝",这里泛指隐居者的住处。

〔8〕南亩:即农田。《诗经》中多用之,因其向阳,故称。

〔9〕东山:山名,在浙江省上虞县境内,晋代谢安曾隐居于此。

双调·大德歌(四首)[1]

粉墙[2]低,景凄凄,正是那西厢月上时。会得琴中意,我是个香闺里钟子期[3]。好教人暗想张君瑞,敢则是爱月夜眠迟[4]。

绿杨堤,画船儿,正撞着一帆风赶上水。冯魁吃的醺醺醉,怎想着金山寺壁上诗?醒来不见多姝丽[5],冷清清空载月明归。

郑元和,受寂寞,道是你无钱怎奈何。哥哥家缘破,谁着你摇铜铃唱挽歌[6]。因打亚仙门前过,恰便是司马泪痕多[7]。

谢家村[8],赏芳春,疑怪他桃花冷笑人[9]。着谁传芳信,强题诗也断魂。花阴下等待无人问,则听得黄犬吠柴门。

注释

〔１〕 这四首〔大德歌〕，分别截取崔张故事、双渐苏卿故事、郑元和李亚仙故事、崔护桃花人面故事中的一个场景，表现爱情失意时的心情。"大德"是元成宗的年号，历来认为，〔大德歌〕提供了关于关汉卿卒年的可靠史料。

〔２〕 粉墙：涂有白色的墙。

〔３〕 钟子期：春秋时楚人，是著名琴师俞伯牙的知音，能够从琴声中听出高山流水的意思。传说钟子期死后，伯牙终身不再操琴。《西厢记》第二本，有莺莺听张生弹奏《凤求凰》的情节，故这里莺莺以钟子期自比。

〔４〕 敢则是：多半是，原来是。爱月夜眠迟：宋元时熟语，这里形容思念情郎，深夜不眠。

〔５〕 多姝丽：非常美丽的女人，这里指苏小卿。

〔６〕 唱挽歌：旧时有以给人唱挽歌为职业的人，唐传奇《李娃传》说，郑元和在娼家把资财耗尽后，也曾流落街头，以为人唱挽歌度日。

〔７〕 司马泪痕多：白居易《琵琶行》的最后两句是："座中泣下谁最多，江州司马青衫湿。"这里形容郑元和极度悲伤。

〔８〕 谢家村：女子住处，这里借指崔护春游时到过的村庄。

〔９〕 桃花冷笑人：见〔双调·新水令〕（二十换头）注〔17〕。

套　数

黄钟·侍香金童[1]

春闺院宇,柳絮飘香雪。帘幕[2]轻寒雨乍歇,东风落花迷粉蝶。芍药初开,海棠才谢。

〔幺〕柔肠脉脉,新愁千万叠。偶记年前人乍别,秦台玉箫[3]声断绝。雁底关河,马头明月[4]。

〔降黄龙衮〕鳞鸿无个,锦笺慵写,腕松金[5],肌削玉[6],罗衣宽彻。泪痕淹破,胭脂双颊,宝鉴[7]愁临,翠钿羞贴。

〔幺〕等闲辜负,好天良夜,玉炉中、银台上、香消烛灭。凤帏冷落,鸳衾虚设,玉笋频搓,绣鞋重撷[8]。

〔出队子〕听子规啼血,又西楼角韵咽[9],半帘花影自横斜,画檐间丁当风弄铁[10]。纱窗外琅玕[11]敲瘦节。

〔幺〕铜壶玉漏[12]催凄切,正更阑[13]人静也。金闺潇洒转伤嗟,莲步轻移呼侍妾,把香桌儿安排打快些。

〔神仗儿煞〕深沉院舍,蟾光皎洁,整顿了霓裳,把名香谨爇[14],深深拜罢,频频祷祝:不求富贵豪奢,只愿得夫妻每早早圆备者。

注释

〔1〕这首套曲借景述情,将少妇思夫、渴望团圆的心情写得淋漓尽致。作品风格婉约,从中可看出宋词对元曲的影响。

〔2〕帘幕:窗帏。

〔3〕秦台玉箫:春秋时,萧史善吹箫,秦穆公将女儿弄玉嫁给他,并为他们筑了一座凤台,后来萧史乘龙,弄玉乘凤,升仙而去。

〔4〕雁底关河,马头明月:形容分手后在路上见到的情景。

〔5〕腕松金:人消瘦了,手腕上的钗环之类的饰物都松动了。

〔6〕玉:即玉体。

〔7〕宝鉴:珍贵的镜子。

〔8〕撺(diān 颠):顿足。

〔9〕角韵咽:角声呜咽。

〔10〕铁:铁马,挂在房檐下的小铁片,风过时叮当作响,古人用来测风。

〔11〕琅玕(láng gān 郎杆):指竹子。

〔12〕铜壶玉漏:古时滴水计时的仪器。

〔13〕更阑:夜将尽。

〔14〕爇(ruò 若):点燃、焚烧。

仙吕·翠裙腰

闺　怨[1]

晓来雨过山横秀,野水涨汀州[2]。栏干倚遍空回首,下危楼[3],一天风物伤暮秋。

〔六幺遍〕乍凉时候西风透,碧梧脱叶,馀暑才收。香生凤口,帘垂玉钩,小院深闲清昼;清幽,听声声蝉噪柳梢头。

〔寄生草〕为甚忧,为甚愁,为萧郎[4]一去经年久。玉台[5]宝鉴生尘垢,绿窗冷落闲针绣,岂知人玉腕钏儿松,岂知人两叶眉儿皱。

〔上京马〕他何处共谁人携手,小阁银瓶殢[6]歌酒。早忘了咒[7],不记得低低耨。

〔后庭花煞〕掩袖暗含羞,开樽越酿愁,闷把苔墙[8]划,慵将锦字[9]修,最风流,真真恩爱,等闲分付等闲休[10]。

注释

〔1〕这首套曲写闺中少妇对情人的深切思念,风格缠绵而明快,口

语经提炼后入曲,显得自然而不失其韵味,是散曲中的精品。

〔2〕汀州:水中陆地。

〔3〕危楼:高楼。

〔4〕萧郎:原指梁武帝萧衍,后以泛指女子所爱的男人。

〔5〕玉台:玉制的镜台。

〔6〕殢(tì替)歌酒:沉溺在歌舞、酒宴之中。

〔7〕咒:誓言。

〔8〕苔墙:张满青苔的墙。

〔9〕锦字:指书信。

〔10〕等闲分付等闲休:随便处置,随便罢休。这是少妇对"萧郎"的猜度。

南吕·一枝花

赠珠帘秀[1]

轻裁虾万须[2],巧织珠千串;金钩光错落[3],绣带舞蹁跹。似雾非烟,装点就深闺院;不许那等闲人取次展[4]。摇四壁翡翠阴浓,射万瓦琉璃色浅。

〔梁州第七〕富贵似侯家紫帐[5],风流如谢府红莲[6],锁春愁不放双飞燕。绮窗相近,翠户相连,雕栊相映,绣幕相牵[7]。拂苔痕满砌榆钱[8],惹杨花飞点如绵。愁的是抹[9]回廊暮雨潇潇,恨的是筛曲槛西风剪剪[10],爱的是透长门夜月娟娟[11]。凌波殿前[12],碧玲珑掩映湘妃[13]面,没福怎能够见?十里扬州风物妍,出落[14]着神仙。

〔尾〕恰便是一池秋水通宵展,一片朝云尽日悬。尔个守户的先生[15]肯相恋,煞是可怜[16],只要你手掌儿里奇擎着耐心儿卷。

注释

〔1〕珠帘秀:元代著名表演艺术家,又作"朱帘秀"。夏庭芝《青楼集》说她"姓朱氏,行第四。杂剧为当今独步;驾头、花旦、软末尼等,悉造其妙。"关汉卿与珠帘秀的关系很深厚。后来,珠帘秀嫁给一个道士。这套赠曲,对她的色艺推崇备至,可看出元代书会才人与勾栏艺人交往的一些情况。在艺术上,用拟人手法,人与物浑为一体,语言诙谐而自然。

〔2〕虾万须:即"虾须",帘子的别称。唐陆畅《帘》诗:"劳将素手卷虾须,琼宝流光更缀珠。"

〔3〕金钩光错落:据《青楼集》载,"朱背微偻",故另一散曲家冯子振赠朱的作品中"以金钩寓意",此处亦然。

〔4〕取次展:随便打开帘子看。

〔5〕侯家紫帐:显贵之家的紫色帐幕。唐制,王公及三品以上大官许用紫色。

〔6〕谢府:谢府指东晋时江南望族谢安家,这里泛指大户人家。

〔7〕相牵:即相连。

〔8〕榆钱:即榆树未生叶以前在枝条间新生出的榆荚,因形状似铜钱,故称。

〔9〕抹:一擦而过。

〔10〕筛:此处是从缝隙中穿过的意思。剪剪:风小而略有寒意。

〔11〕长门:汉代有长门宫,这里借指显贵住宅。

〔12〕凌波殿:即凌波宫,唐代宫殿名,代指珠帘秀居处。

〔13〕碧玲珑:指假山。湘妃:舜的两个妻子娥皇、女英,此处代指珠帘秀。

〔14〕出落:长成。

〔15〕守户的先生:指珠帘秀嫁给的道士。

〔16〕可怜:可爱。

南吕·一枝花

杭 州 景[1]

普天下锦绣乡,寰海内风流地。大元朝新附国,亡宋家旧华夷[2]。水秀山奇,一处处堪游戏,这答儿[3]忒富贵,满城中绣幕风帘,一哄地人烟辏集[4]。

〔梁州第七〕百十里街衢整齐,万馀家楼阁参差,并无半答儿闲田地。松轩竹径,药圃花蹊,茶园稻陌,竹坞[5]梅溪;一陀儿[6]一句诗题,行一步扇面屏帏。西盐场[7]便似一带琼瑶,吴山[8]色千叠翡翠。兀良[9],望钱塘江万顷玻璃,更有清溪、绿水,画船儿来往闲游戏。浙江亭[10]紧相对,相对着险岭高峰长怪石,堪羡堪题。

〔尾〕家家掩映渠流水。楼阁峥嵘出翠微[11]。遥望西湖暮山势,看了这壁,觑了那壁,纵有丹青下不得笔。

注释

〔1〕杭州不仅是南宋的政治、经济中心,而且早就是闻名遐迩的大

都会和游览盛地。北宋柳永的〔望海潮〕词是歌咏杭州的名作。关汉卿在元灭南宋以后到过杭州,写下了这套著名的散曲作品,字里行间,洋溢着他对杭州湖光山色的热爱之情,可与柳永的〔望海潮〕相媲美。

〔2〕大元朝新附国,亡宋家旧华夷:意为杭州原是宋朝的地方,现在归元朝管辖了。新附国,刚刚归附的地方。华夷,指国家疆域。

〔3〕这答儿:这里,这地方。下文"半答儿"即半块儿。

〔4〕一哄地:形容喧嚷、热闹的气氛。辏集:车轮的辐集于毂上,引申指人口密集。

〔5〕坞(wù 勿):四面高中间低的地方。

〔6〕一陀儿:一块儿。

〔7〕西盐场:杭州市西繁盛市区名。

〔8〕吴山:杭州附近山名,又名胥山、庙巷山。

〔9〕兀良:也作兀剌,表示指点或惊叹的语气辞。

〔10〕浙江亭:杭州城外的一个亭子,观潮胜地。

〔11〕翠微:指青翠掩映的山腰幽深处。李白《下终南过斛斯山人宿置酒》诗:"却顾所来径,苍苍横翠微。"

南吕·一枝花

不 伏 老[1]

攀出墙朵朵花,折临路枝枝柳[2]。花攀红蕊嫩,柳折翠条柔,浪子风流。凭着我折柳攀花手,直煞得[3]花残柳败休。半生来倚翠偎红,一世里眠花卧柳。

〔梁州第七〕我是个普天下郎君领袖,盖世界浪子班头[4]。愿朱颜不改常依旧,花中消遣,酒内忘忧;分茶攧竹[5],打马藏阄[6]。通五音六律滑熟[7],甚闲愁到我心头?伴的是银筝女银台前理银筝笑倚银屏,伴的是玉天仙携玉手并玉肩同登玉楼,伴的是金钗客歌金缕[8]捧金樽满泛金瓯。你道我老也,暂休,占排场风月功名首,更玲珑又剔透。我是个锦阵花营都帅头,曾玩府游州。

〔隔尾〕子弟每[9]是个茅草岗、沙土窝、初生的兔羔儿[10]乍向围场[11]上走,我是个经笼罩、受索网、苍翎毛老野鸡,蹅踏的阵马儿熟。经了些窝弓冷箭蜡枪头[12],不曾落人后。恰不道[13]人到中年万事休,我怎肯虚度了春秋!

〔尾〕我是个蒸不烂、煮不熟、捶不扁、炒不爆、响当当一粒铜豌豆[14],恁子弟每谁教你钻入他锄不断、斫不下、解不开、顿不脱、慢腾腾千层锦套头[15]。我玩的是梁园[16]月,饮的是东京酒,赏的是洛阳花[17],攀的是章台柳[18]。我也会围棋、会蹴鞠[19]、会打围、会插科、会歌舞、会吹弹、会咽作[20]、会吟诗、会双陆[21],你便是落了我牙、歪了我嘴、瘸了我腿、折了我手,天赐与我这几般儿歹症候,尚兀自不肯休。则除是阎王亲自唤,神鬼自来勾,三魂归地府,七魄丧冥幽。天那,那其间才不向烟花路儿上走!

注释

〔1〕这是关汉卿散曲的代表作,也是一篇自叙性的曲子。作品概括了作者的艺术活动和生活情趣,对于研究作者的生平很有参考价值。其语言明快、泼辣、风趣、生动,在看似玩世不恭的纸背后面,潜藏着对社会的清醒认识和乐观精神。

〔2〕出墙花、临路柳:均指妓女。

〔3〕直煞得:此处是直弄得、直搞得的意思。

〔4〕班头:与上文"领袖"互文,均谓一行业中的头脑人物。

〔5〕分茶:古代勾栏里的一种茶道技艺。撅竹:也是勾栏中的一种技艺,具体形态待考。

〔6〕打马:宋元时的一种博戏,在牙制的圆牌上写着马名,用骰子打马牌决胜。藏阄:游戏名,一方手握纸牌让另一方猜。

〔7〕五音六律:泛指音乐。五音指宫、商、角、徵、羽,六律指十二律中的六个阳律:黄钟、大簇、姑洗、蕤宾、夷则、无射。滑熟:熟练。

〔8〕金钗客:戴金钗的人,指妓女。上文"银筝女"也指妓女。金缕:即《金缕衣》,曲名。

〔9〕子弟每:嫖客们。

〔10〕兔羔儿：小兔子,比喻年轻嫖客。

〔11〕围场：打猎的地方。

〔12〕窝弓冷箭蜡枪头：比喻作者所受的打击和中伤。窝弓,猎人设置的用以袭击猎物的伏弩。蜡枪头,原指外表吓人,其实不中用的东西,这里是说别人指向他的矛头。

〔13〕恰不道：却不想想。恰,这里同"却"。

〔14〕铜豌豆：旧时妓院里昵称老嫖客为"铜豌豆"。这里一语双关,作者既说自己是老嫖客,又说自己坚强不屈。

〔15〕锦套头：比喻妓女笼络嫖客的手段。

〔16〕梁园：园名,汉代梁孝王刘武所建,故址在今河南省开封市。

〔17〕洛阳花：洛阳以盛产牡丹花而闻名,此处代指妓女。

〔18〕章台柳：指妓女。

〔19〕蹴鞠(cù jū 促居)：我国古代的一种游戏,类似现代足球。鞠是周围包皮、中间填以实物的球；蹴是用脚踏的意思。

〔20〕咽作：歌唱。

〔21〕双陆：古代的一种类似下棋的博戏。

双调·新水令(二十换头)[1]

玉骢丝鞍锦鞍鞴[2],系垂杨小庭深院。明媚景,艳阳天,急管繁弦,东楼上恣欢宴。

〔庆东原〕或向幽窗下,或向曲槛前,春纤相对摇纨扇[3],闲并着玉肩。欢歌采莲[4],对抚冰弦,赤紧的遂却少年心,如今便称了于飞[5]愿。

〔早乡词〕正值着九秋天[6],三径[7]边,绽黄花遍撒金钱。露春纤把花笑撚,捧金杯酒频劝,畅好是风流如五柳庄[8]前。

〔挂打沽〕我只见江梅驿使传[9],乱剪碎鹅毛片。我与你旋[10]剖金橙列着玳筵,玉液向金瓶旋。酒晕红,新妆面,人道是穷冬,我道是丰年。

〔石竹子〕夜夜嬉游赛上元[11],朝朝宴乐胜禁烟[12]。则俺这美爱幽欢不能恋,无奈被名缰利锁牵。

〔山石榴〕阻鸾凤,分莺燕,马头咫尺天涯远,易去难相见。

〔幺篇〕心间愁万千,不能言。当时月枕歌眷恋,到如今翻作阳关怨[13]。

〔醉也摩挲〕你莫不真个索去也么天,真个索去也么天!再要团圆,动是经年[14],思量煞俺也么天。

〔相公爱〕晚宿在孤村闷怎生眠?伴人离愁月当轩。月圆、人几时圆?不觉的南楼外斗婵娟[15]。

〔胡十八〕天配合一对儿俏姻缘,生拆散并头莲。思量席上与樽前,天生的自然,那些儿体面,也是俺心上有,常常的梦中见。

〔一锭银〕心友[16]每相邀列着管弦,特地来欢娱一齐欣然,十分酒十分悲怨,却不道怎生般消遣。

〔阿那忽〕酒劝到根前,你可也只管的推延?想桃花去年人面[17],偏怎生冷落了今年。

〔不拜门〕酒入愁肠闷怎生言,疏竹萧萧西风颤。如年,如年,似长夜天,这早晚恰黄昏庭院。

〔金盏子〕咱无缘,想着他风流十全,天可怜!芙蓉面,腕松着金钏,鬓贴着翠钿,脸衬着秋莲,眼去眉来相留恋,春山[18]摇,秋波转。

〔大拜门〕玉兔鹘[19]牌悬,怀揣着帝宣,今日个称了俺男儿心愿,忙加玉鞭,急催骏騛,恨不飞到俺那佳人家门前。

〔也不罗〕只听得乐声喧,列着华筵,聚集诸亲眷。首先一盏拦门劝,他道是走马身劳倦。

〔喜人心〕人丛里遥见,半遮着罗扇,正是俺可喜的风流孽冤,两叶眉儿未展,我将他百般的陪告,只管的求和,只管里熬煎[20],他越将个庞儿变,咱百般的难分辩。

〔风流体〕胡猜咱、胡猜咱居帝辇,和别人、和别人相留恋,上放着、上放着赐福天[21],你不知、你不知神明见。

229

〔忽都白〕我半载来孤眠,你如今信口胡言,枉了把我冤也么冤,你若是打听的真实,有人曾见,母亲根前,恁儿情愿,一任当刑宪,死而心无怨。

〔唐兀歹〕不付能[22]告求的绣帏里头眠,痛惜轻怜,眨眼不觉得绿窗儿外月明却又早转,畅好是疾明也么天。

〔鸳鸯煞尾〕腰肢困摆垂杨软,舌尖笑吐丁香喘,绣帐里无人,并枕低言,畅道[23]美满夫妻,风流缱绻。天若肯随人,随人今生愿,尽老同眠也者,也强如雁底关河路儿远[24]。

注释

〔1〕这支叙事性的散套,写一个男青年为追求名利,与心爱的妻子分手,科举得中后渴望与爱人团圆,后来终于如愿的故事。从作品中,可看出散曲(套数)与杂剧的密切关系。二十换头,指用二十只双调的曲子来演唱。

〔2〕玉骢:青白色的骏马。丝鞚:用丝做成的马络头。锦鞍鞯:漂亮的马鞍。

〔3〕春纤:比喻少女的手指。纨扇:细绢做成的团扇。

〔4〕采莲:即《采莲曲》。

〔5〕于飞:本指凤和凰相偕而飞,旧时比喻夫妻和美。

〔6〕九秋天:即秋天。秋天三个月共九十天,故称。

〔7〕三径:庭园间的小路。

〔8〕五柳庄:晋陶潜隐居处,此处泛指远离官场的田园农庄。

〔9〕江梅驿使传:语出陆凯赠范晔诗。江梅谓江南之梅,指书信;驿使是古代骑着马送信的使者。

〔10〕旋:即现,读作去声,是马上、立刻的意思;下文的"旋"是温酒的意思。

〔11〕上元:即元宵节。

〔12〕禁烟:即寒食节,在清明前一天。

〔13〕阳关怨:阳关,古代关名,是通往西域的必经之路,在今甘肃省敦煌县西南。唐王维有《阳关曲》,是著名的送别曲。"阳关怨"指朋友、爱人之间离别的怨情。

〔14〕经年:一年以上。

〔15〕斗:同"逗"。蝉娟:美女。

〔16〕心友:知心朋友。

〔17〕桃花去年人面:唐孟棨《本事诗》记崔护清明节郊游,到一户人家讨水喝,这家一少女与他眉目传情。第二年再去,已门锁人去,崔护在门上题诗云:"去年今日此门中,人面桃花相映红;人面不知何处去,桃花依旧笑春风。"

〔18〕春山:形容妇女的眉毛。

〔19〕玉兔鹘:一种玉做的腰带。

〔20〕熬煎:此处是吵闹的意思。

〔21〕赐福天:赐给福的天,即苍天。

〔22〕不付能:才能够,好容易。

〔23〕畅道:真正是。

〔24〕雁底关河路儿远:指两人分手后相隔遥远。

知 识 链 接

【文学常识】

一、作家介绍

关汉卿,名不详,字汉卿,号已斋叟(一说号"一斋")。大都人(不同的地方志说他为河北安国人或山西解州人)。约出生于1210年前后,卒于1297年以后。《录鬼簿》说他"金末为太医院尹",不确。但可以相信他金末已经有杂剧作品问世,是中国最早的职业剧作家。他一生共著有杂剧60余种,全本流传下来的约18种,是中国古代最高产的戏剧家。元末杨维桢《宫词》有"大金优谏关卿在,《伊尹扶汤》进剧编"句,一般认为"关卿"即关汉卿。但《录鬼簿》没有《伊尹扶汤》的剧目,故关汉卿是否向金朝宫廷进献过《伊尹扶汤》待考。关汉卿和当时处于社会最底层的戏剧演员厮混在一起,曾粉墨登场,参与杂剧演出。他与那个被誉为"杂剧为当今独步"(元夏庭芝《青楼集》语)的女演员珠帘秀有深厚的交谊。关汉卿"生而倜傥,博学能文,滑稽多智,蕴藉风流,为一时之冠"(元熊自得《析津志·名宦传》)。他多才多艺,在【南吕一枝花·不伏老】中他说:"我也会围棋、会蹴鞠、会打围、会插科、会歌舞、会吹弹、会咽作、会吟诗、会双陆。"他热爱生活,曾有过一段漫游经历,到过杭州、扬州、洛阳、开封等地。1958年,世界和平理事会把我国的屈原和关汉卿与贝多芬、达·芬奇、爱因斯坦、亚里士多德、居里夫人、莎士比亚、普希金、哥白尼、歌德、牛顿等同列为世界文化名人。

二、作家评价

关汉卿,大都人,太医院尹,号已斋叟。

珠玑语唾自然流,金玉词源即便有,玲珑肺腑天生就。风月情、忮惯熟,姓名香、四大神洲。驱梨园领袖,总编修师首,捻杂剧班头。

——元·钟嗣成《录鬼簿》贾仲明补挽词

关汉卿之词,如琼筵醉客。

观其词语,乃可上可下之才,盖所以取者,初为杂剧之始,故卓以前列。

——明·朱权《太和正音谱》

元人乐府,称马东篱、郑德辉、关汉卿、白仁甫为四大家。

——明·何良俊《四友斋丛说》

邦奇尝谓其友樊子恕夫曰:"世安有司马迁(欲其作传)、关汉卿(欲其作记)之笔乎?能为吾写吾思吾弟,痛吾弟之情,吾当以此身终世报之。"

——明·韩邦奇《苑洛集》

自宋至元,词降而为曲。文人学士,往往以是擅长。如关汉卿、马致远、郑德辉、宫大用之类，皆藉以知名于世。

——《四库全书总目提要》

近见凌仲子论词云："词以南宋为极，能继之者竹垞。至厉樊榭则更极其工，后来居上。北曲填词，以关汉卿诸人为至，犹词家之有姜、张。后之填词家，如文长、粲花、笠翁，皆非正宗。"

——清·郭麐祥《灵芬馆词话》

元杂剧之为一代之绝作，元人未之知也；明之文人始激赏之，至有以关汉卿比司马子长（韩文靖邦奇）者。

——王国维《宋元戏曲史》

三、作品评价

昔人言关汉卿杂剧，可继离骚。

——清·钱谦益《初学集》

明以后传奇无非喜剧，而元则有悲剧在其中。就其存者言之，如《汉宫秋》《梧桐雨》《西蜀梦》《火烧介子推》《张千替杀妻》等，初元所谓先离后合，始困终亨之事也。其最有悲剧之性质者，则如关汉卿之《窦娥冤》，纪元祥之《赵氏孤儿》，剧中虽有恶人交构其间，而其蹈汤赴火者，仍出于其主人翁之意志。即列之于世界大悲剧中，亦无愧色也。

——王国维《宋元戏曲史》

关汉卿的杂剧反映了广阔的社会生活，揭示了社会各方面的矛盾、冲突，对当时社会生活中带有本质意义的一些问题，反映得尤为深刻、集中。他不以写出当时广大人民所受的苦难为满足；同时还要表现他们身上固有的反抗精神。他笔下的主人翁不只是在苦难中呻吟,而且敢于和恶势力斗争,并终于取得最后胜利。这种战斗的现实主义精神,使他的创作闪烁着理想的光辉。在《窦娥冤》《救风尘》《望江亭》《单刀会》等杂剧的正面人物身上,集中了人民的智慧,寄托了作者的理想,明显地体现了现实主义和浪漫主义的结合。赵盼儿、谭记儿在制服敌人过程中所表现的机智,是当时人民群众斗争智慧的集中和合理的夸张。《单刀会》中的关羽豪气四溢,也是个被作者理想化了的英雄。特别是《窦娥冤》的第三折,通过浪漫主义的情节,把窦娥的反抗精神写得那么惊天动地,而代表当时皇家执法的监斩官,相形之下是那么渺小。就这样,作者通过鲜明的舞台艺术形象,对受迫害的人民寄予热情和希望,对迫害人民的人表现了无比的蔑视。

——游国恩、王起等主编《中国文学史》

四、元曲

元代流行的一种合乐可唱的韵文文体,包括杂剧和散曲两种形式,其基本形式(杂剧中的唱词和散曲)是长短句,一般认为这种形式承袭了宋代的词。词有词牌,曲有曲牌。每个曲牌隶属于某一宫调,并有固定的格律。元曲和唐诗、宋词并称,都是"一代之文学,后世莫能继焉者"(王国维语)。

五、元曲四大家

明人提出的"元曲四大家"指关汉卿、马致远、郑光祖、白朴四人。但这个说法没有将《西厢记》的作者王实甫包括在内。近人谭正璧有《元曲六大家传略》一书,"六大家"在关、马、郑、白之外加上了王实甫和乔吉二人。

六、元杂剧

又可称"金元杂剧",是我国最早的成熟的戏剧形态之一。元杂剧一般每个戏由四折一楔子组成,每折戏使用同一宫调的一个套曲,中间不换韵。剧末有四句(或两句)七言(或五言)韵文总结全剧大意,称"题目正名"。元杂剧提示动作用"科",其脚色行当有旦、末、净、杂四大类,每类下又可细分为若干脚色。元杂剧使用北曲演唱(元中期以后出现"南北合套"),每个戏只能由"正末"或"正旦"一个脚色主唱。学者们认为这是元杂剧来自讲唱文学(诸宫调)的痕迹。有目可查的元杂剧作品有六百种以上,但完整流传下来的只有约一百三十种。

七、四折一楔子

元杂剧的基本结构,也有的剧本由五折、六折组成,楔子一般每剧一个,置于全剧开头,极少没有楔子或两个楔子的。元杂剧以曲为本位,故"折"在元代和明初本来是一个音乐术语,指的是同一宫调的一个套曲,"楔子"指每本戏中四个套曲之外的一两支曲子。但到明代中期以后,"折"和"楔子"的意义渐渐指向情节。到明万历后期臧晋叔编印的《元曲选》,"折"成了一个情节段落,"楔子"则指一个短的过场戏。

八、《录鬼簿》

元末开封人钟嗣成著,是我国第一部为戏剧作家立传的著作。此书记录了自金代到元朝后期的诸宫调和杂剧、散曲作家152人,以杂剧作家为主。该书有他们简略的生平、作品目录,还有简单的评语。书中记载的杂剧名目达400余种。到明初,贾仲明为每位作家增补了"吊词"。《录鬼簿》是迄今全面了解元杂剧作家作品最重要的文献。

九、《青楼集》

元末夏庭芝撰。记述元大都、金陵、维扬、武昌以及山东、江浙、湖广等地的歌妓、艺人110余人的事迹。其中对杂剧女演员的专长以及她们和当时达官贵人、文人学士(包括一些杂剧、散曲作家)的交往尤其有价值。

【要点提示】

一、关汉卿剧作的思想题旨

1. 关汉卿始终和下层的、弱势的人民大众站在一起,因而他的剧作无情地揭露了社会上的黑暗势力。不管是皇亲国戚、滥官污吏、花花公子还是地痞流氓,他都毫不犹豫地给予丑化和鞭挞。同时,对于受欺压的良善百姓,无论是银匠、书生还是妓女,他都给予由衷的同情。

2. 关汉卿剧作中一个明显的特点,就是他超前的妇女观和婚姻观。他作品中一系列光彩照人的女性形象,到今天仍闪耀着人文主义的思想光辉。

3. 关汉卿作品中的清官形象,带有理想主义色彩,窦娥临刑前所发的"三桩誓愿",在现实中也不可能发生。这些描写,无疑是对黑暗现实的强烈控诉,是对一个公平、清明、法制社会的憧憬与期盼。

二、关汉卿剧作的戏剧结构

关汉卿在戏剧的谋篇布局方面具有卓越的才能。《窦娥冤》《单刀会》,均在前两折平铺直叙,到第三折高潮突起,惊天动地。但二剧的写法又有不同,前者以事件的起、承、转、合为线索,主角窦娥始终是事件的中心人物;而后者却在前两折反复铺垫,到第三折主角关羽方登场。《救风尘》则在第一折已经为以后情节的发展埋下伏线,主角赵盼儿略施"风月"小计,她深入虎穴,步步为营,稳扎稳打,连最后周舍告状的细节都事先想到,安排宋引章的前男友、秀才安秀实到堂作证。赵盼儿的精心布局,实际上反映了关汉卿的匠心独具,他使这出金元时期的杂剧早已达到了清初李渔对戏剧结构的要求——"密针线"。

三、关汉卿剧作的人物塑造

关汉卿善于塑造人物。他成功地塑造出了一系列正直、坚强、善良、聪慧的正面典型,如窦娥、赵盼儿、谭记儿、关羽、包公等。他也写了不少残暴、好色、歹毒、阴险的坏人,如张驴儿、桃杌、周舍、杨衙内等。他笔下还有一些不好不坏、亦好亦坏的中间人物。如《窦娥冤》中的蔡婆,《鲁斋郎》中的张珪,《救风尘》中的宋引章等人。这些人当然不是坏人,但软弱、执拗、逆来顺受,只求自保,令人哀其不幸,怒其不争。这些中间人物身上的缺点更有典型性,他们就在我们中间。写他们,或许更能引起观众的共鸣和反思。

四、关汉卿剧作的语言艺术

关汉卿是一位语言大师,《窦娥冤》第三折中的【正宫端正好】【滚绣球】,《单刀会》中的"大江东去浪千叠"历来脍炙人口。更值得推崇的,是关汉卿特别善于使用活生生的民间语言,把它们天衣无缝地拈入唱词和念白之中。仅《救风尘》中赵盼儿的唱词,就有"船到江心补漏迟""花叶不损觅归秋""一个个眼张狂似漏了网的游鱼,一个个嘴卢都似跌了弹的斑鸠""惯曾为旅偏怜客""自己贪杯惜醉人""肋底下插柴——自忍"等俗语、歇后语,既形象生动,又不失韵味,代表了元曲的风格和最高水平。同剧的周舍也有"窨子里秋月——不曾见这等食""骑马一世,驴背上失了一脚"的念白,都十分精彩。散曲【南吕一枝花·不伏老】称"我是个蒸不烂、煮不熟、捶不扁、炒不爆、响当当一粒铜豌豆",这种比喻,形象而俏皮,堪称语言艺术中的精品。

【学习思考】

一、为什么说《窦娥冤》"列之于世界大悲剧中亦无愧色"?请谈谈你对窦娥悲剧的理解。

二、请结合具体作品,谈谈关汉卿杂剧的戏剧结构。

三、试析关汉卿剧作中的女性形象。

四、请结合具体作品,谈谈关汉卿杂剧、散曲的语言艺术。